GW00771210

COLLECTION FOLIO

Fritz Zorn

Mars

« *Je suis jeune et riche et cultivé ;
et je suis malheureux,
névrosé et seul...* »

*Préface
d'Adolf Muschg
Traduit de l'allemand
par Gilberte Lambrichs*

Gallimard

Titre original :

MARS

« Fritz zorn » la manuscrit no réponse lui

HISTOIRE D'UN MANUSCRIT

L'auteur de ce livre a atteint l'âge de trente-deux ans. Il vivait encore lorsque je reçus, en octobre, son manuscrit d'un ami libraire qui me demandait de l'examiner en vue de la publication, que l'auteur souhaitait très vivement. La lecture fut une épreuve d'un autre ordre, une épreuve pour moi. J'écrivis à l'auteur que j'avais rarement éprouvé à ce point le sentiment d'avoir lu un manuscrit nécessaire; qu'avec ce sentiment, il m'était difficile de préserver ne fût-ce qu'un semblant d'objectivité critique. Que, dès lors, je ne m'en occuperais pas davantage mais que j'envoyais le manuscrit à un éditeur dont on pouvait attendre un jugement plus serein et aussi, éventuellement, une publication. Que je me sentais toutefois obligé de rappeler à l'auteur les égards auxquels n'était pas tenu le manuscrit, mais que les familiers mis en cause attendraient du livre.

Sa réponse écrite — à l'époque, il l'avait déjà confiée à des amis sous forme de testament : il était prêt à choisir un pseudonyme. Il ne voyait pas d'autre solution : le manuscrit devait absolument paraître. La lettre de « Fritz Zorn », unique témoignage de notre relation, était claire jusque dans sa graphie, qui avait cette correction

*désespérée que j'avais appris (trop tard) à interpréter,
dans le cas d'un ami qui avait récemment mis fin à ses
jours : comme l'expression d'une détresse extrême. Rentré d'un voyage en Amérique, au cours duquel le souvenir
de Mars m'avait poursuivi, je reçus de l'éditeur une
réponse hésitante : rien n'était encore décidé, mais il
fallait tenir compte de diverses considérations. Sur ces
entrefaites, l'éditeur reçut du psychothérapeute de
« Fritz Zorn » la nouvelle suivante : la réponse ne
souffrait plus aucun délai si elle devait trouver l'auteur
en vie. Il était à l'hôpital, dans un état critique. La
tentation du pieux mensonge se présenta, et fut repous-
sée : ici, non seulement la complaisance « pleine
d'égards » n'était pas de mise, mais toute forme de
complaisance était exclue. L'éditeur envoya à l'auteur
son accord écrit ; il n'expédia pas sa lettre par exprès,
afin d'éviter au mourant toute idée de hâte ; ce tact tomba
dans le vide. En effet, le 2 novembre, quand je téléphonai
à l'hôpital pour annoncer ma visite à Z., j'appris qu'il
était mort le matin même. Pendant plusieurs heures,
moi-même et d'autres nous tourmentâmes à l'idée que
cette nouvelle — la seule dont il pût se réjouir à l'avance
— l'avait manqué. Il l'a pourtant bien reçue. Son
psychothérapeute, qui la lui apporta la veille de sa mort,
atteste qu'il en a pris connaissance.*

Affinités

*Sans avoir rencontré l'auteur, j'ai reconnu son ori-
gine, son milieu, sa formation, ce qu'il attendait de la
vie ; cette biographie était si proche de la mienne que j'en
fus bouleversé. J'étais né dix ans plus tôt sur la même*

« *Rive dorée* ». *J'avais fréquenté les mêmes écoles que Z. jusqu'à l'université y compris ; j'avais enseigné dans un collège de Zurich, comme lui. J'étais — malgré de nombreuses preuves du contraire — un piètre voyageur, comme lui ; moi aussi, quand ce qu'avait de mortel l'espérance de ma jeunesse m'était apparu, mon chemin m'avait conduit à la psychanalyse. Il est vrai, dans le récit de Z., le caractère mortel n'était déjà plus une métaphore ; c'était un constat médical doté d'un nom sinistre en langue vulgaire : cancer. D'où le caractère bouleversant de la lecture. Je reconnaissais cette vie ; en même temps je cherchais de bonnes raisons de me démarquer de cet inconnu familier, qui s'appelait ici Fritz Zorn.*

Il y avait aussi des différences. Mon milieu petit-bourgeois n'avait pas été aussi étanche que le sien, privilégié. Sans doute, on m'avait inculqué, dans la crainte et le tremblement, les mêmes principes qui gouvernèrent sa jeunesse. Mais chez moi le système, dévoilant, tandis qu'il me fallait chaque jour craindre pour mon existence sociale, ce que cette promotion avait de factice, bien qu'alors je fusse loin d'en avoir conscience, avait craqué bien plus tôt, de facto, dans mon comportement. Déjà dans mon enfance il m'avait fallu, en marge de cette existence « rive droite » près de s'effondrer, apprendre à m'en construire une autre par la parole, l'écrit, l'imagination et peu à peu, aussi, en réalité. Z. ne rencontra cette alternative qu'au moment où il n'était plus capable de la vivre. Contrairement à lui, j'avais été ce qu'on appelait un bon gymnaste ou, plus exactement, j'avais besoin de mouvement ; alors que je m'évadais de mon corps à chaque récréation, je le sentais cependant, même si — pas plus que Z. — je n'établissais

*avec lui un rapport fraternel. Les inhibitions au contact,
qu'avait Z., je les connaissais aussi. N'empêche qu'un
sentiment obscur m'avait poussé sans cesse à leur
opposer la fuite en avant ; dans cette fuite j'ai aussi
rencontré la sexualité, ce qui ne fut pas son cas, d'abord
sous des aspects malheureux et avec des sentiments
coupables, mais les choses ne devaient pas en rester là.
Tout à fait inconcevable était pour moi l'apathie de Z. à
l'égard des journaux, à l'égard de toute nouveauté cultu-
relle, du jazz, des derniers quarante-cinq tours ; les murs
qui entouraient mon peu de vie personnelle ne devaient
pas être moins hauts que pour lui, mais j'utilisais la
moindre brèche, soit pour tenter de m'évader, soit pour
tirer à moi ce qu'il y avait de plus neuf. La double morale
m'avait au moins appris à ne pas attendre mon salut de
moi-même, je savais que je ne me suffisais pas. Mon
problème n'était pas la raideur mais la crampe : la peur
de négliger quelque chose et, en effaçant mes sentiments
coupables (le seul, le vrai capital du petit-bourgeois), de
n'être pas tout à fait en pointe. Pour m'être évidente, cette
peur de l'omission n'avait pas besoin, comme dans le cas
de Z., de s'adjoindre un constat clinique. Elle m'accom-
pagnait, c'était une forme de vie.*

*Et peut-être (avec l'obligation de me dépasser) m'a-t-
elle, toujours à nouveau, ouvert un avenir. En effet, que
j'eusse laissé passer une grosseur au cou sans ressentir
cette peur de « négliger quelque chose », cela eût été
impensable. Ce que ma famille puritaine m'avait appris
à ne pas aimer — mon propre corps — devait être
surveillé avec d'autant plus de vigilance. Je n'ai lu
aucun passage du manuscrit de Z. avec plus d'incompréhension que celui où, d'abord, il ne considère le symptôme mortel que comme une métaphore (« larmes non*

versées ») au lieu de le faire traiter, au premier soupçon,
par la médecine et de façon radicale. De fait, s'il eût été
moins grand seigneur, cette *peur lui eût peut-être sauvé
la vie.* Fils d'une famille protégée, son éducation ne lui
avait pas appris à prendre garde aux négligences — il n'y
en avait eu que trop. Mais peut-être, aussi, ne le savait-il
que trop bien — ÇA, en lui, savait ce qui commençait à
proliférer sur son cou, et ÇA en était l'allié, en cachette.
En effet, le début de la mort sous sa forme aiguë marque
pour la première fois, dans cette biographie, l'irruption
douloureuse de la vraie vie. La mélancolique vérité selon
laquelle nous n'apprenons qu'au prix de la vie l'art de
jouir de la vie — ici elle se concentre sur un seul point
brûlant et elle aurait la force d'accomplir des miracles si
elle ne dévorait en même temps la matière où le miracle
aurait pu se montrer. La vérité ne console pas quand la
vie s'échappe. Un monde qui brûle ne peut remplacer un
monde qui s'épanouit.

Est-ce encore de la littérature ?

Voici l'œuvre d'une vie, écrite par un mourant. Cependant : il ne faut pas répondre par un chantage moral à la
question de savoir si c'est aussi de la littérature. C'est
une question esthétique et, en tant que telle, il faut la
prendre particulièrement au sérieux, face à un document
où il s'agit du détournement de la faculté sensitive, de la
perte de la perception. Le jugement sur la valeur littéraire
doit pouvoir paraître au côté d'une condamnation à
mort sans qu'il lui faille prendre des égards avilissants
— et ce ne sera justement pas très facile pour le lecteur
compatissant.

Tout de même, Mars est assurément de la littérature dans la mesure où, ici, c'est un homme cultivé, maniant fort bien la langue, qui écrit — un homme qui ne dédaigne pas, à l'occasion, la pointe qui s'offre à lui — et parfois la force jusqu'à la sentence lapidaire : « J'étais intelligent mais je n'étais capable de rien. » — « Je trouve que quiconque a été toute sa vie gentil et sage ne mérite rien d'autre que d'avoir le cancer. » — « Donner rend beaucoup moins heureux que prendre. » — « L'histoire de ma vie m'accable mortellement mais elle est claire à mes yeux. » Cela est d'un esprit percutant et l'on y reconnaît l'instruction latine du romaniste accompli, la volonté d'atteindre la clarté en passant par le feu. Celui qui ne peut concevoir le malheur extrême qu'exprimé à grands cris trouvera ici aussi de la rhétorique, et même de la déclamation. Une fois encore, ce livre est de la « littérature » dans le sens de cette noblesse précaire qui fait coexister la proximité de la guillotine avec la brillance de l'alexandrin, comme dans les poèmes d'André Chénier ; ou le bon mot avec le désespoir, comme dans La Mort de Danton ; ou le calcul éblouissant avec le dépérissement intérieur, comme dans tous les drames de Schiller. On peut apprendre de ce livre (en allemand il est nécessaire de l'apprendre) que cette combinaison ne doit pas être mensonge et imposture mais qu'elle peut être couverte par la mise en jeu de toute la personne. Les moralistes au souffle court peuvent apprendre ici quelque chose sur l'origine de la rhétorique dans l'esprit de bravoure.

Toutefois, pour ce qui est de la littérature, Mars laisse beaucoup à désirer. Ce n'est pas seulement un livre sans anecdote, c'est un livre qui, en des endroits déterminants, refuse l'exemple « vécu », le détail essentiel. Un exem-

*ple : on nous dit bien que les parents de Z. se sont
disputés une fois (une seule fois) ; on ne nous dit pas —
bien que, dans les faits et donc aussi du point de vue
littéraire, ce soit du plus haut intérêt — à quel sujet.
Autre exemple : nous apprenons que le malade était
professeur, professeur d'espagnol et de portugais —
effectivement il a enseigné jusque peu avant sa mort ;
nous n'apprenons nulle part, ne serait-ce que d'un mot,
ce que lui a coûté cet enseignement, ce que les élèves
pouvaient représenter pour lui en cette période critique.
A ce genre de mouvements concrets manque le coup d'œil
social, manque le calme, manque — disons-le clairement
— justement la disposition sensitive de la langue. Là où
celle-ci n'éblouit pas, elle est blême : il lui faut emprunter toujours ses couleurs au feu même qui la dévore. Il lui
faut une singulière froideur pour y subsister.*

*En vérité, c'est le propre de l'ironie tragique — en
termes non littéraires : de la crédibilité — de ce livre
qu'il doive confirmer lui-même la négligence qu'il
déplore et dénonce ; qu'il soit l'œuvre d'art d'un être privé
de toutes relations, un document artistique au sens le
plus fort. L'art ne peut donner ce dont la vie est restée
redevable : la richesse des réflexes corporels, la variété
des rapports à soi et au monde, le jeu avec l'autre, le don
de toucher involontairement le cœur d'un lecteur. Si Z.
avait eu ces talents, il ne lui aurait sans doute pas fallu
mourir si jeune — il n'aurait pas dû, en tout cas, rejeter
ainsi sa vie. Ici, par force, une autre volonté artistique est
à l'œuvre ; elle ne montre plus rien sous le jour de la
délicatesse, de la nostalgie ou du souvenir. Elle ne pense
pas à priver de leur acuité les objets de la connaissance.
La seule grâce qu'accorde cet art (si c'en est une), on la
trouve justement dans la plastique abstraite de ses*

images d'épouvante et d'angoisse. Le souvenir du bonheur physique s'y congèle.

Il serait toutefois injuste de dire que ce livre n'a pas d'autre vis-à-vis que la mort. Dans son ensemble, il se tourne plutôt vers le lecteur, certes sans ombre d'intimité ou même de familiarité. Le tutoiement caché dans la forme de cet essai est celui d'un plaidoyer. L'avocat demande la justice pour quelqu'un d'empêché : lui-même.

Monsieur le vivisecteur

Ce texte ne prend aucun ménagement ; il ne semble pas en exiger. La sévérité distante de son style est due au pathétique d'un sujet qui se présente lui-même comme objet ; objet de la science la plus personnelle en même temps qu'elle dépasse la personne. Il y a quelque chose comme du mépris et de la vengeance dans cette pose ; une vengeance contre la perpétuelle insensibilité d'une âme qui, alors que la souffrance physique commence à l'animer, placée sous le scalpel de la connaissance, doit en même temps se tenir tranquille comme si elle ne sentait toujours rien.

Nous savons combien l'aspect esthétique de cette anesthésie est trompeur, combien fragile est l'édifice reconstruit de l'âme, que seule maintient debout son intention démonstrative. Mais c'est justement parce que cette démonstration, cette fausse objectivité est tellement voulue qu'elle demande à être respectée. Z. se veut en tant que cas (c'est sa dernière volonté). Il ne se montre pas seulement comme une personne mais comme un modèle, d'où le caractère étrangement exemplaire de son style.

L'attitude *dans laquelle il veut être vu n'est pas celle de
la détresse mais de la seule vertu en quoi la détresse
puisse encore se changer : celle de l'anatomiste de son
propre cas. Nous devons oublier qu'il ne s'agit pas d'un*
post mortem *mais d'un* ante mortem, *c'est-à-dire d'une
vivisection. Bien plus, nous devons profiter des conditions extrêmes de la tentative. Ce livre exige une réponse
affective qui engage bien plus que notre sympathie :
notre intérêt. Je veux dire que ce document a une valeur
extraordinaire sur le plan de la connaissance, à la fois
psychologique et médicale (s'il faut encore s'en tenir à
cette précaire division du travail scientifique). Z. présente son enfance comme l'étude d'un cas appartenant à
un milieu social où le bon ton consiste à éluder le*
présent ; *qui a perfectionné le mécanisme de l'*ajournement *jusqu'à en faire un style de vie, afin de pouvoir
octroyer à chaque instant le don de l'harmonie — ou
bien, du fait que l'harmonie réelle n'est pas possible
(dans la mesure où elle exige un* travail *de l'âme, un
effort de conciliation et de réconciliation), de la* fiction
*de l'harmonie. Tenir une maison comme il faut signifie :
traiter les problèmes comme des fautes de goût ; considérer comme une impolitesse la provocation que consti-
tuent les faits ; reporter à « demain » les réalités particulièrement rebelles ou les renvoyer à une étude plus
approfondie (par d'autres). Cela signifie : la dispense
totale d'un point de vue propre ; la non-reconnaissance
diplomatique d'autres points de vue ; la combinaison
ingénieuse d'un Oui qui n'engage à rien avec un Non
informulé ; la production d'une topographie sans
lumière ni ombre, définie par l'absence de problèmes qui
— s'ils se manifestent tout de même — sont relégués dans
l'au-delà du « compliqué » ou de l'« incomparable ».*

*Cela signifie : se dédommager de la perte de son corps
propre par le spectacle exotique (mais décent) de corps
étrangers. Cela signifie : en éludant toute présence, tuer,
au sens littéral du terme, le temps jusqu'à la mort.
D'ailleurs la mort est aussi, jusqu'à nouvel ordre, la
mort des autres.*

*Dans cette maison de fantômes, où l'on fait des
patiences et où l'on évite les contacts, où l'on trouve les
gens « drôles » et les choses « compliquées », le temps et
l'espace s'amortissent, par la magie du rituel, jusqu'au
repos complet des sentiments. On peut avoir une enfance
sans être un enfant ; une jeunesse sans être jeune ; devenir
un adulte sans avoir de présent ; saluer les gens sans
vivre. En même temps, on n'a pas conscience d'une perte,
c'est un état parfaitement indolore. Car la douleur serait
déjà un sentiment ; mais on ne fait que supporter les
sentiments, on ne les vit pas, on n'y réagit pas. On n'en a
pas besoin dans ce milieu : celui qui paie pour être
spectateur n'a finalement pas besoin de sautiller comme
un acteur. Paie avec quoi ? L'argent est la moindre des
choses, et pourtant on le passe sous silence, parce qu'il
va de soi. Mais on ne parle surtout pas de tout ce qui ne
va pas de soi : la sexualité, par exemple, qu'on escamote
grâce à une méthode qui a fait ses preuves : d'abord elle
se profile à l'horizon, puis, conformément à la bienséance, on est censé l'avoir derrière soi : elle n'existe
jamais* ici et maintenant. *Civilisation de spectateurs.
L'idée qu'une telle façon de vivre pourrait, dans le plus
grand silence, être payée de la vie s'insinue lentement
dans la jeunesse de Z. et commence à l'empoisonner,
d'abord sous la forme d'un soupçon psychologique : et si
j'étais aussi ridicule aux yeux des autres que les autres le
sont aux miens ? Quelle terreur doit receler le monde*

puisqu'on ne peut, manifestement, y remédier que par
une gentillesse indéfectible ? Si tout ce qui me concerne
doit être passé sous silence : combien monstrueuse doit
être la faute que je devrais, en fait, réparer ? L'adolescent
déambule parmi ses pareils avec la sensation d'avoir
« au cou une corneille morte » : une préfiguration de
son symptôme terminal dont la justesse donne le frisson.
Ici, elle désigne encore cette distinction qu'aucun homme
ne peut avoir honnêtement méritée : être exclu de la vie.
Au cours de ses études, une chose s'éclaire pour lui,
irrévocablement : ce qui m'arrive n'est pas juste ; quelque chose ne va pas chez moi. L'ajournement de la vie
auquel on m'a habitué, auquel je me suis habitué par
moi-même, est une maladie mortelle.

Le cœur serré, nous voyons la négation des besoins
véritables se concrétiser dans le corps et l'âme du jeune
homme. D'abord dans l'ombre d'une inexplicable mélancolie, d'une baisse générale de ce que la médecine
ancienne appelait les « esprits vitaux ». Le déficit sur le
plan de la réalité (accumulé durant des années d'apparente harmonie et de privilège trompeur) cherche à sortir
du silence imposé dans l'enfance et ne trouve d'abord que
ce langage sommaire de la tristesse. Du moins se
rapproche-t-il de la réalité dans la mesure où il en
dévoile la misère. « Dépression », c'est ainsi que la
psychiatrie d'école nomme cet état et, quand le facteur
qui l'a déclenchée lui échappe, elle ajoute l'adjectif
« endogène ». Elle pourrait apprendre à s'exprimer plus
clairement si elle prenait au mot la biographie de Z. en
tant qu'anamnèse. Mais elle outrepasserait alors les
limites du savoir de la corporation en même temps que
ses idées sur la compétence. Où irait-on si précisément la
réussite de l'œuvre d'une vie (à savoir la disparition d'un

corps humain dans la bienséance sociale), elle devait la considérer comme névrotique, comme la cause de la maladie psychique ?

L'école finie, les études terminées, après que la dépression s'est condensée en résignation, Z. va trouver un thérapeute chez qui l'unité du corps et de l'âme est en de meilleures mains que chez les médecins spécialistes. Le traitement commence à produire des résultats (c'est la première fois, pour Z., que ce qu'il fait produit des résultats), mais d'abord ces résultats semblent se retourner contre lui et même sous la forme la plus grave, voire catastrophique. Le regard sur ce qu'il y a de secrètement destructeur dans sa forme de vie déclenche la destruction ouverte et menace d'anéantir, en même temps que la fiction, le fondement de tout espoir. Sans doute l'analyse apporte-t-elle effectivement la preuve que l'unité du corps et de l'âme, qu'une bonne éducation avait occultée, est un fait qui s'impose, et qu'on ne peut la dissocier. Mais prendre conscience de ce caractère indissociable, maintenant cela revient à : désespérer de la possibilité de guérir cette maladie, car, entre-temps, cette unité s'est placée sous le signe de son désaveu, le désaveu de toute l'existence. Le nom accablant de ce désaveu, c'est : cancer.

Est-ce pour cela que Z., son constat en poche, chercha auprès de l'analyste un refuge contre le désespoir ? Sans doute est-ce bien plutôt du fait que le constat physique, si limité qu'il parût, apportait à l'âme un soulagement suffisant pour qu'elle se sentît capable d'aborder l'analyse. « Vu de l'extérieur », il est peut-être difficilement concevable que, d'emblée, le mot de cancer n'ait pas correspondu, pour le patient, à une condamnation à mort mais, bien au contraire, à un espoir. Du fait qu'il

l'attaquait maintenant ouvertement, le principe ennemi
de la vie semblait enfin prêter lui-même le flanc. Dans sa
volonté de contre-attaquer, Z. pouvait s'appuyer sur la
psychothérapie. Pour la première fois de sa vie, cet
infirme des rapports humains avait un ennemi mani-
feste; cet ennemi pouvait constituer à présent le parte-
naire idéal, à la place de tous les contacts manqués. Il ne
semblait pas encore vraiment fatal que cet ennemi lui
apparût sous la forme de son propre corps trompé.

Le cancer — qu'est-ce que c'est ?

Ce traité pourrait être plus qu'une contribution à la
psychologie d'un genre de vie mortel. Il pourrait contri-
buer à son traitement, être utile à la compréhension
d'une maladie que les faire-part de décès qualifient de
« redoutable » et de « sournoise »; que la médecine
d'école préfère ne pas nommer du tout. Jusqu'à présent le
cancer s'est moqué des découvertes de cette médecine
d'une manière qui éveille le soupçon qu'une fois pour
toutes ce mal ne peut pas être traité par l'allopathie;
qu'il suppose une compréhension nouvelle, révolution-
naire, du rapport entre la santé et la maladie. Le cancer
est une maladie entre guillemets, qui, bizarrement, n'en
est d'ailleurs pas une, mais un agissement asocial de la
norme biologique. Un accroissement des cellules, sou-
haitable et même vital dans certaines conditions, sort
violemment du schéma de « santé » et propage dans son
propre système une anarchie qui entraîne la mort de ce
système. Qui donne le signal de cette évolution qui peut
se produire en chacun de nous (d'où la « sournoiserie »),
à tout moment ? Cette poussée vers la mort suppose-t-elle

*une disposition cachée ou même l'assentiment de l'orga-
nisme en cause ? Bref, n'avons-nous pas affaire, non pas
à un attentat venu « du dehors », mais au contraire à
une évolution inconsciemment dirigée « du dedans » ?
L'ancienne médecine magico-alchimique qui poursuit
son existence dans quelques rejetons hérétiques mais
remarquablement florissants (et qui nous revient sous la
forme de thérapies exotiques) n'a jamais considéré la
santé comme une grandeur en soi, mais comme un
rapport d'équilibre, une balance instable des échanges
organiques entre la matière et l'esprit, comme un niveau
déterminé de communication entre le dedans et le dehors,
bref : comme une harmonie. D'où il semble résulter que
la maladie est identique au déséquilibre, à la communication perturbée ; qu'il ne faut pas, dès lors, la décrire ni
la traiter comme cause mais comme conséquence d'une
disharmonie. L'on ne « devient » pas malade à moins de
l' « être » déjà ; à moins de vivre en disparité chronique
avec son entourage, et donc aussi avec soi-même. Notre
image de l'homme devrait être révolutionnée par l'idée
que, très souvent, rien d'autre ne nous fait mourir que
notre incapacité à vivre en paix avec les conditions de
cette civilisation que nous avons nous-mêmes créée (cette
paix qui va jusqu'au bout du conflit au lieu d'être obligée
de le refouler). Le cas de Z. devrait nous permettre
d'étudier ce que le cancer d'un individu est, selon toute
probabilité : une protestation contre des conditions
objectives qui rendent la vie invivable ; un signal de mort
que l'organisme déjà diminué se donne à lui-même en
développant, rien que pour soi et finalement contre soi,
un accroissement compensateur.*

*Sans doute, il ne suffit pas de voir dans le cancer un
état particulier du refus de la vie, un acte inconscient de*

*désaveu (bien que le thérapeute particulier doive partir
de là s'il veut inverser à temps le processus mortel). Le
cancer est un jugement sur la société qui a besoin du
refoulement et rend l'insensibilité nécessaire. L'allusion
à « Moscou » — lieu stéréotypé où l'on vit encore plus
mal — est un alibi qui ne fait que désigner le peu de
présence, l'irréalité de la position propre. Z., qui n'est
aucunement « de gauche », établit le rapport exact entre
le manque à vivre et l'anticommunisme, la misère et
l'agression. « Moscou » devient ici le nom de code
désignant le fait que nous devons nous sentir menacés
pour être simplement quelqu'un.*

Or, dans le cancer, cette disposition devient une vraie
*menace. Chez le cancéreux est mis en accusation ce qui
nous empêche* tous *de vivre. La preuve de l'existence de ce
rapport, produite avec les dernières réserves d'une saine
révolte et scellée par la mort, constitue la force motrice
de ce livre. Si les prémisses de son action (le refus
intransigeant de toutes les représentations de ce qui est
« sain » ou « malade », fausses parce qu'insuffisantes et
fondées sur le refoulement) pouvaient être érigées en loi
universelle, cette publication marquerait une date. Elle
fixerait de nouveaux buts à l'anthropologie — et avant
tout à la médecine —, peut-être à cent quatre-vingts
degrés de ceux que prescrivent la production industrielle
des remèdes et les médecins qui la représentent.*

Contre-attaque

*Il appartient à l'ironie tragique de ce livre que l'espoir
que donne à Z. le fait de connaître la cause de sa maladie*

vienne trop tard pour lui, cas isolé. Au fond, il le sait ; la tension difficilement supportable des deux derniers chapitres est due, explicitement ou non, à la course de vitesse avec la mort toute proche. Mais, en un certain sens, maintenant il ne veut pas le savoir. De cet en-têtement[1] *dépend la petite avance qu'il calcule et qui peut-être peut encore lui sauver la mise. Objectivement proche de la mort il se sent, d'une façon inouïe jusqu'à présent, proche de la vie et parvient, du moins sur le plan de la pensée et du langage, à liquider les problèmes auparavant enfermés dans la prison de la dépression et du silence poli. Quels que soient encore les méfaits du cancer : la dépression, la tristesse insondable, il les a complètement chassés — par le truchement de la connaissance analytique — et remplacés par la souffrance réelle. Qu'il en soit (rageusement) remercié.*

Dans ce livre, Z. donne un exemple d'une force de résistance qu'il n'avait pas encore utilisée jusque-là. Il prend la liberté de faire un moyen de connaissance de la tumeur mortelle qui adhère à son corps. Maintenant je suis cela aussi, *apprend à dire quelqu'un en qui la première personne a été, sa vie durant, sous-développée. (Le fait que c'était* seulement *cette première personne qui avait suscité l'autisme mélancolique n'est qu'une contradiction apparente.) Bien plus, il accomplit enfin ce que réussit n'importe quelle fleur et que lui n'avait jamais pu faire : il apprend à « montrer sa croissance ». Et cette façon de se présenter semble contrebalancer la mort tapie dans cette croissance devenue maligne. C'est enfin*

---

1. Jeu de mots intraduisible. Sinn = sens, et Eigensinn = entêtement. L'auteur écrit ici : Eigen-Sinn (eigen = propre, personnel). *(N.d.T.)*

— *remplaçant tous les rapports manqués avec le monde extérieur, remplaçant tout le monde extérieur galvaudé — une mort* extérieure *; douloureuse, bien sûr, mais à aucun moment plus maligne que la* « mort » *intérieure, silencieuse, de naguère. Cette mort extérieure, s'il se trouvait que rien ne puisse plus la détourner, il pourrait toujours la faire* sienne. *Non, sans doute, à la manière du Claudio[1] de Hofmannsthal s'affaissant finalement dans les bras de la mort :*

Puisque ma vie fut morte, ô Mort, sois donc ma vie !
Qu'est-ce donc qui m'oblige à te nommer la Mort
Et une autre la Vie, moi qui ne reconnais
Aucune de vous deux ?

Mourir sa mort *signifie inflexiblement pour Z. : les reconnaître toutes deux, la mort et la vie ; conserver la clarté de la terminologie ; renoncer une fois pour toutes aux amalgames poétiques. Ce qui veut dire : appeler mort la mort et s'en tenir à sa cruelle déraison ; appeler inflexiblement vie la vie, même si celle-ci devait encourir sa propre perte.*

Oui : ne pas consentir *à cette réconciliation avec la mort, éviter cette fois, à tout prix, cet esprit accommodant et cette neutralité à l'égard des faits qui avaient fait de la vie un rêve sans conséquence : c'est là que se trouve le sens personnel de ce document testamentaire. S'il entre un brin de calcul dans cette attitude, il va bien au-delà d'un quelconque avantage compétitif. Et il faut parler ici de la véritable audace de ce mourant. Il mise sur le fait — et l'explique en détail au lecteur confondu —*

1. Dans *La Mort et le Fou* (traduction Colette Rousselle) *(N.d.T.)*.

*que cette maladie mortelle, même si elle progresse
irrésistiblement, sera réversible, réversible autrement :
c'est-à-dire qu'elle se laissera retourner dans toute son
absurdité contre le Créateur de tout ce qui est absurde...
Ce qu'Il a fait au malade, ce cancer, le malade le
retournera au « Créateur du crocodile ». En effet, pour
peu qu'il soit vrai que l'univers est un organisme
cohérent, cet organisme métaphysique ne peut pas être
plus fort que le plus faible de ses membres. Mais en
retour, le fait d'être le membre le plus faible, et par
conséquent sacrifié, donne au sacrifice sa force meur-
trière. En mourant, il attaquera le Tout et propagera
dans l'au-delà la mort bien méritée...*

*Ici le cancer n'apparaît plus seulement comme réflec-
teur de la vie personnelle mais comme une arme, magie
noire, déformation méchante de la phrase de l'évangile
selon laquelle ce qu'on inflige au plus pauvre d'entre les
frères, c'est Lui qui en est atteint. Le thème anti-Job, le
refus absolu de se réconcilier avec le dieu de mort, est le
trait dominant des deux derniers chapitres. Z. se retran-
che derrière la position de défi du Sisyphe de Camus et a
le front de répéter : « Il est heureux*[1]*. » C'est à vrai dire
un existentialisme dévié que quelqu'un, ici — non sans
un regard du côté de son semblable, Satan-Lucifer —
atteste avec son âme vivante (enfin : vivante !). Il faut un
maximum de maîtrise de soi — ou plutôt d'affirmation
de soi, dans la situation de Z., pour s'en tenir à l'article
de foi de Camus, selon lequel, face à l'absurde, il ne s'agit
pas de vivre « le mieux*[1]* » mais « le plus*[1]* ». C'est un
immoralisme de viveur, qui, en réalité, dépasse large-
ment l'existence personnelle limitée. Il faut à Z. juste-*

---

1. En français dans le texte.

ment l'extrême de ce maximum pour contrebalancer, ou
y tendre du moins, le poids muet de la vie manquée.

Mais la résistance, la colère [1] de cet homme inexora-
blement en train de mourir (et qui lui a inspiré son
pseudonyme) n'est pas seulement dirigée contre l'absurde
transcendant. Il joue avec non moins de hardiesse contre
l'absurdité concrète des mécanismes de notre société,
contre ce que sa propre origine familiale et sociale a de
désastreux. Celle-ci, le mourant voudrait aussi l'empoisonner de sa désespérance qui a fini par être presque
aussi puissante que la vie. Sa mort — ou le reste enragé
de sa vie — lui apparaît comme une attaque révolutionnaire contre ce qui existe, sans pour autant se rattacher à
l'une des forces révolutionnaires existantes, dont aucune
ne satisfait son absolutisme précaire. C'est sa mort en
tant que telle qui doit faire ressortir ce que cette société a
de mortel, en le rendant compréhensible et irréfragable.
Cette mort ne troublera pas seulement la tranquillité de
ses parents et de leur société ; elle n'exposera pas seulement leur faute (cette sentence, après l'avoir d'abord
laissée en suspens sous forme d'accusation générale, il la
prononce à la fin avec une netteté qui va droit au but).
Bien plus, il leur rendra impossible (non pas d'un coup
mais quand les victimes, dont il n'est qu'une parmi
beaucoup d'autres, auront atteint un nombre critique) de
se supporter eux-mêmes. En tant que « révolutionnaire
passif », il aura contribué au déclin de l'Occident, par le
seul fait qu'il n'est PAS CONTRE la révolution. Une
société qui n'a pas appris à vivre meurt, elle est déjà
morte ; manque seulement que la mort à quoi elle est
condamnée soit rendue publique.

1. En allemand, *Zorn* signifie colère *(N.d.T.)*.

Souffrances d'un adolescent

Cette révélation, Z. la jette à la face du lecteur. Et, afin qu'elle ne soit adoucie par aucun espoir en l'au-delà, elle prononce, en même temps que la condamnation à mort d'une société, celle de son Dieu. Le Dieu qui a laissé prospérer cette société et dont elle a besoin, à son tour, en tant que créateur de ses faux-fuyants, ne doit pas être. Comme il est dépendant du système qui le produit, une bonne haine suffit sans doute à détruire les deux mondes. En effet, Il ne serait pas un dieu infini mais un dieu local, un dieu de la « Rive dorée » — absolu uniquement par son étroitesse d'esprit, et, à part cela, un mal tout relatif qu'on peut supprimer en rompant toute relation avec lui. Il est impressionnant de voir la subtilité que Z. met en œuvre afin de démontrer le caractère limité, la régionalité de Dieu — comme s'il était guidé par l'espoir absurde qu'on pourrait limiter le mal dans l'univers de même (il l'espère toujours) que dans son propre corps. Oui, jusqu'à la dernière page — et aux derniers jours de Z., quand, rongé par les métastases, il voulait entrer à l'hôpital pour une « cure de sommeil » — la bonté du souhait de toute sa vie demeure sensible. Il ne se montre si affreusement méchant qu'afin de ne pas être suspect de cette fatale bonne vieille gentillesse. Mais son espoir emprunte secrètement les formes du plus complet retournement — le blasphème. En effet, que signifie cette idée follement téméraire de contaminer le monde avec sa misère sinon le désir de communication, poussé à l'extrême, d'un être abandonné à l'heure de sa mort ? La célébration de la vie en soi, que cache-t-elle d'autre que

*l'ultime prière de se perpétuer ; qu'exprime-t-elle d'autre
que — retourné en malédiction — le désir d'amour ?*

*Celui qui a écrit ce livre y a esquissé — quelle que soit
la façon dont il l'a formulée — une stratégie de survie. Au
pire, une chose au moins subsistera de lui : une intelligence pénétrante.* « *Je serai mort, et j'aurai su pourquoi.* » *C'est peut-être un discernement empoisonné —
mais Z. préfère représenter toute son existence comme
une immondice qui nous embarrasse et peut peser sur le
monde, à la limite même le détruire, plutôt que de laisser
cette existence se réduire à rien.*

« *Mars* » *a voulu vivre jusqu'au dernier instant et au-
delà. Ce fut son cancer, dont il chercha vainement à se
délivrer, qui lui montra à quel point il eût toujours aimé
vivre et combien peu il avait jamais vécu ; ce qu'aurait pu
être la vie. Celui qui déplore, dans ce manuscrit, l'absence de maturité, doit se rappeler que l'immaturité
n'était même pas accordée à ce mort. Voilà un homme
avec des penchants prétendument normaux, qui meurt à
trente-deux ans sans avoir jamais couché avec une
femme. Qu'en cela il ne soit même pas un cas isolé, ce
serait déjà une raison de s'indigner — et ce serait même
la seule révolte* morale *que je puisse juger légitime dans
notre société. Elle devrait être dirigée contre ce qu'il y a,
en nous-mêmes, d'empêchement à vivre — et c'est justement là ce que fait, sous la forme la plus aiguë et la plus
personnelle, ce récit d'un mourant. Le lecteur peut
toujours estimer que ce livre n'eût pas été plus inoffensif
s'il avait fait passer la* « *petite* » *expérience avant la
spéculation provocante ; que ce n'est peut-être que sous
cette forme qu'on pourrait le qualifier de tout à fait*
« *personnel* ». *Soit. Mais que les conditions de cette
existence personnelle — et cela veut dire obligatoire-*

ment : sensible — aient manqué à ce jeune homme, c'est
bien cette souffrance dont il se plaint ici et dont il est
mort. Il place sa dignité dans le fait qu'il exprime la
souffrance la plus profonde non pas comme souffrance
mais comme colère. C'est contre la mort dans la vie que
Z. proteste et à quoi il oppose la seule chose qu'il ait
vraiment ressentie : qu'il doit y avoir une vie — une vie
torturée, incomplète, mais tout de même une vie — avant
la mort ; si l'on ne peut faire autrement, une vie en
mourant, comme agonie. Sa colère ne couvre jamais
complètement sa demande de justice, le désir d'être
équitable. Cet ancien désir suspect lutte jusqu'au dernier
moment contre le besoin élémentaire de s'exprimer, soi,
de déclarer enfin, pour une fois, ses désirs.

Cependant, même ces désirs, si on les voit de l'intérieur, avec ce qu'ils ont de tranchant, sont plutôt discrets
et étrangement modestes. Z. écrit, dans un passage, qu'il
a suffi — pour activer le cancer — d'un petit peu trop de
tout. Un peu trop de silence menteur, d'insensibilité
institutionnalisée, de poids familial. Du point de vue de
la qualité, son mode de vie n'était pas forcément mortel.
Ce fut sa quantité, l'excès de non-humain, qui le fit
basculer dans la maladie fatale. Peut-on en conclure
qu'un peu plus d'imagination, de sollicitude, d'attention
au corps et à l'âme auraient sauvé cette vie, même dans
des conditions bourgeoises ? On le peut, on le doit même.
Si Z. a claqué la porte avec tant de véhémence sur ses
rapports avec ses semblables, c'est parce qu'il savait que
ce n'est pas ainsi qu'elle se ferme. Le lecteur demeure
invité à protester, face à un geste de mort aussi radical.
Cette protestation est légitime, ne serait-ce que parce
qu'elle engage plus fortement à l'action que ce geste ;
parce qu'elle peut, par conséquent qu'elle doit être vécue

ici et maintenant. Ici, celui à qui il a fallu mourir n'est pas victime d'un destin, il est mort à cause de nous. A cause de ce qui nous a manqué, en toutes circonstances, sur le plan humain. Il est mort de n'avoir pas appris à partager sa vie, à la communiquer, jusqu'à ce qu'il fût trop tard. Ce qui lui a donc manqué, ce fut celui ou celle qui aurait réclamé de lui partage et communication. Dans une société incurable sa mort n'est pas exception- nelle mais normale. Nous mourrons encore ainsi, aussi longtemps que nous vivrons encore ainsi. C'est ce qu'il y a de vraiment bouleversant dans ce livre.

Adolf Muschg

PREMIÈRE PARTIE

Mars en exil

I

Je suis jeune et riche et cultivé ; et je suis malheureux, névrosé et seul. Je descends d'une des meilleures familles de la rive droite du lac de Zurich, qu'on appelle aussi la Rive dorée. J'ai eu une éducation bourgeoise et j'ai été sage toute ma vie. Ma famille est passablement dégénérée, c'est pourquoi j'ai sans doute une lourde hérédité et je suis abîmé par mon milieu. Naturellement j'ai aussi le cancer, ce qui va de soi si l'on en juge d'après ce que je viens de dire. Cela dit, la question du cancer se présente d'une double manière : d'une part c'est une maladie du corps, dont il est bien probable que je mourrai prochainement, mais peut-être aussi puis-je la vaincre et survivre ; d'autre part, c'est une maladie de l'âme, dont je ne puis dire qu'une chose : c'est une chance qu'elle se soit enfin déclarée. Je veux dire par là qu'avec ce que j'ai reçu de ma famille au cours de ma peu réjouissante existence, la chose la plus intelligente que j'aie jamais faite, c'est d'attraper le cancer. Je ne veux pas prétendre ainsi que le cancer soit une maladie qui vous apporte beaucoup de joie. Cependant, du fait que la joie n'est pas une des principales caractéristiques de ma vie, une comparaison attentive m'amène à conclure que, depuis que je suis malade, je vais beaucoup mieux qu'autrefois, avant de tomber malade. Cela ne signifie cependant pas que je veuille qualifier ma situation de particulièrement agréable. Je veux dire simplement qu'entre un état particulièrement peu réjouissant et un état simplement peu réjouissant, le second est tout de même préférable au premier.

Je me suis donc décidé à noter mes souvenirs dans ce récit. Autrement dit, il ne s'agira pas ici de Mémoires au sens ordinaire mais plutôt de l'histoire d'une névrose ou, du moins, de certains de ses aspects. Ce n'est donc pas mon autobiographie que j'essaie d'écrire ici, mais seulement l'histoire et l'évolution d'un seul aspect de ma vie, même s'il en est jusqu'à présent l'aspect dominant, à savoir celui de ma maladie. Je voudrais essayer de me remémorer le plus de choses possible ayant trait à cette maladie, qui me paraissent typiques et importantes depuis mon enfance.

S'il faut donc que je me rappelle mon enfance, je dirai tout d'abord que j'ai grandi dans le meilleur des mondes possibles. D'après cette remarque, le lecteur intelligent comprendra tout de suite que l'affaire devait forcément mal tourner. D'après tout ce qu'on m'a raconté sur moi, j'ai dû être un enfant très aimable, éveillé, joyeux et même épanoui ; on peut donc supposer que j'ai eu une enfance heureuse. D'autre part, je songe ici à un article paru dans une

rubrique consacrée aux ennuis psychologiques, où il
était question d'un jeune homme qui n'arrivait pas à se
débrouiller dans la vie, ne savait sur quel pied danser
et ne se sentait pas capable de maîtriser son existence,
ce qui était d'autant plus surprenant qu'il avait eu une
enfance très heureuse. Le commentaire du brave
homme de psychologue chargé du courrier était fort
simple : si, à présent, le jeune homme en question se
sentait hors d'état de prendre sa vie en main, incontes-
tablement aussi son enfance n'avait pas été heureuse.
Donc, si maintenant je réfléchis à la façon dont,
jusqu'ici, j'ai pris, ou plutôt n'ai pas pris ma vie en
main, je ne puis que supposer que moi non plus, je n'ai
pas eu une enfance heureuse.

A vrai dire, il m'est difficile de me rappeler des
détails particulièrement malheureux de mon enfance ;
au contraire, tout ce qui m'est resté de mes jeunes
années semble en général très satisfaisant et je trouverais exagéré de faire aujourd'hui, autour de quelques
chagrins d'enfant, un bruit que ceux-ci ne méritent
pas. Non, en vérité, tout allait toujours bien et même
beaucoup trop bien. Je crois que c'est justement cela
qui était mauvais : que tout aille toujours beaucoup trop
bien. Dans ma jeunesse, presque tous les petits mal-
heurs et, principalement, tous les problèmes m'ont été
épargnés. Il faut que j'exprime cela encore plus précisément : je n'avais jamais de problèmes, je n'avais
absolument aucun problème. Ce qu'on m'évitait dans
ma jeunesse, ce n'était pas la souffrance ou le malheur,
c'étaient les problèmes et, par conséquent, la capacité
d'affronter les problèmes. Paradoxalement, on pourrait formuler la chose ainsi : le fait que je me trouvais
dans ce meilleur des mondes possibles, c'était juste-

ment cela qui était mal ; le fait que dans ce meilleur
des mondes tout n'était jamais que délices, harmonie
et bonheur, c'était justement cela le malheur. Tout de
même, un monde exclusivement heureux et harmonieux, cela ne peut pas exister ; et si le monde de ma
jeunesse prétend avoir été un pareil monde, uniquement heureux et harmonieux, il faut qu'il ait été, dans
ses fondements mêmes, faux et menteur. Je vais donc
essayer d'exprimer les choses de la façon suivante : ce
n'est pas dans un monde malheureux que j'ai grandi
mais dans un monde menteur. Et si la chose est
vraiment bien menteuse, le malheur ne se fait pas
attendre longtemps ; il arrive alors tout naturellement.

A ce propos, je voudrais ajouter une remarque sur la
composition chronologique de mes souvenirs de jeunesse : je crains que l'articulation temporelle soit
presque entièrement absente de ce récit. En effet, ce ne
sont pas tellement des événements isolés (qu'on peut
fort bien placer les uns à la suite des autres, en ordre
chronologique) que je vais raconter, je vais plutôt
essayer de distinguer clairement, pour moi, diverses
étapes de conscience dont, le plus souvent, je n'arrive
pas à me rappeler quand il s'est agi d'un simple
soupçon, quand d'une évolution plus ou moins nébu-
leuse et quand d'une certitude. De plus, dans mes
jeunes années, je n'aurais pas encore du tout été
capable de formuler mes impressions et de prendre
conscience de mes réactions. C'est pourquoi aujour-
d'hui je réunirai beaucoup de choses dans le temps
tout autrement que je ne l'aurais fait lorsque je les
vivais en réalité. Si bien qu'en ce qui concerne quantité
de petits faits isolés, je ne saurais plus dire en quelle
année de ma vie ils ont effectivement eu lieu.

Le thème le plus important de l'univers de ma jeunesse est sans aucun doute l'harmonie, dont j'ai déjà parlé. Je ferai abstraction ici de mes années d'enfance proprement dite — ou de ma seule petite enfance — afin de ne pas risquer de projeter dans mon enfance quelque chose qui me paraisse probable et plausible, faute de me rappeler que je l'aie concrètement vécu. Il sera donc tout de suite question du monde tel que je le vivais en tant que petit garçon. Eh bien, ce monde était harmonieux à l'extrême. On ne comprendra jamais assez à quel point la notion d'harmonie était totale. J'ai grandi dans un monde si parfaitement harmonieux que même le plus fieffé harmoniste en frémirait d'horreur. L'atmosphère, chez mes parents, était prohibitivement harmonieuse. Je veux dire par là que, chez nous, il fallait que tout fût parfaitement harmonieux, que tout ne pouvait être, en aucune façon, autre qu'harmonieux, que la notion même ou la possibilité de l'inharmonieux n'existait pas. Ici l'on objectera aussitôt que l'harmonie totale est du domaine de l'impossible, qu'il ne peut y avoir de lumière que là où il y a aussi de l'ombre et que cela ne doit pas aller trop bien pour la lumière si elle ne sait pas que l'ombre existe ou refuse de l'entendre. Et je suis d'accord avec cette objection.

La question hamlétienne qui menaçait ma famille se présentait ainsi : être en harmonie ou ne pas être. Tout devait être harmonieux ; quelque chose qui posât un problème, cela ne devait pas exister car c'eût été la fin du monde. Tout devait être sans problème ; ou, si ce ne l'était pas, il fallait le rendre tel. Il ne devait y avoir, sur tout, qu'une opinion, car une divergence d'opinion eût été la fin de tout. Aujourd'hui je comprends bien pourquoi, chez nous, une divergence d'opinion eût été l'équivalent d'une petite fin du monde : nous ne pouvions pas nous disputer. J'entends par là que nous ne savions pas comment on s'y prenait pour se disputer ; tout comme quelqu'un peut ne pas savoir comment on joue de la trompette ou comment on prépare la mayonnaise. Nous ne possédions pas la technique de la dispute et c'est pourquoi nous nous en abstenions, comme un non-trompettiste ne donne pas de concerts de trompette. Dès lors, nous en étions réduits à ne jamais en arriver à la situation de devoir nous disputer : tout le monde était toujours du même avis. Toutefois, s'il se trouvait qu'apparemment ce n'était pas le cas, selon nous il devait forcément y avoir un malentendu. C'était donc seulement par erreur qu'il avait paru y avoir une divergence d'opinion ; les opinions n'avaient été divisées qu'en apparence et, une fois le malentendu dissipé, il devenait évident que toutes les opinions étaient bel et bien identiques.

Je doute d'avoir appris de mes parents le mot « non » (c'est peut-être bien à l'école qu'il est entré un jour dans mon vocabulaire) ; en effet, on ne l'employait pas chez nous, puisqu'il était superflu. Le fait qu'on disait oui à tout n'était pas ressenti comme une nécessité gênante, voire une contrainte ; c'était un besoin ancré dans la chair et dans le sang, éprouvé comme la chose la plus naturelle du monde. C'était l'expression de l'harmonie totale. Au fond, le seul fait de dire oui était une nécessité (même si elle n'était pas ressentie consciemment) : en effet, combien cela n'eût-il pas été épouvantable si quelqu'un avait un jour dit non ? Alors notre monde harmonieux eût été placé dans un contexte qu'il ne pouvait pas affronter et qu'il lui fallait à tout prix maintenir « à l'extérieur ». C'est pourquoi nous disions tout bonnement oui. Il est sans doute impossible de naître conformiste, aussi ne puis-je pas me définir comme le conformiste-né ; mais je constate que je fus le conformiste parfaitement éduqué.

Jusqu'à quel point, pour nous — ou peut-être seulement : jusqu'à quel point, pour moi — ce non éternellement inexprimé faisait figure de squelette dans un placard, il m'est difficile de le mesurer aujourd'hui. Quoi qu'il en soit, ce squelette a tout de même dû bouger à un moment quelconque ; mais je n'arrive pas à m'en souvenir. Il a dû bouger sans doute avec beaucoup de prudence. De toute manière, mes parents n'aimaient pas penser aux squelettes et n'auront probablement pas entendu ce à quoi ils ne pensaient pas. Mon propre goût était beaucoup plus macabre que celui de mes parents ; peut-être, quand j'étais petit garçon, l'ai-je entendu quelquefois sans m'en rendre compte.

Cela ne doit pas être sans rapport avec le fait que non seulement dire non était du domaine de l'impossible mais qu'il nous était, souvent aussi, extrêmement difficile de dire quoi que ce soit. Quiconque disait quelque chose était plus ou moins obligé de se rappeler que les autres devaient et voulaient toujours répondre oui à ses paroles, de sorte que par délicatesse nous évitions toutes les paroles que les autres conformistes auraient eu du mal à approuver avec naturel. Lorsqu'il s'agissait de prononcer un jugement sur la façon dont on avait apprécié quelque chose, par exemple un livre, il fallait, comme aux cartes, envisager les réactions possibles des autres avant de jouer la sienne, afin de ne pas risquer de dire quelque chose qui ne fût pas assuré de l'approbation générale. Ou bien nous réservions notre jugement jusqu'au moment où nous pouvions espérer que quelqu'un d'autre prendrait les devants et avancerait son opinion, à laquelle nous pouvions alors nous ranger. Nous attendions donc que quelqu'un lâche enfin le morceau et déclare, par exemple, qu'il l'avait trouvé « beau ». Sur quoi, nous aussi nous le trouvions tous « beau », et même « merveilleux » ou « formidable ». Cependant, si le premier qui parlait avait dit « pas beau », nous l'aurions pareillement approuvé et l'aurions aussi trouvé « pas beau du tout » et même « abominable ».

Je m'habituai à ne porter aucun jugement personnel, mais au contraire à toujours adopter les jugements des autres. Je m'habituai à ne pas apprécier les choses par moi-même mais à n'apprécier jamais que les choses bien : ce que les autres considéraient comme bien me plaisait aussi et ce que les autres n'estimaient pas bien, je ne l'approuvais pas non plus. Je lisais de « bons livres » et ils me plaisaient, parce que je savais qu'ils étaient « bons » ; j'écoutais de la « bonne musique » et elle me plaisait pour la même raison. Mais ce qui était « bon », c'étaient les autres qui en décidaient et jamais moi. Je perdis toute aptitude à la spontanéité dans le domaine des sentiments et des préférences. J'avais appris que la musique classique était « bonne », mais que les chansons à succès et le jazz étaient « mauvais ». C'est pourquoi j'écoutais de la musique classique, comme mes parents, et je la trouvais « bonne », et j'abhorrais le jazz dont je savais qu'il était « mauvais », bien que je n'en eusse encore jamais entendu et que je n'eusse pas la moindre idée de ce qu'était en réalité le jazz. J'avais seulement entendu dire qu'il était « mauvais » et cela me suffisait.

A ce propos me revient en mémoire une autre prédilection douteuse, datant de ma jeunesse : celle que j'avais pour les « choses élevées » dont il sera encore abondamment question. Je savais — pour m'en tenir à cet exemple — que le jazz était mauvais mais je voyais que tous mes camarades de classe et généralement tous mes contemporains aimaient écouter du jazz et des chansons à succès ainsi que toute sorte de « mauvaise musique », si bien que j'en vins à la conclusion suivante : il se trouvait que j'avais déjà remarqué ce qui était « bien » et que j'avais atteint les « choses élevées » ; j'avais déjà compris ce qui était bon ou mauvais. Mes camarades de classe, un peu attardés, en étaient restés au niveau de la « mauvaise » musique, alors que moi je m'étais élevé d'un bond jusqu'aux hauteurs de la « bonne ». Le fait que je n'avais fait aucune comparaison, que je n'avais jamais choisi entre l'un et l'autre genre de musique mais que j'avais accepté aveuglément le préjugé de la « bonne » musique classique et de la « mauvaise » musique moderne, j'en étais demeuré complètement inconscient. Je n'avais pas dépassé la notion qu'en art tout ce qui était ancien était « bon » par principe et tout ce qui était moderne, par principe « mauvais » : Goethe et Michel-Ange étaient « bons » car ils étaient morts, tandis que Brecht et Picasso étaient « mauvais » car ceux-là étaient modernes. Je croyais avoir franchi l'obstacle et m'être élevé au niveau d'un connaisseur des classiques, alors qu'en vérité je n'avais jamais osé affronter cet obstacle, je n'avais fait que le contourner. J'avais ainsi plus ou moins annexé le domaine des

« choses élevées » et pouvais me permettre de regarder
avec dédain ceux qui n'étaient pas arrivés aussi haut,
sans entrevoir à quel point mon apparente supériorité
était vide.

Le premier disque que j'achetai avec mon argent de
poche fut donc quelque chose de tout à fait classique et
« bien » — sans doute un ennuyeux morceau de
Mozart ou de Beethoven — aussi étais-je très fier de
mon « bon » achat. Le premier disque que mon frère,
mon cadet de trois ans, se procura peu après avec ses
économies était le *Tango criminel,* très populaire à
l'époque. Le choix de mon petit frère me faisait sourire
parce que je savais que le *Tango criminel* était kitsch ;
mais que mon frère eût choisi d'après son goût personnel et n'eût pas simplement cédé devant la censure
d'un bon goût exsangue et théoriquement juste, que
son choix fût plus spontané et, au sens le plus vrai du
terme, plus juste, je ne devais m'en rendre compte que
bien des années après.

En ce temps-là je n'avais pas de jugement, pas de
préférences personnelles et pas de goût individuel, au
contraire, en toutes choses je suivais le seul avis
salutaire, celui des autres, de ce comité de gens dont je
reconnaissais le jugement, qui représentaient le
public, qui savaient ce qui était juste et ce qui était
faux. Et chaque fois que je croyais avoir atteint moi
aussi le niveau de ce comité imaginaire, je m'en
réjouissais et j'en étais fier. Comme je l'avais appris
dans ma famille, ce n'était pas l'opinion de l'individu
mais celle de la communauté qui comptait dans la vie,
et seul celui qui pouvait le plus possible partager cette
opinion sans réserve était à sa place. Naturellement,
cette recherche constante de l'opinion juste et seule

salvatrice conduisit rapidement à une grande lâcheté
en matière de jugement, si bien que ma peur de
prendre parti, devenue excessive, empêchait toute
prise de conscience spontanée. A la plupart des questions qu'on me posait j'avais coutume de répondre que
je ne savais pas, que je ne pouvais pas juger ou que cela
m'était égal ; je ne pouvais donner de réponse que
lorsque je savais d'avance qu'elle pouvait correspondre au canon salvateur. Je crois qu'en ce temps-là
j'étais un véritable petit Kant effarouché, qui croyait
toujours ne pouvoir agir qu'en parfait accord avec la
loi générale.

Je me trouvais, dès lors, dans un monde étrange dont
je pourrais rire aujourd'hui si je ne savais pas à quel
point il me devint néfaste, par la suite. Je ne lisais donc
que de « bons » livres, c'est-à-dire que je n'en possé-
dais pas d'autres ; je ne savais même pas ce que
pouvaient être de « mauvais » livres. Je savais que les
mauvais livres étaient de la « camelote » — mais la
camelote, je ne savais pas au fond ce que c'était. Je fus
prodigieusement étonné le jour où je me rendis compte
que, parfois aussi, un bon livre pouvait ne pas plaire.
J'avais lu *Ekkehard* de Scheffel et je l'avais naturellement trouvé « bon ». Un jour, une fille de mon âge,
voyant ce livre sur un rayon de ma bibliothèque, me
demanda s'il m'avait plu. Je me dis en moi-même :
« Quelle question idiote, puisque c'est un " bon "
livre », car on ne pose pas de question sur des éviden-
ces, et je répondis naturellement que oui. Quand elle
répliqua qu'elle-même n'avait pas du tout aimé ce
livre, je n'en revins pas : qu'un « bon » livre pût
déplaire, cela dépassait ma compréhension. Plus tard,
je réfléchis à la question et finalement, puisque ce livre

avait déplu à cette fille, je résolus de le trouver
dorénavant, moi aussi, « mauvais ».

Ces quelques petits souvenirs d'enfance peuvent sans
doute paraître insignifiants et ridicules, et je reconnais
volontiers qu'en eux-mêmes ils ne signifient pas grand-
chose. Mais je suis convaincu que de petites anecdotes
de ce genre contiennent en germe la catastrophe qui
devait plus tard s'abattre sur moi. Je veux parler ici de
la violence faite à ma faible personnalité d'alors, ou
plutôt à ma personnalité déjà affaiblie, dont il ne
fallait pas qu'elle eût rien de spécifique car tout devait
se conformer aux lois de ce qui était bien et universel-
lement valable, sans quoi l' « harmonie » eût risqué
d'être atteinte ; et cela, je savais que cela ne devait pas
arriver. La fin de l'harmonie eût été la fin de tout. A ce
propos, je dois répéter une fois de plus que ce temps de
ma jeunesse ne fut pas malheureux pour moi ; il fut
simplement « harmonieux », ce qui était beaucoup
beaucoup plus grave.

D'une part, la conscience de toujours faire et dire ce
qu'il fallait me donnait une certaine assurance ; mais
d'autre part s'ouvrait devant moi un domaine plein de
dangers, dans la mesure où il pouvait m'arriver de ne
plus savoir ce qui était bien et de devoir me fier à mon
propre jugement, ce jugement propre que justement je
persistais à réprimer de toutes mes forces. Ainsi je me
rappelle une conversation avec un condisciple qui
voulait savoir à quoi je m'intéressais vraiment. Je ne
savais que dire, si bien qu'il se mit à me demander si je
m'intéressais à ceci, cela, ou autre chose encore. A
chaque fois que je me sentis obligé de dire non, en dépit
d'une grande répugnance car je n'aimais pas dire non
et j'avais le sentiment que l'autre s'intéressait juste-

ment à ce dont je lui disais que personnellement je ne m'y intéressais pas. Je voyais venir le moment où nous nous trouverions d'un avis différent sur l'intérêt que présentaient toutes ces choses, ce que j'avais pourtant l'habitude d'éviter dans la mesure du possible. Finalement il me demanda si moi aussi j'aimais beaucoup les animaux. Bien que j'eusse peur de toutes les bêtes, je n'eus pas le courage de répondre encore négativement, je mentis, je dis oui, bien que redoutant à part moi que ce Oui eût des suites effroyables, qu'il m'invitât par exemple à dîner avec lui en compagnie d'animaux. Peut-être parce que mon Oui ne lui avait pas paru très convaincant, il voulut encore savoir si par hasard je m'intéressais aux voitures. A ce moment je voulus vraiment avoir la même opinion que lui, je mentis encore une fois et répondis par l'affirmative. Sur quoi il répliqua qu'il n'avait pas le moindre penchant pour les voitures. J'avais donc doublement échoué : mon premier mensonge de politesse, il ne l'avait pas cru ; mais en faisant un second mensonge de politesse, j'avais torpillé mon projet d'être du même avis que lui. Je voulais seulement être poli et avoir la même opinion que lui ; être sincère, je ne le pouvais pas. Mais cela ne m'avait rien appris. Je crois que pendant des années j'ai gâché ainsi les amitiés que j'aurais pu avoir, parce que j'avais peur d'être éventuellement d'un autre avis que quelqu'un, ou que quelque chose ne fût pas « bien ». Pour pouvoir tenir dans cette position difficile, je n'avais pas le droit d'être jamais sincère.

Or il peut paraître un peu exagéré que je n'aie jamais eu d'opinion personnelle ; il semble impossible qu'il n'y ait pas eu davantage de situations conflictuelles qui auraient dû me forcer à jouer cartes sur table. Mais j'étais en vérité parfaitement initié à l'art de la dérobade et lorsque je ne refusais pas carrément de me prononcer sur des questions désagréables, j'avais à ma disposition une foule de techniques pour les éluder.

Dans ma famille, lorsqu'il s'agissait de prendre parti, l'un des recours les plus en vogue, c'était le « compliqué ». « Compliqué », c'était le mot magique, le mot clé qui permettait de mettre de côté tous les problèmes non résolus, excluant ainsi de notre monde intact tout ce qui était gênant et inharmonieux. Par exemple, chez nous, lorsqu'une question épineuse menaçait de se glisser dans la conversation à la table familiale, on disait aussitôt que la chose, eh bien, elle était « compliquée ». Ce qui avait pour but de faire entendre que le problème en question était si complexe et si riche en possibilités inimaginables qu'il allait de soi qu'on ne pouvait pas en discuter, comme si ce problème dépassait l'étendue du vocabulaire et de l'esprit humain. Le mot « compliqué » avait quelque chose d'absolu en soi. De même qu'on peut difficilement parler de l'infini parce que l'homme, en tant qu'être fini, n'a pas la capacité de le concevoir, de même les choses « compliquées » semblaient se mouvoir dans l'espace de ce qui est impossible à l'être humain. Il suffisait de découvrir qu'une chose était « compliquée », et déjà elle était tabou. On pouvait dire : Aha, c'est drôlement compliqué ; alors n'en parlons pas, laissons tomber. A ce moment on ne devait plus du tout en parler, bien plus, on ne pouvait plus du tout en parler, peut-être même n'avait-on plus du tout le droit d'en parler parce que « cela ne fait pas de bien de parler de ce qui est compliqué ». Le mot « compliqué » a pour moi quelque chose de magique :

on disait « compliqué » à propos d'une chose comme si
on prononçait sur elle une incantation, et la voilà
disparue.

Or les choses « compliquées », cela comportait presque tous les rapports humains, la politique, la religion,
l'argent et, naturellement, la sexualité. Je crois aujour-
d'hui que chez nous, tout ce qu'il peut y avoir d'intéressant était « compliqué », si bien qu'on n'en parlait
jamais. Si je cherche à présent à me rapp, ler de quoi
nous pouvions bien parler à la maison, tout d'abord il
ne me vient pas grand-chose à l'esprit ; la nourriture,
sans doute ; le temps, probablement ; l'école, naturellement et, bien entendu, la culture (même si c'était
seulement la culture classique et celle de gens qui
étaient déjà morts).

En revanche, je me rappelle encore comment j'ai
appris pour la première fois de ma vie qu'on peut
parler aussi d'un sujet excitant et intéressant. La chose
eut lieu au cours d'un voyage scolaire où nous passâ-
mes la nuit dans le vaste dortoir d'un refuge alpin.
D'avance j'étais angoissé, sans doute parce que je
m'étais figuré que mes camarades liraient mes craintes
sur mon visage et en profiteraient pour me jouer de
mauvais tours. Au lieu de cela, je constatai qu'une fois
la lumière éteinte, les autres garçons continuaient à
bavarder des choses les plus intéressantes du monde et
je me trouvai bientôt entraîné dans la conversation. Il
s'agissait de problèmes religieux, des mérites d'une
secte chrétienne bizarre à laquelle appartenait l'un de
mes camarades. Pour moi c'était un grand événement
que de parler tout à coup de sujets captivants, cela ne
m'était encore jamais arrivé.

Même si je dois me dire aujourd'hui que cette

conversation nocturne dans le refuge n'a sûrement pas
été la seule qu'on puisse qualifier de passionnante et
que le hasard a dû m'apporter bien d'autres stimulants
intellectuels, il ne m'est cependant jamais arrivé, dans
ma première jeunesse, d'éprouver comme un manque
l'indigence de la conversation dans la maison de mes
parents. Sans doute, je connaissais des endroits où il se
passait des choses plus intéressantes que chez moi ;
mais l'atmosphère de la maison de mes parents ne m'a
jamais paru insipide. Bien au contraire. Pour moi,
c'était un mérite particulier de mes parents que de
trouver tout « compliqué », cela me semblait être la
preuve d'un niveau supérieur : avec mon esprit borné,
les choses étaient si simples à mes yeux qu'on pouvait
aisément les formuler en mots. Mes parents, en revanche, me paraissaient plus expérimentés et plus intelligents, ils avaient déjà atteint un niveau plus élevé où
ils reconnaissaient, eh bien, que les choses n'étaient
« pas si simples » mais « compliquées », si « compliquées » même qu'on ne pouvait plus du tout en parler.
Dans ma passion malheureuse pour les « choses élevées », j'essayais moi aussi de m'élever au niveau
sublime de la connaissance profonde et de comprendre
que les choses étaient « compliquées ». C'est ainsi que
je m'habituai, comme je l'avais appris de mes parents,
à ne plus réfléchir sur rien et à me laisser baigner par
le doux rayonnement de la complication des choses
que j'avais découverte. Qu'il faille d'abord tout médi-
ter avant d'atteindre, à la manière de Bouddha, un état
de perfection spirituelle si élevée qu'on n'a plus besoin
de se casser la tête à propos de rien, en ce temps-là je
ne m'en doutais naturellement pas. (A quoi il faut sans
doute ajouter que ce Bouddha dirait plutôt, de toutes

choses, qu'elles sont « simples » plutôt que « compliquées ».) En outre, cette supériorité de ma position,
que je postulais, eh bien elle était des plus commodes
pour moi, comme pour nous tous : nous n'avions
jamais à nous engager ; il nous suffisait de trouver
toujours tout « compliqué ».

Si, dans mon souvenir, le « compliqué » était avant
tout du ressort de ma pauvre mère, mon pauvre père,
quant à lui, était le maître du « pas comparable ». Le
plus souvent ma mère se contentait de trouver les
choses « compliquées » en soi ; mon père faisait volontiers un pas de plus et les liquidait en les arrachant à
leur contexte naturel et en les déclarant « pas comparables ». A tout moment, il se trouvait incapable de
mettre en rapport des choses différentes ; il disait que
« cela ne pouvait absolument pas se comparer » et
laissait tout ainsi en suspens dans le vide. De plus, son
art se manifestait surtout lorsqu'il s'agissait de choses
très voisines, qui auraient justement dû susciter une
comparaison. On pouvait ainsi éviter facilement une
discussion sur la valeur ou la non-valeur de n'importe
quoi, car une chose ne peut avoir de vraie valeur que
comparée à d'autres, de même que la lumière ne peut
être claire qu'en comparaison de l'obscurité.

Alors que, dans le domaine purement esthétique,
cette particularité de mon père demeurait une marotte
inoffensive, elle prenait facilement une forme grotesque, surtout sur le plan politique. Par exemple, lors du
scrutin sur l'adoption, par la Suisse, du droit de vote
des femmes, il était entendu pour mon père que si le
vote des femmes était admis dans tous les pays du
monde sauf la Suisse, ce n'était pas une raison, loin de
là, pour que la Suisse fût jugée rétrograde, parce que,

tout simplement, le droit de vote dans les autres pays
ne pouvait pas se comparer avec le droit de vote en
Suisse, si bien qu'on ne pouvait pas en déduire que le
droit de vote des femmes fût bon pour la Suisse. Ma
pauvre mère s'empressa d'adhérer à cette doctrine et
devint une farouche adversaire du droit de vote des
femmes. Même quand le vote des femmes fut entré
dans les faits, ma mère s'entêta dans son opinion et ne
cessa de proclamer à quel point lui répugnait ce droit
et combien elle n'en avait pas voulu.

Chez mes parents, cela allait de soi qu'il était
inadmissible de comparer la justice espagnole à la
justice russe pour la bonne raison que les Russes
étaient des communistes et c'était d'ailleurs pour cela
que c'était mal de leur part de massacrer leurs compatriotes ; mais le gouvernement espagnol, lui, était
contre les communistes, c'est pourquoi ce n'était pas
mal à lui de persécuter ses compatriotes. Du reste, la
terreur, au fond, c'était un bienfait pour les Espagnols
puisqu'elle leur apportait « le calme et l'ordre ». (La
comparaison subtile avec l'Union soviétique, qui est
sans doute l'État où « le calme et l'ordre » règnent le
plus, on ne la faisait pas.) Mais comparer les camps de
concentration espagnols aux camps allemands à l'époque nazie, cela ne se pouvait pas davantage ; ce n'était
pas parce que le fascisme de Hitler était mal qu'il
fallait, loin de là, en déduire que le fascisme de Franco
était mal aussi, car ces deux choses, eh bien, elles
n'étaient « pas du tout comparables ».

C'était comme s'il n'y eût pas au monde deux choses
comparables. Mais les choses qu'on ne compare pas à
d'autres sont toujours sans valeur en soi, elles demeu-
rent solitaires et incompréhensibles dans un espace

froid, irréel. Elles n'incitent ni à la critique ni à l'approbation; elles n'engagent pas, elles ne produisent aucun effet; tout bonnement, elles ne sont pas comparables.

Telle était donc mon image du monde. Il n'y avait pas de conflits, il ne pouvait même pas y en avoir, car les choses du monde glissaient en se croisant sans la moindre friction, dans un système d'où étaient complètement exclus tous les rapports. Et cette absence de friction était manifestement quelque chose de positif : en effet, là où il n'y a pas de frict. n, il y a harmonie, et là où il y a harmonie, tout va bien. Naturellement, je ne savais pas que je n'étais pas situé au-dessus de ce monde sans friction mais que j'étais moi-même un de ces machins suspendus dans l'espace froid irréel. Au contraire, cette incapacité de comparer diverses choses entre elles était à mes yeux, tout comme la conscience du « compliqué », l'expression d'un niveau supérieur de l'esprit. Je m'aperçus qu'on était intelligent quand on ne faisait pas de comparaisons. Manifestement ma connaissance de l'étymologie était insuffisante à l'époque et je ne savais pas encore que le mot « intelligent » vient d'« inter-legere » et signifie exactement le contraire de ce qui devenait peu à peu, pour moi, comme la quintessence de toute intelligence.

Cependant, tout ce qui n'était pas « compliqué » ou « pas comparable », c'est-à-dire à tuer au moyen de ces termes, on avait coutume chez nous de le remettre à « demain », cette date favorite de tous les faibles qui se consolent à l'idée que « demain » veut généralement dire « jamais ». Mais combien n'y avait-il pas de formules pour dire non, sous le couvert de « demain » !

Voilà un problème très intéressant ; j'y réfléchirai sûrement ces prochains jours.

Votre proposition nous intéresse vivement ; nous ne manquerons pas de l'examiner demain ou après-demain.

Chez mes parents, on avait donc pour devise : surtout ne rien précipiter ! Toutefois, cette non-précipitation consistait normalement à ne jamais rien entreprendre.

Combien de fois n'ai-je pas été le témoin étonné de la scène toujours identique où l'on présentait à mes parents une suggestion ou une proposition dont je savais parfaitement bien qu'*a priori* elle ne faisait pas leur affaire mais à laquelle, par politesse, ils n'osaient pas dire non, c'est pourquoi ils remerciaient toujours avec la plus grande obligeance et en promettant qu'ils l'examineraient « volontiers ». Et, bien sûr, dans le détail. Chaque décision devait être étudiée « à fond », plus c'était à fond, plus cela durait longtemps, de sorte qu'à chaque fois le « longtemps » pouvait devenir un « trop longtemps » et un « plus du tout ». Cela aussi, j'avais appris à le considérer avec respect, et je révérais donc le noble doute de mes parents, leur crainte perpétuelle de ne pas finalement « bien » faire comme une supériorité qui représentait davantage que la faculté élémentaire de pouvoir aussi, à l'occasion et tout à fait « superficiellement », dire oui ou non. Le mot « spontané » ne faisait pas partie de notre vocabulaire.

Je me rends compte que j'aborde ici un thème philosophique qui déborde naturellement le domaine étroit de mes souvenirs personnels. Sans doute, il est possible qu'aux yeux du philosophe le véritable intel-

lectuel soit celui qui réfléchit toujours à une chose en
tenant compte de tous ses aspects et qu'en conséquence il ne décide et n'agisse jamais ; cela peut bien se
justifier dans le domaine purement philosophique.
Pourtant il me semble tout aussi vrai que celui qui
passe son temps à réfléchir et, par pure intelligence, ne
passe jamais à l'action, c'est celui-là qui échoue dans la
vie. Celui qui ne fait que réfléchir « à fond » sur tout et
s'abstient de jamais prendre position, ses réflexions
n'ont aucune valeur en fin de compte et s'écroulent
comme un château de cartes. Mais comment aurais-je
pu m'en apercevoir dans mon adolescence puisque je
vivais moi-même dans un château de cartes ?

Ici, l'on m'objectera sans doute qu'une absence
d'opinion aussi totale que celle dont j'ai parlé plus
haut ne peut pas avoir existé, même dans la maison de
mes parents, et que quelqu'un devait tout de même
donner le ton. Oui, certes, quelqu'un donnait le ton, le
père naturellement ; en effet, que le père décide de
l'opinion, c'est cela justement qui est « bien ». En
général c'était mon père qui disait comment se présentaient les choses et nous abondions dans son sens car il
devait bien le savoir mieux que nous. Ma mère suivait
inconditionnellement cette ligne de conduite. Elle
évitait toute déclaration directe, afin de ne pas courir
le danger de n'être éventuellement pas d'accord avec
l'opinion de mon père ; une fois qu'il avait exprimé son
vote, elle pouvait l'approuver tranquillement et sans
risque. Si par hasard cette entente systématique ne
marchait pas toute seule, ma pauvre mère était prête à
apporter les correctifs nécessaires.

Si nous prenons ici pour exemple le délai fixé pour
l'exécution d'une certaine chose, il pouvait arriver à

ma mère de proposer imprudemment la date limite,
disons du mardi. Cependant, si mon père préférait le
vendredi (qui, sans qu'il le sût, n'arrangeait pas du
tout ma mère), rien de plus facile, pour ma mère, que
d'avoir soudain l'idée qu'en fait le vendredi lui convenait bien mieux que le mardi, qu'il était préférable à
tout point de vue au mardi et que, tout compte fait, il
ne pouvait être question du mardi. Au fond, le ridicule
de toute cette histoire, c'est que, dans la plupart des
cas, un troisième jour de la semaine, par exemple le
mercredi, n'eût posé aucun problème à mes parents, de
sorte que le choix du mercredi eût pu représenter un
compromis judicieux, sans sacrifices inutiles. Le désaveu de ses sentiments et le renoncement de ma mère
avaient été complètement absurdes. Elle avait voulu
sauvegarder l' « harmonie » mais avait exercé cette
sauvegarde d'une manière tout à fait superflue et
menteuse. En pareil cas, mes parents n'avaient pas été
vraiment « d'accord » ; ils avaient seulement évité de
discuter les choses. Quand je repense aujourd'hui aux
innombrables sacrifices inutiles de ce genre qui ont été
faits dans ma famille pour l'amour de l'harmonie, je ne
peux qu'en venir à la conclusion qu'ils n'ont pas été
l'effet de la générosité mais de la lâcheté.

Aussi loin que je me souvienne, mes parents, qui ont
été mariés pendant trente ans, ne se sont disputés
qu'une seule fois. Si la situation inhabituelle de dissen-
sion parentale fut très pénible pour toute la maison-
née, en ce qui concerne la dispute proprement dite, il
n'en sortit finalement rien : mes parents ne savaient
pas comment on se dispute, si bien qu'après s'être
silencieusement tenu tête pendant une journée, ils
arrêtèrent l'expérience sans aucun résultat. Cette expé-

rience ne fut d'ailleurs pas renouvelée car mes parents s'étaient aperçus qu'ils n'étaient pas doués pour cela.

A ce propos, je me rappelle une scène tout à fait curieuse que je citerai en exemple parmi bien d'autres. En visite chez nous, une tante qui avait de la culture parlait d'une exposition de tableaux du peintre Hans Erni. Ce peintre était suspect aux yeux de mes parents qui le soupçonnaient d'être communiste ; rien que pour cela, ses tableaux ne pouvaient pas être vraiment beaux. Cependant, la tante trouvait l'exposition admirable. Ma mère, qui était justement en train de servir le thé, avait entendu de travers et compris, au lieu d' « admirable », « abominable », ce à quoi d'ailleurs elle devait s'attendre puisque Erni était communiste. Elle s'empressa donc d'acquiescer en ajoutant, pour sa part, à quel point elle trouvait Erni abominable. Sur quoi la tante mal entendue persista naturellement dans son opinion et son « admirable », si bien que ma mère, saisissant enfin le sens du mot, fit aussitôt volte-face et trouva pareillement Erni « admirable ».

D'une façon générale on pouvait noter, chez ma mère, une préférence marquée pour l'expression « ou bien ». Elle constatait quelque chose puis ajoutait : Ou bien c'est autre chose. Ma pauvre mère avait coutume de dire : Je partirai vendredi prochain à dix heures et demie pour Zurich ; ou bien je resterai à la maison. Ce soir, il y a des spaghetti pour dîner ; ou bien il y a de la salade de cervelas.

Une question se pose : que devient ici la réalité ? Je m'en vais ; ou bien je reste à la maison. Je suis là ; ou bien je ne suis justement pas là. La terre est ronde ; ou bien elle est triangulaire. Quand on dit trop de « ou bien », les mots perdent tout leur poids et tout leur sens; la langue se décompose en une masse amorphe de particules privées de signification; plus rien n'est solide, et tout devient irréel.

Il m'est impossible aujourd'hui de classer dans l'ordre chronologique mes réactions à l'égard de mon milieu. Enfant et adolescent, j'ai sûrement dû me tenir aux côtés de mes parents, surtout de ma pauvre mère, et souhaiter avec elle que toute menace de divergence d'opinion pût être écartée de la manière la plus douce et sans le moindre conflit; avec le temps, les mensonges que recelait cette éternelle harmonie commencèrent à me gêner; je ne saurais dire à quelle époque cela remonte; déjà dans mon enfance, on peut en trouver les premiers indices, mais la maladie du monde où je vivais ne m'apparut que tard, terriblement tard, dans toute son ampleur. D'une part je me heurtais aux faux-fuyants mensongers de ma mère, d'autre part j'étais déjà moi-même beaucoup trop épris d'harmonie, et hypocrite, et lâche, pour m'aventurer dans une situation conflictuelle et chercher plus sérieusement à savoir pourquoi je me heurtais à quelque chose. Je considérais la conduite de ma mère comme une faiblesse légèrement ridicule, comme une charmante marotte qui invite au sourire plutôt qu'au blâme. La notion de « charmante marotte », je l'avais trouvée dans un livre et me l'étais appropriée aussitôt. Je sentais qu'elle viendrait à point pour colmater tout ce qui pourrait un jour se révéler n'être pas complètement étanche dans ma conception du monde. Je commençais même à pressentir que j'avais des défauts et que tout mon univers était faussé et avarié, mais je reculais devant le mot compromettant de « défaut » et je voulais à toute force m'en tenir uniquement aux

« charmantes marottes »; et cela, naturellement,
parce que le seul mot de « défaut » contient, inexpri-
mée, une invite à discerner et à prendre position et à
réparer, alors que la marotte, et tout particulièrement
la « charmante », était bien plutôt une chose qu'on
devait choyer et dorloter, peut-être avec un petit
sourire, mais qu'il fallait en tout cas cultiver.

II

Si l'on jette un coup d'œil sur ce qui a été écrit
jusqu'ici, l'impression pourrait facilement se dégager
que ce qui compte, pour moi, c'est uniquement de
dénombrer avec malveillance les faiblesses de mes
pauvres parents afin de les faire passer ensuite pour les
méchants qui m'auraient détraqué et auxquels il faudrait donc attribuer tout mon malheur. Mais j'ai
tendance à croire qu'il y a davantage, dans ce récit, que
la simple intention de rendre mes parents responsables
de ce que j'aurais dû mieux savoir et mieux faire.
Aujourd'hui mes parents sont beaucoup moins, à mes
yeux, les « coupables » que les covictimes de la même
situation faussée. Ils n'étaient pas les inventeurs de
cette mauvaise façon de vivre ; ils étaient bien davantage — tout comme moi — dupes de cette vie mauvaise, acceptée sans esprit critique. Arrivé à ce point de
mes souvenirs, on pourrait donc s'attendre au grand
moment où, dans l'univers trompeur de la maison de
mes parents, je me serais soudain réveillé et je me

serais dit : Halte ! cela ne peut tout de même pas
continuer ainsi.

Mais ce moment ne vint pas. Et qu'il ne vînt pas et
que d'ailleurs, en fait, il ne pouvait pas venir, c'était
justement cela, la fatalité. Ce qui était mauvais, ce
n'étaient pas, en elles-mêmes, les petites ou les grandes
faiblesses de mes parents ; en effet, que personne n'est
parfait et qu'aucune éducation ne peut donner des
résultats parfaits, qu'au cours de l'éducation tous les
parents feront sans doute, un jour ou l'autre, à leurs
enfants, quelque chose dont ceux-ci auront à souffrir
plus tard, et qu'en outre les enfants eux-mêmes ne sont
pas des créatures parfaites, cela fait simplement partie
de ce qui va de soi : que tout bonnement le monde n'est
pas parfait. Ce qui était mauvais, ce n'étaient pas mes
parents, car mes parents n'étaient pas mauvais ;
aujourd'hui je ne peux plus éprouver à leur égard que
de la pitié. Ce qui était mauvais, c'était le fait que le
monde où je grandissais *devait* ne pas être un monde
imparfait, que son harmonie et sa perfection étaient
obligatoires. Je ne *devais* pas m'apercevoir de ce que le
monde n'était pas parfait ; le but principal de mon
éducation, on le trouverait sûrement dans le fait
qu'elle essayait justement de rendre impossible le
moment où je me serais dit : Halte !, car j'avais été
éduqué de façon à *ne pas* m'en apercevoir. Et avec
succès. Mon éducation peut en vérité être qualifiée de
parfaitement réussie car, pendant trente ans, je ne me
suis vraiment « aperçu » de rien. J'ai été éduqué à dire
toujours oui, et j'ai « utilisé ce que j'avais appris », et
j'ai ainsi toujours dit oui à tout. L'expérience de mon
éducation était réussie. Hélas.

Toutefois, là où ce récit dépasse ce qui est purement

individuel, c'est que mon cas — disons plutôt : notre
cas — eh bien, ce n'est pas un cas isolé qu'on puisse
envisager en dehors de tout le reste. Dans quelle
mesure mes parents étaient coupables d'une faute ou
dans quelle mesure ils n'étaient eux-mêmes que les
victimes d'une faute beaucoup plus grande encore, je
ne puis que le pressentir. D'après tout ce que je sais
d'eux, mes parents n'avaient pas de bons rapports avec
leurs propres parents, en tout cas les rapports n'étaient
pas « harmonieux ». Peut-être était-ce justement le fait
d'avoir été privés de cette harmonie dans leur enfance
qui les avait poussés à adopter ce mode de vie « harmonieux ». Peut-être voulaient-ils compenser harmonieusement tout ce qu'ils croyaient avoir subi d'inharmonieux de la part de leurs propres parents. Peut-être
faut-il envisager leur attitude comme une réaction
délibérée à celle de leurs parents, attitude qui, à son
tour, suscite en moi une disposition contraire agres-
sive. Naturellement, on peut comprendre toute l'histoire des générations comme une éternelle reproduction de la même situation, où toujours les parents « ne
veulent que le bien » de leurs enfants mais les élèvent
complètement de travers, de sorte que les enfants
réagissent ensuite contre cela, tombent dans l'autre
extrême, veulent tout réparer et, à leur tour, « ne
veulent que le bien » de leurs enfants, de sorte que le
cercle vicieux continue à l'infini. En d'autres termes :
quoi qu'on fasse, c'est mal fait. Poursuivant en ce sens,
on en viendrait bientôt à constater que les questions
d'éducation, eh bien, elles sont « compliquées », ce qui
permettrait de renvoyer l'ensemble du problème, de
toute façon insoluble, *ad acta*.

   Toutefois, afin de ne pas tomber dans cette erreur en

ne considérant, dans cette affaire, que ce qu'elle a de
« compliqué », je dirais que mon éducation était
atteinte d'un mal réel et qu'il ne faudrait pas simplement attribuer les erreurs de mes parents aux erreurs
inverses de mes grands-parents. En effet, je ne crois
pas que chez nous, on était dans une maison de verre
burlesque et irréelle que le moindre coup de vent
devait renverser, je crois que la maison de mes parents,
telle que je l'ai décrite plus haut dans divers exemples,
constitue un cas très représentatif et que toute une
série d'autres maisons de parents ne devaient pas se
présenter très différemment. Peut-être bien que chez
nous les choses étaient encore un peu plus grosses et
exagérées qu'ailleurs, mais fondamentalement différentes de ce qui se passait dans les autres maisons
bourgeoises, sans doute pas. On pourrait donc objecter
que si tout cela est fort dommage pour moi, ce qui m'a
fait du tort dans mon éducation manquée, ce n'est, au
fond, que ce qu'elle avait de trop pour mon cas
personnel ; que l'éducation de mes contemporains était
sans doute tout aussi ratée que la mienne, sans pour
autant que ces compagnons d'infortune en aient subi
un dommage particulier. Ou, pour dire les choses plus
simplement : toute éducation est mauvaise, mais cela
n'a aucune importance car la plupart des enfants s'en
sortent tout de même. S'il arrive, exceptionnellement,
que l'un d'eux ne s'en sorte pas, c'est qu'il a eu tout
bonnement de la poisse et il ne faut le considérer que
comme un cas extrême ou simplement comme l'exception qui confirme la règle.

Pourtant cette exception, eh bien, je n'y crois pas.
Les répercussions excessives qu'a eues pour moi ce
préjudice peuvent constituer une exception car, finale-

ment, celui qui a été élevé de travers n'en attrape pas
toujours le cancer. Il me semble plus juste de dire que
le mal causé par une éducation erronée est parfois
tellement grand qu'il peut aussi se manifester, sous ses
formes extrêmes (comme cela paraît bien être mon
cas), dans des maladies consécutives à une névrose,
par exemple le cancer. Survivrai-je à cette maladie ?
Aujourd'hui je n'en sais rien. Au cas où j'en mourrais,
on pourra dire de moi que j'ai été éduqué à mort.

D'autre part on peut penser aussi que j'ai eu tout
bonnement de la chance : du fait que j'ai été élevé en
vue du cancer, une possibilité m'a été offerte de réagir
maintenant contre le mal et je suis sans doute mieux
loti que des milliers d'autres qui ne sont pas dans une
situation aussi terrible, si bien qu'aujourd'hui,
exempts de cancer, ils ont toute latitude de s'abrutir,
sans bonheur et frustrés selon la bonne tradition ; qui
sont seulement un peu moins mal lotis que moi mais,
justement à cause de ce peu, ont beaucoup moins de
chances de combattre le mal. Après tout, n'importe
quel riche Zurichois a un infarctus ou un ulcère à
l'estomac ; seulement cela ne lui inspire rien d'intelligent. Il y a quelque chose de pourri dans le royaume de
Danemark (et aussi dans d'autres États européens)
mais, manifestement, on ne s'en aperçoit que quand le
mal est plus grave encore.

Cependant, ce qui m'apparaît le plus clairement
comme le défaut de mon éducation, la construction
fictive et dogmatique d'un monde parfait et en bonne
santé, autrement dit cet univers de ma jeunesse, est
très analogue à l'univers de tous ceux qui ont grandi
comme moi non seulement sur la rive droite, mais sur
la « bonne » rive du lac de Zurich, celle qu'on appelle

« Rive dorée », dans la société bourgeoise de Zurich, de Suisse, d'Europe ou, si l'on veut, de ce qu'on appelle le monde libre. Toutefois, je ne veux pas transformer ce récit en un traité politique, il me manque pour cela les connaissances nécessaires aussi bien que le goût. Je voudrais au contraire m'en tenir uniquement à mes souvenirs personnels, même si j'ai conscience que ce cas personnel qui est le mien n'est pas seulement un cas isolé, que c'est une histoire représentative et générale, qui peut en illustrer bien d'autres. Pour cette raison, peut-être, aussi une question politique.

Or, après avoir exprimé la conviction que tels que nous étions, chez nous, nous ne représentions pas un cas tellement extraordinaire, tout en m'étant presque exclusivement cantonné dans la description de ma famille, par exemple conversant autour de la table dressée pour le déjeuner, je voudrais essayer à présent de laisser venir à nous le monde extérieur, inquiétant.

Si j'essaie aujourd'hui de me rappeler comment étaient donc les autres gens, puisqu'il y en avait tout de même en dehors de la maison de mes parents, je dirais ceci : ils étaient ridicules et respectables. Ils atteignaient rarement le degré extrême du ridicule total, c'eût été plutôt celui de la respectabilité totale ; mais le plus souvent ils possédaient en même temps ces deux qualités. Qui ne s'excluent qu'en apparence.

Respectables étaient naturellement tous ceux qui occupaient une position commandant le respect, tels que professeurs, médecins, prêtres, directeurs, titulaires d'un grade universitaire, professeurs d'université, militaires et, à vrai dire, tous les riches. Je crois que le dicton suivant était aussi valable pour nous : Qui est riche est bon. Naturellement on évitait le mot « bon », qu'on remplaçait par « bien », comme on dit chez nous : les gens « bien », c'étaient les gens riches. Nous ne disions d'ailleurs pas « riche » ; on disait de quelqu'un qu'il « avait de l'argent ». Les gens n'étaient pas non plus « avares » mais « aisés ». Les pauvres n'étaient pas « pauvres » mais « simples ». Les choses — surtout les possessions — n'étaient pas « chères » mais « pas bon marché ». A vrai dire, on ne parle pas d'argent ; on en a.

Une espèce importante de personnes respectables mérite ici une attention particulière : les hommes politiques. Par principe eux aussi étaient respectables mais une obligation leur était imposée : ils devaient être de droite. Plus ils étaient à droite, meilleurs et, par conséquent, plus respectables ils étaient ; plus ils s'approchaient de la gauche, plus ils devenaient mauvais. Le critère de tous les jugements de valeur en matière politique, c'étaient les vilains communistes : plus on était anticommuniste, meilleur on était, plus était fort le soupçon d'avoir quelque chose à voir avec le communisme, plus on était mauvais. Chez nous, la conception politique du monde était donc claire : il y avait le bien et le mal et la ligne de démarcation entre les deux était sans équivoque. La Suisse, je le savais, était « bien » car elle ne comptait pas de communistes, ou seulement très peu. Et ces quelques rares individus étaient très très loin de nous, à savoir dans le canton le plus éloigné de la maison de mes parents, à Genève, qu'on devait sans doute se figurer sous l'aspect politique d'une Babylone pécheresse.

Naturellement, quand j'étais enfant, ce qui touchait à la politique m'était tout à fait obscur mais plus tard, lorsque je fus étudiant, je me rappelle à quel point ma

timide prise de conscience dans ce domaine parut
déplacée aux yeux de mes parents. Un jour, à la table
familiale, on s'apitoyait sur le sort d'une connaissance
dont les méchants gauchistes avaient voulu briser la
carrière à cause de son passé nazi (qu'en Suisse on
n'appelait naturellement pas passé nazi mais passé au
front). Là-dessus, comme je citais l'exemple d'un professeur de lycée qui, parce qu'il était socialiste, ne
pouvait pas être nommé dans une école de tendance
conservatrice, je m'attirai l'indignation et la colère car
ces deux choses « on ne pouvait tout de même pas les
comparer ». Pourtant il va de soi que, de ma part, des
audaces de ce genre n'étaient pas la règle et qu'en
général, même quand je fus étudiant, en matière
politique je restais un fidèle enfant de ma famille et
sagement trouvais « bien » tout ce qui était de droite
et « mal » tout ce qui était de gauche. Hé oui, j'étais ce
qu'on appelait « raisonnable ».

J'ai donc été élevé dans cet esprit, de manière à voir
en tous les étrangers des personnes à qui on doit le
respect. Je dis « étrangers » parce qu'enfant je sentais
déjà que c'étaient des gens qui n'étaient pas des nôtres.
Il fallait les traiter avec respect, une certaine amabilité
discrète n'était pas exclue, mais le plus important dans
les rapports avec eux, c'était : la distance. De la
politesse, certes oui, de la cordialité certes non — telle
était la consigne. Les autres étaient toujours plutôt des
ennemis potentiels que des amis potentiels. Quand
venait Monsieur le Docteur, ou Monsieur le Directeur,
ou Monsieur le Curé, on ne pouvait pas se réjouir de
cette visite ; on devait bien plutôt s'attendre à voir un
trouble-fête dont on s'efforçait de rendre la déplaisante
intrusion le moins désagréable possible avec le plus

possible de politesse, de prévenance et de tact. Pour souligner le caractère particulier et pénible des circonstances, il fallait que tout fût, à la maison, légèrement différent de l'ordinaire : les chambres devaient être un peu plus méticuleusement rangées, un peu plus comme elles ne nous plaisaient pas, car le fait même que cette transformation ne nous plaisait pas mettait en valeur le cérémonial de politesse. Mes parents faisaient d'autres gestes que d'habitude, parlaient autrement que d'habitude, disaient d'autres choses, allaient jusqu'à défendre d'autres opinions que d'habitude et surtout, en présence de ces personnes respectables, ils s'adressaient à mon frère et à moi tout autrement qu'à l'ordinaire. En présence de ces personnes respectables, même le ton en usage entre parents et enfants devait être différent, plus contraint et plus artificiel. Chacun devait jouer un rôle et, afin que mon frère et moi jouions aussi un rôle, les parents s'adressaient à nous comme si nous étions de tout autres enfants.

Dans mon enfance je trouvais ce cérémonial simplement désagréable et j'étais content quand tout ce cinéma était terminé et que le trouble-fête avait quitté la maison. Aujourd'hui je me rends compte que ce désagrément même avait un sens bien particulier : de toute évidence, l'impression devait être communiquée tant au respectable visiteur qu'au reste de la famille, que l'intrus dérangeait, qu'il était un étranger et qu'il n'avait rien à voir avec nous. Et comme il ne fallait pas communiquer cette impression par la grossièreté ou par des impertinences, la manœuvre d'intimidation devait être effectuée tout simplement par une politesse exagérée. Ce qui était absolument indésirable, eh bien, c'était l'étranger ; aussitôt qu'un de ces étrangers avait quitté la maison, le monde était de nouveau en ordre et nous étions de nouveau entre nous. Je subissais très fortement cette impression, je savais que les deux notions de « visite » et d' « importun » étaient en fait synonymes, je savais aussi que : « Visite, c'est quand on fait semblant. »

Toutefois, en plus de ces personnages respectables qui, par leur profession, leur richesse ou d'autres avantages, inspiraient d'emblée le respect, il y avait encore une foule d'autres personnes respectables pour qui c'était exactement l'inverse. Il s'agissait en l'occurrence de gens qui étaient en quelque sorte des inférieurs, des ouvriers ou des employés, ou quiconque avait à remplir une prestation quelconque. Chez nous, on s'adressait à tous ces gens-là avec un respect ostentatoire et exagéré. Dans ce cas, une fois de plus, il était manifestement tout à fait impossible de se montrer naturel à l'égard des gens ; une fois de plus c'étaient des étrangers qu'on essayait de tenir à distance au moyen de l'affectation. Ce qu'il y avait de faux dans cette sorte de respect, c'était son exagération. Ma mère exprimait ses éloges et ses remerciements pour de menus services avec des accents si exaltés que cette protestation élogieuse et reconnaissante sonnait creux, ne pouvait plus être prise au sérieux le moins du monde et se volatilisait dans l'irréel. Ma pauvre mère disait par exemple au facteur que c'était « merveilleux », « magnifique » et « admirable » de sa part d'avoir apporté le journal, refusant de reconnaître qu'après tout c'était le métier du facteur que d'apporter le journal ; on pouvait le remercier de nous l'avoir apporté, mais « admirable », ce ne l'était pas.

Souvent aussi, ma mère s'adressait aux inférieurs comme si c'étaient des imbéciles. Elle s'exprimait avec une clarté excessive et parlait plus lentement que d'habitude, afin que ces malheureux eussent tout le loisir de saisir le sens de ses paroles, sans remarquer que ces « malheureux » n'étaient en rien des malheureux et surtout n'avaient pas l'esprit si obtus qu'ils n'eussent pas pu suivre le débit normal de ma mère. Il se produisait toujours un comique involontaire quand ces gens apparemment « simples » se révélaient plus intelligents que ma mère et, alors qu'elle s'efforçait de transposer son discours en un langage à moitié infantile, lui parlaient de choses qu'elle ne connaissait ou ne comprenait pas. Les inférieurs, les prétendus « gens simples », eh bien, c'étaient aussi des étrangers qui appartenaient à un autre monde que nous, mais ils n'étaient pas seulement différents de nous ; ils étaient aussi plus petits, plus bas, plus insignifiants. Et même si on ne les traitait jamais avec dédain mais, au contraire, toujours avec l'extrême opposé du dédain, autrement dit avec une considération outrée et fausse, pour moi, dans ce respect vide et simulé, le dédain s'entendait beaucoup plus clairement encore que s'il se fût exprimé sans ambages.

On eût dit que notre milieu sain était perpétuellement entouré d'êtres d'une autre espèce, hostiles, qu'on ne pouvait tenir à distance que selon les règles de la diplomatie la plus courtoise et sans âme. Mais assurément mes pauvres parents n'avaient pas que des ennemis imaginaires, ils avaient aussi des amis dont je ne puis qu'espérer qu'ils n'ont pas été tout aussi imaginaires. Je veux espérer surtout pour mes parents qu'ils n'ont pas, au départ, gâché leurs relations avec leurs amis comme cela semble avoir été souvent mon cas, par la suite. Dans mon enfance, naturellement je n'avais pas encore d'idées très claires sur les amis de mes parents. Quand mes parents recevaient, mon frère et moi n'étions naturellement pas conviés. Cependant, avant d'aller nous coucher, nous devions défiler devant les invités, leur donner la main, les saluer et les informer de l'âge que nous avions, de ce que nous aimions aller à l'école et de la classe où nous étions. En récompense de ces renseignements, ceux-ci nous informaient alors du fait qu'à présent, à dix ans, nous étions déjà beaucoup plus grands que la dernière fois qu'ils nous avaient vus, à neuf ans. Naturellement j'avais horreur de ça. Je n'ai eu une impression nette du cercle d'amis de mes parents que lorsque j'ai été plus grand et que j'ai pu assister aux réceptions qu'ils donnaient.

Je tiens à préciser à ce propos que j'ai rencontré ce cercle d'amis en général dans les mêmes conditions — sans doute les plus défavorables qu'on puisse imaginer — à l'occasion de réceptions. Hélas, dois-je dire, à l'occasion de réceptions, car cette façon d'être ensemble suppose toujours, bien sûr, des hôtes et des invités, deux rôles auxquels mes parents savaient s'identifier jusqu'à en devenir méconnaissables. Mes parents étaient, à vrai dire, de bons hôtes, mais c'étaient de déplorables invités. En tant qu'hôtes, ils prenaient soin, avec tact et discrétion, du confort des invités et, à force de soins, n'avaient plus besoin de rien dire qui outrepassât le domaine de la pure hospitalité et de la prévenance stéréotypée. La politesse parfaite est certes de mise chez un hôte et, du moment que les invités s'amusaient bien, personne ne devait remarquer que l'amabilité de mes parents se contentait d'une manifestation d'hospitalité purement anonyme et qu'au milieu des événements, au fond mes parents se tenaient complètement à l'écart et ne faisaient que jouer leurs rôles.

Toutefois ce jeu ne marchait pas quand ils étaient eux-mêmes invités. En tant qu'invités ils étaient beaucoup moins tenus d'évoluer dans un rôle rituel comme celui de l'hôte et, par conséquent, ils étaient beaucoup plus directement impliqués dans le déroulement des festivités — ou plutôt ils auraient dû l'être. Il leur fallait donc d'autant plus se styliser dans le rôle de l'invité constamment pénétré de gratitude, louer sans cesse tout ce qu'on leur offrait de la manière la plus exaltée et en exprimer leurs remerciements. Ce faisant, il se pouvait très bien que, tout en proclamant à l'extérieur, avec enthousiasme, que tout était « magnifique », ils se sentissent intérieurement plutôt mal à l'aise et eussent préféré au fond rentrer chez eux. Mais cette impossibilité d'agir librement tenait au fait qu'ils voulaient ainsi honorer leur hôte et lui témoigner leur respect. Je dirais qu'ils rendaient hommage aux pénates de l'hôte en se conduisant également, en tant qu'invités, avec une politesse cérémonieuse et en évitant de se faire remarquer de façon déplaisante en quoi que ce fût. Ils préféraient donc ne pas se faire remarquer du tout, rester assis là, avec leurs bonnes manières et leur léger malaise, sans contribuer en rien au divertissement général. D'ailleurs, en tête à tête, ils ne se cachaient pas qu'ils n'aimaient pas être invités et qu'au fond ils ne se rendaient qu'à contrecœur à n'importe quelle invitation. Bien sûr, rien ne transparaissait de cette répugnance.

Il y avait une astuce particulière qui consistait,

quand il devenait tout à fait impossible d'éluder une invitation, à l'accepter avec un enthousiasme feint, à la transformer aussitôt en une invitation en retour et à proposer de recevoir plutôt les autres chez soi, en employant par exemple l'expression équivoque « ou bien » : « Nous irons vraiment très volontiers chez vous, ou bien... venez donc plutôt chez nous ! » Il arrivait donc très souvent que mes parents, par pure inertie et parce que, tout simplement, cela les contrariait d'aller en visite chez les autres, ne lâchaient pas prise avant d'avoir transformé les inviteurs en invités. La plupart du temps, les autres gens louaient cette attitude qu'ils trouvaient généreuse ; mais moi je savais que ce n'était que de la mollesse. Cette politesse a aussi un autre aspect — très répandu, pas seulement réservé à ma famille — c'est qu'elle permet d'éviter de jamais devoir être reconnaissant envers qui que ce soit. Celui qui n'accepte jamais rien ne doit jamais, non plus, dire merci et peut ainsi se soustraire à la pénible obligation d'être un jour redevable à quelqu'un de quelque chose. Cette sorte de politesse n'est rien d'autre que de l'égoïsme. J'ai toujours défendu le point de vue que donner — du moins dans notre société suralimentée, où l'on ignore le besoin matériel — rend beaucoup beaucoup moins heureux que prendre. En effet, donner, n'importe quel millionnaire peut le faire (et, sur la Rive dorée, il n'y a que des millionnaires), mais accepter quelque chose avec gratitude et ne pas envoyer, dès le lendemain, un cadeau de même valeur en échange, cela, rares sont les gens entre Zurich et Rapperswil qui en sont capables. Détail qui ne parle pas en faveur de notre société. Pas du tout. (Mais heureusement il n'y a pas que la Rive dorée, il y a aussi les Chinois et les nègres et, Dieu merci, ils sont en majorité.)

Il va de soi que, lorsque mes parents recevaient, on pratiquait, selon l'usage, le renversement complet des valeurs. Tout ce qu'ils offraient en tant qu'hôtes devait être d'abord minimisé et, surtout, il fallait dire que c'était trop mauvais, trop ordinaire, trop simple ou, tout au moins, insuffisant. En revanche, tout ce qui était offert à mes parents dans une maison étrangère devenait d'avance magnifique, incomparable et, en tout cas, meilleur que chez eux. Naturellement, la vraie valeur d'une chose n'avait alors aucune importance ; c'était le rôle d'hôte ou celui d'invité qui déterminait ce qui était absolument louable ou absolument blâmable. Comme toujours, les choses n'avaient pas de valeur réelle ; elles devaient simplement correspondre aux formules de la politesse impersonnelle. A titre d'exemple, je mentionnerai ici un pénible détail.

Quand elle était invitée, ma pauvre mère refusait souvent (soit qu'elle le préférât vraiment, soit par fausse modestie) le cognac et le whisky qu'on lui offrait et demandait à la place un simple verre d'eau. Mais parce que cette eau était versée par l'hôte, elle se sentait obligée de proclamer qu'elle était « délicieuse ». Que la Passugger (eau minérale) a, de fait, exactement le même goût partout, qu'elle sorte de votre propre réfrigérateur ou de celui du voisin, importait peu en l'occurrence. Il ne s'agissait pas de la réalité de la chose ; il s'agissait de ce qu'en qualité d'invitée il lui fallait trouver tout « délicieux ». Sans doute l'hôte aurait-il pu écorcher ma mère toute vive qu'elle se serait encore crue obligée de trouver l'écorchement « délicieux », rien que parce qu'il aurait eu lieu dans la maison de l'hôte. Le « délicieux » qu'elle octroyait était sans valeur, la vérité était sans importance, seule comptait la politesse.

Bien des années après, alors que je n'habitais déjà plus chez mes parents, leur répugnance à aller en visite chez les autres prit des formes plutôt macabres : en fait, ils n'allaient plus qu'à des enterrements. Même s'il avait peut-être été souvent question de rendre visite à un ami cher ou à une aimable connaissance, par paresse ou par indécision la visite était indéfiniment reportée jusqu'au jour où la personne était morte. Mais, une fois qu'elle était morte, mes parents y allaient parce que là, c'était une question de bonnes manières. Aller aux enterrements, eh bien, cela se faisait, ça, c'était « bien » ; le fait que celui qu'on honorait ainsi d'une visite en eût retiré plus d'agrément si celle-ci avait eu lieu de son vivant ne comptait pas en l'occurrence.

Après toutes ces personnes respectables, qu'il s'agisse d'employés de l'État, ou d'hôtes, ou des prétendus « gens simples », je voudrais parler maintenant du groupe encore beaucoup plus important des ridicules, de tous les gens qui étaient un peu différents de nous autres et, pour cette raison même, un peu ridicules. Il me faut préciser tout de suite que, dans ce récit, je n'emploie la notion de « ridicule » qu'après coup ; chez mes parents, personne n'eût osé, même dans ses pensées les plus secrètes, établir un rapport entre le mot « ridicule » et qui que ce fût. Quand on trouvait les autres ridicules, il s'agissait d'un processus tout à fait inconscient ; autrement dit : nous le faisions mais nous ne le savions pas. J'ai écrit plus haut que les gens étaient ridicules parce qu'ils étaient différents de nous.

Hé oui, ils n'étaient pas tout à fait aussi « bien » que nous. Mais, bien sûr, on ne pouvait pas demander à tout un chacun d'être tout à fait aussi « bien » que nous, c'eût été sans doute trop exiger des autres. C'était très bien ainsi, qu'ils ne fussent pas exactement aussi bien, c'était inscrit dans les lois de la nature que seuls quelques aristocrates pouvaient parvenir au tout à fait « bien » et que les autres devaient s'arrêter beaucoup plus bas. Cependant il ne fallait pas, pour cela, qualifier ces inférieurs de mauvais, c'étaient des gens convenables, et braves, ils se donnaient sincèrement du mal, dans le cadre de leur univers légèrement étriqué ; d'aucune manière ils ne méritaient le blâme — tout simplement ils n'étaient pas tout à fait aussi « bien ».

Peu à peu je compris que l'imperfection des autres était sympathique plutôt que déplaisante, elle était drôle, elle était tout bonnement risible. Je remarquai que presque tous les autres gens faisaient sans cesse exactement ce que nous nous efforcions tellement d'éviter : ils montraient leurs points faibles et ces points faibles nous divertissaient. Les autres faisaient constamment des choses un peu ridicules, ils disaient toujours des choses un peu ridicules et, dans l'ensemble, leur conduite et leurs manières étaient un peu ridicules. C'étaient des gens qui n'avaient pas aperçu que tout était « compliqué » et qui parlaient avec balourdise de choses pour lesquelles ils n'avaient aucune compétence, simplement parce que ces choses étaient beaucoup trop « compliquées » ; des gens qui comparaient les choses entre elles, parce qu'ils ne savaient pas qu'on ne pouvait absolument pas faire de comparaisons ; des gens qui, sur toutes choses, avaient

tout bêtement une opinion à eux et qui l'exprimaient
librement par-dessus le marché. Je sentais à quel point
c'était amusant quand les autres exposaient leur opinion, opinion qui pouvait fort bien être tout à fait
erronée, qui l'était même très probablement, alors que
je savais que moi j'étais déjà beaucoup trop distingué
et intellectuellement trop affiné pour avoir seulement
une opinion personnelle. Il y avait donc des gens qui
prenaient le risque de se découvrir et ça, c'était
ridicule. Le monde des gens qui n'étaient pas tout à
fait « bien », c'était notre théâtre et nous étions le
public, puisque nous ne faisions rien, nous étions de
simples spectateurs.

Ceux que j'appelle ici les « autres », au fond c'était
tout le monde. Tout le monde était autrement, personne n'était comme nous ; ou, plus exactement : ce
n'était naturellement que notre suffisance inavouée
qui nous représentait l'humanité sous l'aspect des
« autres » ; en réalité, c'était nous qui étions toujours
les « autres », c'était nous qui étions toujours à part. A
ce propos, je voudrais souligner encore une fois qu'on
ne peut pas imaginer à quel point ce clivage constant
entre nous, les spectateurs, et les autres, les acteurs,
était ténu, imperceptible. Je ne crois pas que mes
parents avaient conscience de ce clivage ; en tout cas,
ils n'auraient pas été capables de l'exprimer en mots,
même s'ils avaient eu la vague idée d'une chose de ce
genre. En effet, ils étaient tout à fait inconscients de ce
qu'il y avait de plus important, à savoir qu'ils trouvaient les gens ridicules. Ridicule eût été le dernier
mot qu'ils eussent employé pour caractériser leur
rapport au monde extérieur, puisque aussi bien les
relations humaines étaient empreintes, chez eux, d'un

respect hiératique complètement dépourvu d'humour et de la politesse glaciale de leur refus du prochain. Si on leur avait reproché de sourire de leurs semblables, mes parents s'en seraient tous les deux défendus avec indignation. Et pourtant ils le faisaient. Qu'y avait-il donc de proprement ridicule dans ce rapport entre mes parents et les autres ?

Je définirais le ridicule comme la distance entre le parfait et l'imparfait ou, formulé cyniquement, entre le négatif et le positif : le rien est toujours parfait, le quelque chose a toujours des défauts. A la sérénité du Bouddha l'agitation du monde paraît ridicule, car lui-même n'a plus rien à voir avec cela. Au cynique les sentiments du prochain paraissent ridicules parce que lui-même n'a plus de sentiments. A celui qui ne joue pas au football il paraît ridicule de courir pendant des heures après un petit ballon de cuir ; il ne se demande pas si ce jeu ne serait pas follement amusant, il ne voit que le côté ridicule de ces hommes adultes qui jouent comme de petits garçons. Sans doute celui qui fait quelque chose se rend-il toujours ridicule aux yeux de celui qui ne fait rien. Celui qui agit peut toujours prêter le flanc ; celui qui n'agit pas ne prend même pas ce risque. On pourrait dire que ce qui est vivant est toujours ridicule car seul ce qui est mort ne l'est pas du tout.

Je crois aujourd'hui qu'il en allait ainsi de nous : nous ne faisions rien et ne disions rien et ne défendions rien et n'avions aucune opinion, c'est pourquoi nous passions notre temps à nous amuser des gens qui, ridiculement, faisaient ou disaient ou pensaient quelque chose. Ces clowns dans notre salon étaient même très nécessaires à notre vie ; en effet, comme nous ne nous rendions jamais ridicules, nous étions tributaires des autres qui le faisaient à notre place et nous divertissaient de cette manière. Voilà pourquoi nous trouvions les clowns si sympathiques, ils nous faisaient rire, ce dont nous étions par nous-mêmes incapables. Il va sans dire que nous n'étions pas en peine de trouver des ridicules dans notre entourage car plus on est soi-même un magasin de porcelaine, plus n'importe qui, venu de l'extérieur, y prend pour vous l'aspect d'un éléphant. Ainsi, ce que nous trouvions ridicule n'était donc que ce qui était spécifiquement ridicule *pour nous* — pour toute autre personne la chose eût été parfaitement normale. Je pense, par exemple, à l'un de nos voisins qui possédait toujours une quantité d'autos époustouflantes dont il se servait avec une grande jouissance ; c'était un peu ridicule, c'était un peu nouveau riche, car mon père était beaucoup plus riche que ledit voisin, n'avait pas d'auto et ne savait même pas conduire ; ça, c'était plus distingué. Le même voisin avait aussi des prototypes d'avions qu'il pouvait faire voler un peu partout en Suisse ; c'était un peu ridicule car c'était, au fond, un peu puéril. Pendant ses loisirs mon père ne jouait qu'à faire des patiences (il n'en connaissait d'ailleurs qu'une seule et elle n'était même pas très passionnante) ; c'était assurément plus distingué.

Ce que je veux dire en citant cet exemple, c'est que les préférences de ce voisin n'avaient absolument rien de ridicule en soi ; c'était uniquement pour nous, qui n'avions aucune préférence et qui nous targuions d'être « au-dessus de ça » qu'elles étaient ridicules. Moins tu agis, moins tu es ridicule. Tel était le verdict en vigueur chez nous et il a beaucoup contribué à faire de moi quelqu'un de distingué et de malheureux. Cette passivité généralisée peut être illustrée par l'histoire suivante : mes pauvres parents faisaient partie, en qualité de membres passifs, de toutes les associations possibles et imaginables car ne pas faire partie de ces associations « eût peut-être été mal vu par les gens du village ». Mais être soi-même actif, faire soi-même de la gymnastique dans la société de gymnastique, ou chanter dans la chorale ou jouer aux quilles au club de quilles, cela ils ne le faisaient pas. Par pure habitude, ma pauvre mère faisait même partie de l'association des femmes, bien qu'elle détestât l'association des femmes parce que celle-ci défendait le droit de vote des femmes.

Bienveillante était notre attitude à l'égard de la vie, très bienveillante même ; nous la considérions avec bienveillance, cette bienveillance qu'on témoigne à un rhinocéros ou à une girafe dans un zoo. De fait, il suffit de dire que nous considérions la vie ; simplement, être *dans* la vie, cela, nous ne le voulions pas. La vie nous plaisait d'ailleurs, mais nous ne l'envisagions pas comme notre métier, pour nous c'était un spectacle auquel nous assistions. Nous aimions bien les gens, la rue et le champ de foire, mais seulement en tant que spectateurs. C'est pourquoi il n'aurait pas fallu nous reprocher d'être misanthropes car en réalité nous allions vers les gens, mais nous allions vers les gens comme on peut aussi bien aller au cinéma. La rue plaisait par-dessus tout à mes parents, particulière-ment la rue méridionale, par exemple en Italie ou en Espagne ; on pouvait si bien y voir passer la vie. Mais c'était justement cela : on la *voyait* passer. Moi-même, pendant des années, je n'ai pas remarqué que la rue est

intéressante ; je savais seulement qu'elle était pittores-
que et qu'on pouvait y voir des types originaux. Il ne
me venait pas à l'idée que moi aussi j'étais l'un de ces
types. J'ai souvent observé le décor de la rue avec tous
ces gens qui y poursuivaient leur but. Il n'y avait que
moi qui n'avais pas d'autre but que de regarder
comment les autres poursuivaient les leurs. Un jour, à
l'occasion d'une kermesse, des amis me demandèrent
ce qui m'attirait le plus ; je répondis, comme si cela
allait de soi, que ce que je préférais, c'était observer les
gens. Je dus un peu me forcer pour faire bonne figure
tandis qu'ils m'entraînaient d'amusement en amusement car je ne m'étais jamais dit jusqu'à présent que
les amusements n'étaient pas faits seulement pour les
autres, mais aussi pour moi.

Dans la rue, j'avais l'occasion de voir des types
intéressants ; mais ce n'étaient pas des types avec qui
j'eusse aimé entrer en contact. C'était comme un film
qui me passait devant les yeux en papillotant et
s'arrêtait sitôt que je quittais ma place de spectateur.
Dans la rue passaient des femmes qui étaient « très
élégantes » ou qui « avaient l'air bien », mais l'idée
qu'elles étaient « très élégantes » et qu'elles passaient
là parce qu'à moi aussi elles auraient pu paraître
désirables ne me venait pas à l'esprit. Sans doute cela
exprime-t-il la quintessence de ce monde dans lequel
on m'avait fait naître et qui devait aussi devenir le
mien : la vie est très bonne mais ce n'est pas nous qui
sommes la vie ; la vie, ce sont les autres.

Prendre la rue pour un spectacle qui m'était réservé,
comme je le faisais à l'époque, eut une conséquence
terrible pour moi. Comme je ne faisais qu'examiner les
passants et, qui plus est, d'un œil critique et dédai-

gneux plutôt qu'avec sympathie, je pensais automatiquement qu'ils en usaient de même avec moi. Chaque fois que quelqu'un me suivait des yeux, il me semblait que son regard était critique et réprobateur et qu'il trouvait quelque chose à redire. Mais comme j'interprétais ainsi chaque regard, je me mis à redouter qu'il y eût effectivement une foule de choses à redire sur moi. Je craignais que mes vêtements fussent salis, ou en désordre, ou de promener partout, sans m'en rendre compte, une mine contrariée. Dans ma jeunesse, j'exprimais cet état d'une manière très juste en disant que je me sentais comme si je « portais accrochée au cou une corneille morte ». On eût dit que tout le monde voyait pendouiller cette corneille et que moi seul je n'eusse pas conscience de ce fait scandaleux. Le pire, c'était quand des filles me suivaient des yeux ; en effet, loin de songer à poursuivre les filles d'un regard admiratif, je ne faisais que guetter le ridicule également chez les femmes, si bien que j'admettais forcément qu'elles en usaient de même avec moi. Je n'étais sans doute ni particulièrement beau ni particulièrement laid, de sorte que les filles ont dû parfois me jeter des regards de sympathie ; mais même les bons regards, je ne pouvais voir en eux que l'expression de la critique et du mécontentement. Chaque sourire me paraissait moqueur et méprisant ; il va de soi que je ne souriais pas en retour.

Or, si j'ai comparé plus haut la vie avec le cinéma et dit que nous regardions la vie comme un film, je m'empresserai d'ajouter qu'au cinéma nous ne nous laissions jamais personnellement mettre en cause. Mes parents, qui aimaient bien aller de temps en temps au cinéma, classaient cependant, au départ, les films en

deux catégories : il y avait les « moroses » et les
« loufoques ». La chose se présentait de la façon
suivante : un film était « morose » quand on y montrait les côtés tristes, désespérés ou inharmonieux de
l'existence. Ces films ne plaisaient pas à mes parents ;
ils trouvaient qu'il valait mieux ne pas montrer du tout
ce genre de films car, « en fait, la vie n'était pas du tout
comme ça ». Ils partaient du postulat que la vie ne
pouvait vraiment pas être aussi noire que dans un film
de ce genre « morose » et, par conséquent, que ce film
était, au fond, fantaisiste, et inutilement pessimiste.
Pour l'auteur, ce n'était pas un mérite que de ne
montrer que la méchanceté, la noirceur et la tristesse.

   Les autres films étaient « loufoques », c'est-à-dire
comiques, mais d'une manière tout aussi fantaisiste
que les « moroses » étaient tragiques. « En fait, la vie
n'était pas du tout », non plus, telle qu'on la représentait dans les films « loufoques ». Ainsi les deux genres
étaient caractérisés par le fait qu'ils représentaient
quelque chose de complètement fantaisiste et impossible, à quoi l'on ne pouvait et ne devait donc pas
s'identifier. Une subdivision des films « moroses »
était constituée par les « russes ». Ceux-là n'étaient
pas réalistes non plus car on y traitait constamment
des problèmes de l'âme et « alors vraiment, la vie
n'était pas du tout comme ça ». Comme mes parents
n'étaient pas habitués à discourir sur les tourments de
l'âme, ces personnages qui ne faisaient jamais rien
d'autre devaient leur paraître étranges et même invrai-
semblables. Peut-être bien que les « Russes », ce peuple exotique et parfaitement inconcevable sous nos
latitudes, parlaient de l'âme mais ce sujet, dans notre
monde, n'était pas pensable.

Je ne saisis que beaucoup plus tard, et soudainement, combien peu fantaisistes étaient les films que
mes parents trouvaient « moroses », « loufoques » ou
« russes ». Tous présentaient — naturellement sous les
masques et dans le style choisis pour chacune de ces
productions — toujours les mêmes problèmes essentiels de l'humanité, que l'on rassemble sous le nom
collectif de « vie ». Si, la plupart du temps, ce que
vivaient les personnages de cinéma était souligné de
façon théâtrale, tout ce qui leur arrivait de comique, de
tragique ou tout bonnement de « russe » n'était nullement absurde en fin de compte et pouvait arriver à
quiconque de manière toute semblable. Ce n'était qu'à
nous que cela ne devait pas arriver ; ce n'était que pour
nous que cela, eh bien, ce n'était rien-que-du-cinéma.
L'amour, la haine, la passion, la violence, la folie, la
dépravation, le meurtre et l'assassinat, mais aussi le
ridicule, les situations pénibles, la filouterie, la duperie
de plus bête que soi. L'impudence, la séduction, le
charme, la faiblesse, les faux pas, la bohème, le vice,
tout cela n'était pour nous que cinéma ; dans la vie,
rien de tout cela n'existait pour nous. Peut-être les
« Russes » étaient-ils ainsi — mais pas nous. A vrai
dire, cela ne faisait plus aucune différence que nous
regardions un film au cinéma ou les gens autour de
nous. L'effet était le même : ce qu'on voyait n'était en
aucun cas un reflet de nous-mêmes. Nous regardions la
vie comme si c'eût été un film ; mais même au cinéma
nous ne voulions pas admettre que dans le film il fût
question de la vie.

III

Après avoir essayé de décrire quelques moments caractéristiques de mon enfance et de ma première jeunesse, je voudrais m'occuper à présent de ma période scolaire. A ce propos, je laisserai de côté le temps de l'école primaire que je passai à K. et qui fut entièrement sous l'emprise de mon milieu familial, pour en venir tout de suite à mes années de lycée. Il y avait déjà là quelque chose de nouveau en ce sens qu'à présent j'allais en classe à Zurich si bien que, sur le plan purement géographique, j'élargissais tout de même un peu mon horizon. D'avance il avait été entendu que je fréquenterais le lycée. Avant qu'on ne me préparât à l'examen d'entrée, on m'avait dit que j'étais intelligent et que ma place était au lycée. Comme à l'ordinaire, je n'avais fait aucune objection.

Lors de la fête de rentrée pour les nouveaux élèves, le recteur, après nous avoir décrit le lycée dans ses grandes lignes, déclara que ce que l'école secondaire avait de mieux, c'était que nous y ferions la connaissance de nos amis les plus fidèles et que nous pourrions jeter les bases de plus d'une amitié qui durerait toute la vie. Tandis que le recteur prononçait ces paroles, j'étais bien loin de soupçonner à quel point j'étais déjà préparé à ce que justement cette prédiction ne se réalisât *pas*. A la question de savoir si mes années d'école ont été une période heureuse, il me faut répondre à nouveau qu'en tout cas elles n'ont pas été une période consciemment malheureuse ou que cette

période aussi était éclairée par le reflet néfaste d'une
satisfaction traîtresse et fausse.

Je n'étais donc pas un élève typiquement malheureux ; je n'étais pas non plus un mauvais élève. J'étais
surtout terriblement sage et j'ai sans doute été, bien
davantage, terriblement ennuyeux. Si je songe aujour-
d'hui à mes propres élèves et si je les compare à celui
que je fus, je ne peux que présumer que je dois avoir été
un élève d'un ennui frisant le crime. J'étudiais assez
assidûment dans presque toutes les branches, non pas
parce que ce que j'apprenais me passionnait particulièrement mais parce que j'étais particulièrement sage.
C'est pourquoi je rapportais toujours de très bons
livrets à la maison et, bien entendu, j'avais toujours les
meilleures notes de conduite. D'ailleurs, comme je ne
faisais jamais de bêtises, on n'avait jamais besoin de
me punir. C'est pourquoi il est fort possible que, sans le
vouloir et par pure naïveté, je fusse un élève modèle. Ce
qui confirmait l'opinion que j'avais de mon intelligence puisqu'on considère généralement, à tort, que
les bons élèves et les gens intelligents, c'est la même
chose.

Il se trouve que je n'ai jamais eu la moindre
difficulté à l'école, comme il s'en présente, un jour ou
l'autre, dans la vie de la plupart des écoliers. Je n'ai eu
aucune dispute avec mes professeurs ; je les estimais,
les craignais parfois un peu et les trouvais souvent un
peu ridicules ; mais cela ne conduisit jamais à un
affrontement ouvert. Eux aussi devaient certainement
avoir de l'estime pour moi : j'étais un élève tranquille,
poli, sans problèmes et, de plus, un relativement bon
élève — ils n'avaient aucune raison de ne pas m'apprécier.

Il n'y avait qu'une branche où cela ne marchait pas
du tout : la gymnastique, naturellement. En effet, il
s'agissait de bien autre chose, en gymnastique, que
dans les matières scientifiques : de force, de courage,
d'engagement corporel, et toutes ces choses-là, je n'y
connaissais rien. Rien que le corps en soi m'était déjà
étranger, je ne savais qu'en faire. J'étais très à l'aise
dans le monde hypothétique des « choses élevées »
mais la brutalité, le côté primitif que je pressentais
dans le monde corporel, j'en avais peur. Je n'aimais
pas bouger, je me trouvais laid et j'avais honte de mon
corps. Le corps, eh bien il était toujours là, tout
simplement, il ne pouvait pas s'esquiver dans le monde
du « compliqué » et se détourner de la vie. La gêne que
me donnait ce manque de lien entre mon corps et la
nature s'exprimait par une pudeur exagérée. Non
seulement j'évitais tout contact physique, j'allais jusqu'à éviter les mots relatifs au corps et à sa pudeur.
Non seulement les expressions franchement dégoûtan-
tes ne passaient pas mes lèvres mais les réalités du
corps les plus anodines m'inspiraient de la honte et du
dégoût. Même des mots comme « poitrine », « nu »,
« parties », j'avais du mal à les prononcer ; avec la
pruderie victorienne héritée de mon milieu, j'évitais
même de parler de « jambe » et de « pantalon ». Même
le mot « corps » était tabou ; même le mot désignant
l'ensemble de ce qui m'épouvantait ne devait pas être
prononcé. Mais la plus grande honte, je l'éprouvais
devant ma propre nudité. Rien que cela justifiait ma
profonde aversion pour la gymnastique ; en effet, dans
la gymnastique, qui est justement l' « art le plus
dépouillé », la nudité se montrait sous sa forme la plus
réelle, ce que j'essayais à tout prix d'éviter. Là je devais

me mettre à nu au sens le plus véridique du terme et
exhiber ce corps que je trouvais laid. Naturellement, je
n'osais pas davantage prendre une douche après les
cours de gymnastique car j'avais trop honte de ma
nudité. Au cours de mes années d'études, une deuxième
honte vint peu à peu s'ajouter à la première : je me
rendis compte que mes camarades n'éprouvaient
manifestement aucune honte et avaient un rapport
beaucoup plus naturel avec leur corps que moi, et je
constatai qu'ils étaient en avance sur moi, qu'à ce
point de vue j'étais attardé, que je ne valais pas autant
qu'eux.

Naturellement, comme tous les êtres pudiques,
j'avais aussi terriblement honte de toujours rougir et
qu'apparût ainsi, clair et visible aux yeux de tous, mon
sentiment le plus intime. A cause de cette peur de
rougir, je provoquais alors justement cette rougeur et
chaque fois, au cours d'une conversation ou pendant
un cours, quand je voyais arriver un sujet qui allait me
faire rougir, je me battais désespérément avec mon
mouchoir pour essuyer une sueur imaginaire ou simu-
ler des crises d'éternuements. Comme j'étais devenu
hypersensible à ce point de vue, ces cruels incidents se
produisaient naturellement de plus en plus fréquemment et, très souvent, je me mettais à rougir alors que
ma pudeur ne l'exigeait en rien. Moi-même j'évitais
naturellement, dans la mesure du possible, tous les
sujets épineux, et ainsi s'accroissait le domaine de ce
dont je ne pouvais pas parler et qui était effectivement
« compliqué » à mes yeux. J'ai déjà parlé de mon
vocabulaire épuré qui, alors que j'étais déjà très
avancé dans mes études, devait encore me donner bien
des contrariétés, par exemple lorsque je devais m'ache-

ter un pantalon, voire des caleçons et que, dans le magasin, j'arrivais à peine à balbutier le mot inconvenant. Quant à jurer, j'en étais absolument incapable et, de fait, il n'y a que quelques années que j'y suis arrivé.

Cependant le corps renfermait encore plus d'angoisses et de peurs que celles de la honte : je craignais aussi la souffrance. L'incarnation de la souffrance, c'était évidemment, et depuis longtemps, le docteur, qui disposait de tout un arsenal d'instruments pointus et douloureux et qui pouvait me piquer ou me couper ou me blesser de mille manières. Le danger qui me menaçait le plus fréquemment, c'était la piqûre, c'était elle que je redoutais le plus. L'instrument pointu du médecin n'avait pas le droit de me transpercer la peau, il n'avait pas le droit de pénétrer en moi. Tout comme je m'étais protégé, en toutes circonstances, contre le monde extérieur et la vie, sans jamais laisser rien entrer, de même il ne devait pas arriver que la peau, qui me préservait également du monde extérieur, fût touchée. Sur le plan corporel la peau est, sans aucun doute, le symbole de la protection de tout le dedans vulnérable contre le dehors hostile. C'est pourquoi je ne pouvais pas supporter, non plus, que ma précieuse peau fût entamée.

Mais plus encore que de la souffrance j'avais peur du sang. Je ne pouvais pas le voir, je ne pouvais pas en entendre parler, je ne pouvais absolument pas le supporter. A chaque fois cela me rendait malade : la sueur m'inondait, la panique me prenait, mes sens refusaient de m'obéir, je devais m'échapper, sortir à l'air libre, fuir la présence du sang, la parole sur le sang, l'idée du sang. Le sang comme quintessence de la vie, de l'existence du corps, je ne pouvais pas l'affron-

ter. Le sang incarnait tout ce que je ne voulais pas
savoir, ce que je m'efforçais d'éviter, ce que j'avais
rejeté et refoulé de ma vie sans problèmes et artificiel-
lement harmonieuse. Le sang, je ne pouvais pas le
regarder du dehors, en spectateur ; il était en moi-
même, horrible et terrifiant, il vivait en moi et je vivais
en lui, le sang, c'était moi-même. Le sang était la vérité
et, face à la vérité, je sombrais dans le néant. Tant
j'étais vulnérable et tant je craignais la vulnérabilité,
car je ne m'attendais pas à être vulnérable, je m'attendais à rester toujours intact, pur, indemne.

Toutes ces faiblesses auraient bien pu m'attirer les
moqueries de mes camarades ; pourtant ils réagis-
saient presque toujours avec beaucoup de gentillesse à
mes insuffisances. Et quand on se moquait de moi pour
de bon, c'était sans méchanceté ni mépris. Je peux dire
qu'en fait j'étais accepté dans ma classe, même si je
passais généralement pour un original et une poule
mouillée, un condisciple dont on ne pouvait pas tirer
grand-chose mais qui ne déplaisait pas spécialement
non plus. Les choses étaient claires : je n'étais pas un
empêcheur de danser en rond mais il allait également
de soi que je ne participais pas aux entreprises de mes
camarades. Je n'en étais pas exclu, simplement je n'y
étais pas. Je m'entendais bien avec tout le monde, je
n'avais pas d'ennemis, mais je n'avais pas non plus
vraiment d'amis. J'étais un personnage assez falot, qui
ne suscitait particulièrement ni l'aversion ni la sympathie. Je jouissais d'une teinte de respect en tant
qu'élève plutôt bon que mauvais ; et le fait d'avoir, en
gymnastique, des résultats si phénoménalement désastreux était généralement considéré comme une curiosité. On ne riait pas de moi parce que je ne savais pas et

ne voulais pas jouer au football : c'était comme ça,
tout simplement, là non plus je n'y étais pas.

A un certain point de vue ma qualité d'original
m'apportait même des avantages. Il apparut clairement que j'avais affaire aux « choses élevées ». Naturellement ces « choses élevées » se manifestaient avant
tout dans le seul fait que j'étais plus ennuyeux que les
autres ; en revanche, elles me donnaient sans doute
aussi un certain air distingué. Le fait que je ne jurais
jamais, que je me tenais à distance de tout ce qui était
grossier et impur et m'attachais à conserver, en toutes
circonstances, d'excessivement bonnes manières était
ressenti par les autres élèves non seulement comme un
ridicule mais aussi comme une marque de personnalité. S'ils ne pouvaient pas m'apprécier pour mes
diverses qualités, ils appréciaient cependant la surpre-
nante combinaison de toutes ces qualités, le fait que
j'étais différent de tous les autres, que je représentais
même quelque chose de spécial. Quelque chose de
spécial pas forcément sympathique, mais plutôt quelque chose de mystérieusement spécial, à quoi personne
ne comprenait rien. J'étais différent, j'étais singulier,
j'étais impénétrable. On ne pouvait rien faire de moi,
c'était comme si j'appartenais à un tout autre monde
et toutes ces bizarreries me donnaient l'air, aux yeux
de mes condisciples, moins d'un type méprisable que
d'une bête rare, un monstre dont on ne pouvait pas
bien voir où étaient la tête ou les pieds mais dont on
savait qu'il était parfaitement inoffensif et incapable
de mordre.

Je ne peux plus, aujourd'hui, situer dans le temps à
quel moment j'ai pris conscience de ce que ma situation avait de contradictoire mais, sans aucun doute,

cette contradiction était déjà enfouie en moi depuis longtemps, d'abord inconsciente, et parvenant ensuite très lentement à ma conscience. C'est que, d'une part, je m'étais réservé le domaine des « choses élevées » mais que j'étais, d'autre part, encore entièrement pris dans celui des inférieures. Comme je l'ai déjà dit, je ne lisais que de « bons » livres et n'écoutais que de la « bonne » musique et, en ce temps-là, « bon » signifiait naturellement classique. Je m'intéressais à la littérature, j'évoluais dans les mêmes espaces culturels que les adultes, ce qui me permettait de regarder d'un peu haut mes camarades qui s'intéressaient « seulement » au sport, au bricolage de postes de radio, aux vedettes de cinéma, à la chanson, au jazz. Chose significative, je croyais en ce temps-là que toute musique non classique n'était que jazz ou chanson, aussi « mauvais » l'un que l'autre. A vrai dire, je n'avais pas la moindre idée de ce qu'était le jazz mais, qu'il fallait le condamner comme une chose mauvaise, j'en étais convaincu ; et quand des adultes m'interrogeaient là-dessus, je répondais avec fierté que je n'appréciais pas le jazz.

J'ai constaté que, la plupart du temps, les gens sont beaucoup plus fiers de ce qu'ils ne savent pas et qu'ils ne veulent absolument pas savoir, que de ce qu'ils savent : je ne veux absolument pas en entendre parler ; je ne veux rien avoir à faire avec cela ; il n'y a pas de cela chez nous — telle est la formule typique de l'homme de bien. Pour la plupart des gens il est plus important de ne pas avoir de vices que d'avoir certaines vertus positives.

J'étais donc fier, en tant qu'élève, de ne pas m'intéresser à tant de choses intéressantes et d'être déjà tout

pareil à un adulte. J'étais fier de ce que je ne jouais pas
au flipper ou au baby-foot ; de ce que je n'allais pas au
Café Maroc, très populaire parmi les lycéens, pour y
gaspiller mon argent de poche en modestes bomban-
ces ; de ce que je ne voulais pas savoir qui était Elvis
Presley et ne participais pas à la vie dorée des années
soixante. Qu'Elvis Presley allait peut-être devenir cent
fois plus important, pour l'histoire du monde, que le
sempiternel Gœthe dont je lisais et trouvais classiques,
ainsi qu'il se doit, les productions, personne ne le
savait sans doute encore à l'époque. Ce qui était
déterminant pour moi, c'était simplement qu'au
moment où ces choses se passaient, une fois de plus je
n'y étais pas, alors que mes camarades, eux, y étaient.
Je ne faisais donc qu'accomplir ce que mes parents
m'avaient inculqué : s'exclure de tout et s'en glorifier.

Toutefois, depuis un certain temps, cette fausse
hauteur de vues était constamment menacée : c'est
que je me rendais compte que je n'étais pas seulement
au-dessus de tout mais aussi en dessous, que, comparé
à mes condisciples, eh bien, je commençais à perdre du
terrain ou que, peut-être, je l'avais déjà perdu. Ma
timidité et mon appréhension excessives, j'aurais pu
les expliquer depuis longtemps en disant que si je
n'étais pas le plus petit, j'étais tout de même le plus
jeune et le plus inexpérimenté de tous, et qui allait
rattraper en quelques années ce qui lui manquait
encore. Je savais que j'étais encore très jeune et
ignorant et j'imaginais comment seraient les choses
une fois que je les aurais « dépassées » et que je
pourrais me mouvoir aussi librement que les autres.
Rien que le sentiment de devoir « dépasser » quelque
chose suppose l'impression qu'on est prisonnier de

quelque chose dont on doit se libérer et la conscience plus ou moins claire de n'être pas libre. D'abord j'attendis tout simplement cette délivrance du temps qui, dès que je serais sorti de l'enfance, me libérerait automatiquement. Mais, peu à peu, j'aperçus que ce n'était pas seulement le petit nombre de mes années qui me retenait, mais que beaucoup plus de choses encore étaient « moindres ». Mes camarades pouvaient faire un tas de choses dont j'étais incapable. Ils avaient la faculté de discuter avec les professeurs alors que moi, je ne pouvais que me laisser instruire par eux. Ils pouvaient exprimer spontanément leur sympathie ou leur antipathie à l'égard de professeurs, de condisciples ou de n'importe qui d'autre, alors que j'étais incapable de dire davantage que mon éternel « je ne pourrais pas en juger ». Il m'était arrivé quelquefois de qualifier certains professeurs de « gentils », simplement parce que je les considérais comme des personnes respectables et de m'être heurté alors à une opposition véhémente de la part de mes camarades. Ces professeurs, ils ne les trouvaient pas « gentils », mais détestables, faux, vulgaires, bêtes, méchants. Même lorsque je cherchais à les défendre à ma manière, si j'essayais de les tirer d'affaire en les disant « pas si terribles que ça », je demeurais cependant blessé de constater que je n'avais pas été capable de me rendre compte que les professeurs étaient détestables ou faux ou bêtes ou méchants. Je commençai à soupçonner que me manquait la faculté de reconnaître, chez les gens, la méchanceté ou la bêtise ; en d'autres termes : peu à peu je me rendais compte que chacun savait à quoi s'en tenir sur le bien et le mal mais que, contrairement à tous les autres, je ne savais pas ce qui

était bien et ce qui était mal, je ne savais que ce qui
était « compliqué ».

Par exemple, je n'avais pas le moindre sens de
l'argent. Je supposais bien que mon père était riche,
même si mes parents n'aimaient pas en parler et
marquaient les distances à l'égard des gens riches.
Parmi les connaissances de mes parents, beaucoup de
riches étalaient leur richesse ; mais c'étaient des « par-
venus vaniteux ». Évidemment, nous aussi nous étions
riches mais d'une manière beaucoup plus honteuse ;
notre richesse aussi était pudibonde. Chez nous, en
matière de finances, on pratiquait l'*understatement*
typiquement suisse : on a du bien mais on ne le montre
pas ; rien n'a l'air de rien mais coûte une masse
d'argent ; on ne sert pas du caviar dans de la vaisselle
d'or mais on mange sa soupe dans des assiettes qui ont
l'air d'avoir été achetées à l'ABM (chaîne suisse de
grands magasins) mais qui valent au moins mille
francs pièce. Tous les objets qui m'appartenaient
étaient sans prix. Je savais qu'il ne fallait jamais savoir
combien avait coûté un cadeau ; et comme tout ce que
j'avais, on m'en avait fait cadeau, je ne connaissais
jamais la valeur de mes possessions. Toutes mes
affaires, mes camarades voulaient toujours savoir ce
qu'elles avaient coûté mais je ne le savais jamais. Je
répondais toujours que c'était un cadeau et que je ne
pouvais donc pas en connaître le prix. De nouveau
j'avais le sentiment, d'un côté que cela faisait partie
des « choses élevées » que de ne connaître le prix de
rien, d'un autre, je me rendais compte que mes
camarades étaient au courant de choses à propos
desquelles, une fois de plus, il fallait me dire que tout
bonnement je n'étais pas aussi avancé que les autres.

Je devais de plus en plus me protéger contre la constatation désagréable que c'étaient eux ceux qui savaient et moi celui qui ne savait pas.

Cette lutte m'était particulièrement pénible dans un certain domaine. Beaucoup de mes camarades avaient une amie ; moi, naturellement, je n'en avais pas. S'il était naturel que je n'en eusse pas, cela s'expliquait, une fois de plus, par le fait qu'également à ce point de vue je n'étais pas aussi avancé que les autres. J'imaginais qu'avec le temps j'en aurais une aussi. Alors s'engagea un procès de très longue durée au cours duquel s'opposaient deux façons de voir : ou bien je n'avais simplement *pas encore* d'amie, ou bien je n'avais *vraiment pas* d'amie. Aussi longtemps que ce fut possible j'essayai de m'accrocher à la première hypothèse selon laquelle je n'étais pas encore assez développé pour pouvoir en avoir une. Mais j'eus de plus en plus de mal à défendre ce point de vue. Je dus faire la triste expérience que ce n'étaient plus, depuis longtemps, seulement mes camarades de classe et mes contemporains qui, contrairement à moi, avaient des amies mais déjà que des élèves de notre lycée bien plus jeunes et plus petits et, chaque année, de plus jeunes encore avaient déjà des succès dans ce domaine, que si le temps ne cessait d'avancer je restais cependant en arrière. Le moment était venu depuis longtemps où chacun avait son amie, où moi aussi j'aurais dû en avoir une depuis longtemps ; et, tout d'un coup, voilà que ce n'était plus « pas encore » mais « depuis longtemps déjà ». Je me rendais compte qu'à présent il ne fallait plus considérer cet événement comme quelque chose qui se produirait éventuellement dans l'avenir mais qu'il y avait longtemps qu'il aurait dû avoir lieu.

Il n'y avait donc plus devant moi la possibilité nébu-
leuse d'un accomplissement futur, il y avait derrière
moi un passé où j'avais échoué. Pour la première fois
de ma vie je me rendais compte que j'étais coupable,
coupable d'avoir négligé de faire ce que j'aurais dû. Il
fallut beaucoup de temps pour que se cristallisât en
moi l'idée qu'à ce point de vue, aussi, j'étais différent ;
ce n'était pas que je n'avais « pas encore » d'amie, je
n'en avais pas, tout simplement. La coupure entre moi
et les autres s'élargissait de plus en plus.
    Une pierre de touche de cette évolution, c'était le
cours de danse. Personne n'ignorait que beaucoup de
garçons avaient une amie au cours de danse. Manifestement le cours de danse était l'endroit où il y avait des
amies. Tant que je n'étais pas inscrit au cours de danse,
j'avais une explication commode pour moi : c'est que
je ne m'étais encore jamais trouvé à l'endroit où il y
avait des amies ; je n'étais absolument pas en cause,
simplement je n'avais pas eu d'occasion. Mais cette
satisfaction latente ne devait pas durer éternellement
pour moi puisque moi aussi, finalement, j'entrai au
cours de danse. Où je ne tardai pas à constater qu'il y
avait des garçons qui savaient s'y prendre avec les
filles tandis que moi je ne savais par quel bout les
prendre et que je restais toujours assis dans mon coin,
plein de gêne et d'embarras. Une fois de plus les autres
faisaient partie de ceux qui savaient et moi de ceux qui
ne savaient pas. J'arrivais au cours de danse avec mes
ineffablement bonnes manières, mais sans aucun sens
du rythme, aucun élan, et j'étais un pitoyable danseur.
J'étais distingué mais j'étais insipide. Je ne trouvais
rien à dire aux filles et je ne savais pas m'y prendre
avec elles, mais je voyais, témoin muet, comment les

filles, d'abord anonymes, du cours de danse devenaient
peu à peu les amies du cours de danse de mes
condisciples. C'est ainsi que le cours de danse, qui
n'avait été pour moi qu'une vision du futur, devint, lui
aussi, une réalité. Maintenant ça y était, le cours de
danse avait lieu maintenant, maintenant j'aurais dû
me montrer à la hauteur ; mais je n'en étais pas là, je
n'avais pas lieu, je ne me montrais pas à la hauteur.
Maintenant la réalité était là, mais je flanchais devant
elle. D'une certaine façon je dois déjà l'avoir senti, à
l'époque : ce n'était pas le cours de danse qui n'allait
pas, c'était *moi* qui n'allais pas, en tout. Mais en ce
temps-là j'avais encore la faculté de tout maquiller, de
sorte que je m'inscrivis bientôt à un autre cours de
danse dans l'espoir illusoire que *celui-là* serait même
bien mieux et qu'il m'apporterait ce que je voulais. Je
n'avais pas le courage de m'avouer que tout tenait à
moi, quand j'échouais ; que ce n'était pas la faute du
cours de danse ou de n'importe quelle autre institution
si je restais à la traîne ; que la faute n'en revenait qu'à
moi. Peut-être sentais-je cette vérité, mais la capacité
d'en prendre conscience me manquait.

Avec le temps j'allai même jusqu'à m'y habituer :
tout comme les autres savaient des tas de choses dont
je n'avais pas la moindre notion, eh bien les autres
avaient aussi des amies dont je n'avais pas la moindre
notion non plus. Je ne le savais pas encore à l'époque
mais déjà je me trouvais immédiatement au seuil de
l'épouvantable, qui allait s'abattre sur moi.

IV

Ces dernières réflexions me ramènent à un sujet que je n'ai pas traité, jusqu'à présent, dans son ensemble. J'ai déjà mentionné que chez mes parents, en fait, tous les sujets de conversation qui avaient quelque chose d'intéressant en soi étaient tabous. A ce propos, il y en a deux que je voudrais mettre en évidence : la religion et la sexualité. Bien sûr, il n'y a rien d'extraordinaire à ce que, dans l'univers d'un enfant, ces sujets soient tabous ; je pense même que c'est ainsi que cela se passe d'ordinaire. Mais la grande souffrance qui peut en résulter pour l'intéressé n'est jamais une chose ordinaire, c'est, chaque fois, quelque chose d'épouvantable. Aujourd'hui, au Chili, des milliers de personnes sont torturées à mort. Mais le fait qu'il y en a des milliers ne rend pas la chose ordinaire, loin de là. L'éducation sexuelle — ou, mieux : l'antiéducation sexuelle — dont j'ai fait l'expérience n'est rien d'extraordinaire non plus ; mille autres que moi n'ont sans doute pas connu un meilleur sort. C'est pourquoi je pense bien que les mille autres n'ont pas été moins malheureux que moi ; simplement ils n'ont pas écrit de Mémoires. Tous ceux qui n'écrivent pas de Mémoires ne sont pas forcément heureux.

Comme je l'ai dit, chez nous, tous les sujets importants, on n'en discutait pas. L'éducation religieuse que j'ai connue ne trouverait sans doute pas sa pareille. Mes parents étaient très profondément areligieux. Mais ils se seraient coupé la langue plutôt que de l'avouer. Eux-mêmes n'étaient pas du tout partisans de la religion chrétienne, mais la religion chrétienne passait, chez nous, pour quelque chose de bon à tout point de vue. Je veux dire par là qu'à la maison nous savions tous que personne ne se sentait chrétien mais qu'aucun doute concernant l'Église chrétienne et ses institutions ne pouvait être toléré. Ou, pour faire de ce qui précède un impératif catégorique assez contestable : nous devions être contre mais, malgré tout, nous devions la trouver bien. Dans la maison de mes parents je n'ai pas fait la connaissance de Dieu et de son étrange fils (ou plutôt son beau-fils) Jésus ; ces deux personnages indignes ne me furent présentés qu'à l'école. Et bientôt je m'aperçus d'une chose curieuse : il ne fallait pas que je parle de Dieu à mes parents car ils avaient une sainte horreur de ça. Bien plus : mon père surtout, cela le mettait carrément en colère, il ne le supportait absolument pas, la situation devenait intenable, il y avait du drame dans l'air, si bien que toute allusion à ce sujet était évidemment exclue. Je sentais vaguement que Dieu était une chose très contradictoire sur laquelle on aurait dû, en fait, porter un jugement positif — puisque, tout de même, on parlait bien du « bon » Dieu — dont mes parents ne pouvaient d'ailleurs pas tolérer qu'on la critiquât ou la ridiculisât mais qui faisait cependant que mon père menaçait de devenir désagréable si on la mentionnait et qui n'était donc pas bien vue à la maison. Peut-être ai-je arrangé les choses dans ma cervelle d'enfant en me disant que Dieu aussi était l'un de nos clowns qui jouait pour nous une sorte de théâtre dont nous étions les spectateurs. En effet, Dieu était manifestement très bien pour tous les autres ; sans doute n'était-ce que par politesse et par délicatesse à l'égard des imbéciles que nous n'étions pas contre Dieu. Il m'est plus facile de comprendre aujourd'hui la croyance de mes parents et je la définirais ainsi : Dieu est mal parce qu'on est obligé de s'en occuper ; mais l'Église est bien parce qu'elle est une chose respectable.

Naturellement, mes parents n'allaient jamais à l'église quoique, par principe, ce fût bien d'y aller. Sans doute était-ce bon pour les autres d'aller à l'église. Peut-être même était-ce légèrement ridicule d'aller à l'église, seulement il ne fallait pas l'avouer. Mes parents ne m'autorisaient pas à me moquer de l'Église même si je les soupçonnais de s'en moquer eux-mêmes, en cachette. On pourrait peut-être formuler la chose ainsi : quand un particulier allait à l'église, c'était ridicule, puisque ce particulier était toujours l'un de nos clowns ; mais qu'on allât à l'église par principe, c'était bien, car l'Église était bien en soi. Mes parents préconisaient donc qu'on allât à l'église par principe ; mais ils ne voulaient pas se ridiculiser en y allant eux-mêmes, en tant que particuliers.

Naturellement ils allaient cependant tout de même à l'église. Il y avait déjà tous leurs morts à l'enterrement desquels ils avaient l'habitude de se rendre. Mais une fois que mes parents allaient à l'église, alors, ah, alors il appartenait au bon ton de s'y rendre selon toutes les règles du *comme il faut*[1] et alors, miséricorde, quel pèlerinage ! En effet, une fois qu'ils y étaient, à l'église, ils ne trouvaient plus rien à redire : ils louaient l'église, son architecture, sa décoration florale, le pasteur, le sermon, le jeu de l'orgue, le chant, l'atmosphère et tout

1. En français dans le texte *(N.d.T.)*.

ce dont il y a moyen de faire l'éloge quand on est bien décidé à faire l'éloge de tout. L'église leur plaisait car elle était bien. Une seule chose semblait ne pas plaire à mon père : quand il devait se lever en même temps que les autres pour la prière, il avait toujours un air furibond, tant il était en colère de devoir se lever comme les autres et faire semblant de prier. Toutefois, après la cérémonie religieuse, il était toujours de bonne humeur et se répandait en louanges ; il déclarait que le curé avait très bien parlé, qu'il s'était exprimé en termes choisis et qu'il avait une diction parfaite. J'étais cependant frappé de ce que mon père louait toujours la forme du sermon : qu'il fût ou non d'accord avec son contenu, cela on n'en parlait pas. Je me rappelle encore qu'à l'issue d'une de ces cérémonies de funérailles j'avais pensé que le curé avait, en fait, dit des tas de bêtises. Pourtant, mon pauvre père commenta ce discours en disant que le curé avait très bien parlé. (On pourrait même conclure à ce propos un subtil compromis, car il est fort possible que le prêtre ait parlé très bien et très bêtement à la fois.) Aujourd'hui, je m'expliquerais les choses en me disant que mon père était uniquement pour la forme de l'Église mais pas pour son sens. Être pour la forme de l'Église, cela faisait partie du bon ton ; être pour son sens, c'était ridicule.

J'ai déjà dit que mes parents allaient à tous les enterrements de n'importe quels obscurs parents ou connaissances à qui ils n'avaient jamais rendu visite durant leur vie, parce que cela se faisait. Les solennités, par principe ils en avaient horreur, et cependant ils n'avaient rien contre les solennités du deuil. Si mes pauvres parents faisaient donc tout pour esquiver la moindre occasion de se montrer sociables à l'égard des vivants, ils ne s'épargnaient aucun sacrifice pour rendre, comme on dit, les derniers honneurs aux morts. Cette attitude était bien typique de notre monde familier : plus on était mort, plus on vous aimait.

Un autre aspect de cette religiosité bizarre de mon pauvre père ne m'apparut que plus tard. En fait mon père, qui était architecte, n'exerçait pas son métier mais travaillait dans l'entreprise de son beau-père. Il n'a jamais construit de maisons mais s'est toujours occupé de l'entretien de monuments et particulièrement d'églises. C'est ainsi que mon père en vint à connaître presque toutes les églises de Suisse auxquelles, d'ailleurs, il s'intéressait vivement. Ce que cet intérêt avait pour moi de contradictoire c'était que tout de même, toutes ces églises avaient quelque chose à voir avec ce Dieu que lui ne pouvait pas souffrir. Un jour qu'il me montrait, dans une église, comment étaient construits la nef et le transept, je me rendis compte que les églises ont une nef et un transept justement parce qu'elles doivent rappeler la forme de la Croix. Mais la Croix, c'était le symbole que mon père détestait. Je commençais à me demander comment mon père avait bien pu y tenir dans toutes ces églises qui, tout de même, visaient sciemment à ce qui lui était hostile. Je crois qu'en tant qu'architecte, aussi, il ne savait qu'apprécier la forme de l'église mais ne voulait rien savoir du sens de cette forme.

Son intérêt pour les églises me paraissait vaguement inquiétant, ainsi que le plaisir qu'il prenait aux belles prédications. De même que tous les prêtres avaient toujours parlé « bien » ou même « magnifiquement », mais qu'on ne tenait aucun compte du contenu de leurs paroles, de même les églises étaient « bien » et « magnifiques », mais en revanche elles se dressaient dans le vide complet. Pourtant cela avait bien un sens qu'il y eût des églises ; elles remplissaient bien un but ; elles étaient bien un témoignage de Dieu, dont mon père ne voulait rien savoir. Mais tout ce sens religieux des églises, mon père ne semblait pas s'en soucier ; c'était comme s'il n'existait pas pour lui. Il se sentait bien dans les églises, dans ces espaces creux, vidés de leur sens, hostiles, qui ne diffusaient pour lui aucun message sinon celui, toujours le même, qu'elles étaient, abstraitement et inhumainement, « magnifiques ».

Aujourd'hui ces églises me semblent aussi un symbole de tout ce qui est insensible, privé de vie ; elles étaient tout aussi mortes que presque tout ce qu'il y avait chez nous.

Je n'ai donc pas eu, au sens propre du terme, une éducation chrétienne — mais pas davantage antichrétienne ou, au moins, critique à l'égard de la religion. Ou, pour reprendre une parole célèbre de la Bible : celui qui ne se prononce pas ouvertement *contre* Jésus, celui-là, dans son cœur, est toujours *pour* lui. L'abstention sur ce point n'est pas valable. Celui qui ne dit *rien* n'a pas encore surmonté le christianisme, il est au contraire demeuré chrétien. Mes parents espéraient que moi aussi je deviendrais un mécréant, mais ils n'avaient pas le courage de manifester ce vœu. J'ai pourtant été élevé, à plus d'un point de vue, dans un esprit qui, même s'il n'était pas consciemment chrétien, doit être qualifié cependant, en raison de sa nature profonde, de chrétien. J'entends par là les vertus chrétiennes les plus courantes, telles que la tempérance, le renoncement, la douceur, la résignation et, avant tout, le refus catégorique de presque tout ce qui fait la vie. En d'autres termes : ne pas jouir de la vie mais la supporter sans se plaindre ; ne pas être pécheur mais frustré. Ce qui, naturellement, conduit tout droit au deuxième grand sujet inexprimable de mon enfance et de ma jeunesse, la sexualité. Or, à ce point de vue-là, je peux sûrement considérer mon éducation comme bien chrétienne ; en effet, que la sexualité fût le bourbier de tous les vices, pour nous cela ne faisait naturellement aucun doute. Je sais que je ne suis pas seul à avoir subi une éducation sexuelle contestable et que je ne raconte ici rien de neuf. Mais je tiens d'autant plus à parler de ce sujet qu'apparemment, eh bien, on n'en a pas encore assez parlé. Toutes les familles bourgeoises sont sans doute, aujourd'hui encore, opposées à la sexualité, mais il ne faut pas déduire que la chose soit sans importance simplement du fait qu'elle est répandue. Chez nous, l'attitude de mes parents à l'égard de la sexualité était naturellement le résumé et le couronnement de leur attitude fondamentale envers la vie : Non. Ou, s'il fallait absolument que cela existe — Oui, mais seulement pour les autres ; pas pour nous.

Une fois qu'on commence à se demander pourquoi il serait tellement évident que dans les milieux bourgeois et chrétiens la sexualité représente la quintessence du mal, il n'est pas facile de donner une réponse. Il ne m'appartient d'ailleurs pas de répondre à cette question vieille de deux mille ans. Toutefois, quelques éléments qui pourraient conduire à une réponse m'apparaissent très clairement quand j'évoque l'atmosphère qui régnait dans la maison de mes parents. La conscience de la tradition constitue sûrement l'un des aspects bourgeois du problème. Ce qui a toujours compté doit continuer à compter, que ce soit bon ou mauvais ; ou, en termes bourgeois, quand quelque chose a déjà compté depuis longtemps, cela ne peut tout de même pas être mauvais et, par conséquent, il faut bien que ce soit bon. (Dans ce contexte je me permèttrai de renvoyer à notre armée suisse.) Donc, si les grands-parents et les arrière-grands-parents ont jugé bon de considérer la sexualité comme une chose inconvenante, les jeunes générations traditionalistes ne veulent pas la voir autrement, même si elles ne font pas, en cela, preuve d'une grande réflexion ; en effet, quand un arrière-petit-fils commet la même faute que son arrière-grand-père, la plupart du temps l'âge vénérable de cette faute fait qu'il la considère tout bonnement comme une vertu.

J'imagine que cela dut être un peu aussi le cas de mes parents : ils ne se sentaient pas une vocation de révolutionnaires qui auraient dû avoir tout à coup une autre conception de la sexualité que toutes les générations qui les avaient précédés. L'autre aspect essentiellement chrétien apparaît, lui aussi, avec évidence : pour peu qu'on veuille trouver, à la façon chrétienne, son salut dans les prétendues « choses élevées », choses de l'esprit, on a également besoin d'un contrepoids qui symbolise ce qui est bas, et si l'on veut voir dans la bassesse le contraire de la spiritualité, c'est-à-dire la chair, cette bassesse de la chair on la trouve sans doute le plus volontiers dans la sexualité et l'amour physique. (L'idée que la sexualité n'est pas moins spirituelle que charnelle et qu'en tout cas il ne faut pas concevoir le corps et l'esprit comme un couple antagoniste mais comme une unité, je crains qu'elle n'ait échappé à la doctrine chrétienne et à son obstination candide.) Celui qui veut, en tout, ce qu'il y a de plus élevé, immanquablement finit par trouver quelque chose qu'il veut considérer comme le plus bas, et pour pouvoir porter une chose aux nues, sans doute faut-il aussi qu'on en maudisse une autre.

Or, chez nous aussi, les « choses élevées » étaient les bienvenues. Des invitées très commodes car, au fond, grâce aux « choses élevées », il est facile de faire tout ce qui vous passe par la tête. Chez soi, on peut même rester assis sur le divan, chaussé de pantoufles, et participer en même temps des « choses élevées » ; pas besoin de se donner tant de mal pour cela. Se débattre dans le bourbier, comme on dit, de l'existence, ou même s'occuper du péché, c'est tout de même beaucoup plus fatigant ; cela demande qu'on fasse au moins quelque chose. En tout cas je crois que ce qu'on appelle vertu n'a quelque valeur que si on l'acquiert dans les larmes ; tant que la vertu se borne à suivre la voie de moindre résistance, elle appartient au Démon. C'est ainsi que les « choses élevées » si souvent invoquées peuvent aussi constituer une voie de moindre résistance. Ce qui signifie, dans le domaine érotique : la fidélité conjugale bourgeoise peut fort bien être tout simplement la plus commode des solutions ; les histoires scandaleuses sont considérablement plus difficiles et incommodes. C'est pourquoi on peut sûrement dire de la sexualité qu'elle est une chose incommode, avant tout parce qu'elle engendre et suscite des problèmes. Cependant, si quelqu'un préfère se sentir à l'aise plutôt que mal à l'aise, d'avance il verra d'un mauvais œil

tout ce qui pose des problèmes. Comme il est dit dans
la fable du renard et des raisins : celui à qui il est trop
difficile d'atteindre quelque chose dit volontiers qu'au
fond il n'en a aucune envie. Le plus souvent il est très
facile de renoncer à une chose ; vouloir une chose est
souvent très difficile. Ou, comme l'a formulé l'un de
mes amis : naturellement le sexe est et a toujours été
un péché parce qu'on n'a pas besoin de se donner du
mal pour obtenir ce qui est défendu.

Mais un autre aspect du problème, c'est que la
sexualité représente toujours, dans la nature humaine,
ce qu'il y a de plus vrai, de plus vital et de plus
énergique, elle met toujours tout en jeu. Mais chez
nous, ces choses-là étaient très malvenues. Le vrai nous
faisait profondément horreur ; nous ne voulions jamais
aller au fond d'une chose, nous préférions trouver
toujours tout « compliqué ». Nous ne voulions jamais
faire quelque chose par nous-mêmes ; nous aimions
mieux sourire de ce que faisaient les autres. Nous ne
voulions pas mesurer nos énergies, nous voulions être
harmonieux et neutraliser tous les différends au profit
d'un néant couleur de rose ressemblant vaguement au
bonheur. Mais avant tout nous ne voulions jamais « le
tout » : le tout, c'étaient toujours les autres, nous, nous
étions à part. Une chose, plus encore, nous répugnait :
le sexe était nécessairement toujours en rapport avec le
corps honteux, le corps que tous les autres, les êtres
bas, ne trouvaient nullement honteux mais désirable ;
nous, nous ne pensions naturellement pas cela. De
plus, on ne peut pas nier que la sexualité vous met à
découvert, dans tous les sens du terme. Or c'était
justement cela que nous ne voulions à aucun prix.

Notre devise, c'était : surtout ne pas se mettre à
découvert.

Je nous comparerais à des bernard-l'ermite. Par-
devant, le bernard-l'ermite est joliment cuirassé et
résistant, mais son arrière-train est nu. C'est pourquoi
il doit mettre à l'abri sa nudité vulnérable dans des
coquilles vides, laissant passer au-dehors sa partie
antérieure. Cependant, à mesure que le bernard-l'ermite grandit, la demeure dont il est locataire devient
peu à peu trop étroite pour lui et il est forcé de
déménager dans une plus grande. Quel tourment ne
doit pas endurer ce bernard-l'ermite quand il lui faut
se risquer à gagner une nouvelle maison en exposant
son arrière-train à tous les prédateurs ! Combien le
laps de temps doit être affreux pour lui, au cours
duquel il a déjà quitté sa vieille maison protectrice
pour ne plus jamais la revoir et ne sait pas encore où il
trouvera un nouveau logis à sa mesure ! Je me dis que
nous étions aussi comme ces bernard-l'ermite. Par-
devant nous étions avantageusement cuirassés mais,
par-derrière, la nudité menaçait. Seulement nous
n'étions pas de très courageux bernard-l'ermite et nous
préférions dépérir au milieu de nos souffrances dans
notre maison trop étroite. Le haut du corps ne posait
pas de problèmes ; mais le bas était contraint de
s'étioler dans un resserrement malsain plutôt que
d'accepter, pour son propre salut, que sa nudité fût
dangereusement exposée en public. Il est naturel qu'on
qualifie ce crustacé d'ermite car le refus de la mise à nu
est asocial.

Formulé en termes connus de tout enfant élevé dans
la bourgeoisie : on ne parle pas du sexe. Dans la
mathématique de la frustration, l'équation s'énonce de

la façon suivante : « On ne parle pas de la sexualité, donc elle n'existe pas », égale « La sexualité n'existe pas : donc on n'en parle pas ». Les choses se passaient donc chez nous comme dans tous les milieux semblables : nous ne parlions pas de la sexualité ; ce mot était rayé de notre vocabulaire.

Ce qui me permet d'aborder un autre charmant sujet, la grande affaire de toute éducation, dont le seul nom est une horreur en soi : l'information. Comment on peut expliquer tout l'univers aux enfants sans compromettre leur salut et qu'il faille cependant les informer sur la procréation et la naissance tout en éprouvant une peur terrible que leur salut en soit effectivement compromis, voilà une énigme que je ne suis pas arrivé à résoudre jusqu'à ce jour. Enfant, je savais que les communistes sont méchants et que les anticommunistes sont bons ; j'étais initié à certaines arguties théologiques selon lesquelles, par exemple, la religion et son Église étaient bonnes quoique Dieu fût mauvais ; mais ce que c'était qu'un homme et ce que c'était qu'une femme, cela je ne le savais pas car on ne m'en avait tout bonnement pas informé. Pour ce qui était de découvrir le domaine de la sexualité, j'en étais entièrement réduit à mon inspiration et j'obtenais d'ailleurs d'assez jolis résultats. Je savais que les petits enfants naissent parce qu'un homme et une femme « ont été ensemble » et que les petits enfants « sortent de la mère ». Je me figurais dès lors que l'homme a une émanation mâle et la femme une émanation femelle et que quand un homme touche une femme, la transpiration de l'homme pénètre dans la femme par la peau et qu'un enfant se forme alors dans le corps de la femme. Cependant, comme il fallait que cet enfant « sorte » et

comme j'avais appris que le nombril était le « centre
du monde », il était évident que les bébés quittaient le
corps maternel par l'ouverture du nombril. Plus tard
j'appris aussi qu'il existait des enfants illégitimes pour
qui c'était « arrivé ». Ce qui signifiait naturellement
que l'homme avait touché la femme par distraction,
peut-être à un moment où il transpirait beaucoup, de
sorte que « malgré toutes les précautions », un peu de
la sueur de l'homme avait pu pénétrer dans la femme
— par le poignet, par exemple — si bien que c'était
« arrivé ».

Toutefois ce savoir restait mon secret, car je savais
qu'il n'était pas bon de parler de ces choses. Un jour, en
lisant, j'étais tombé sur le mot « chaste » et je n'étais
pas parvenu à m'en expliquer le sens. Comme je
questionnais ma mère, elle fut prise de la plus grande
gêne. Je ne comprenais pas bien si, tout simplement,
elle ne savait pas ce que signifiait « chaste » ou si elle
ne pouvait ou ne voulait pas me le dire. Seul était clair
qu'il lui était profondément désagréable de se voir
empêtrée dans la situation, créée par moi, de devoir
m'expliquer le mot « chaste ». C'était comme quand
on parlait de Dieu à mon père. C'était quelque chose de
très très mal, qui aurait bien mieux fait de ne pas se
produire, un sujet qu'on n'aurait pas dû aborder, si
bien que tout le monde respirait une fois qu'on l'avait
laissé tomber. Malheureusement, dans mon innocence,
je sauvai la pénible situation en proposant moi-même
une explication. D'après le contexte où apparaissait le
mot « chaste », il pouvait signifier quelque chose
comme « convenable » ; et je formulai cette supposi-
tion devant ma mère. Aussitôt l'expression d'angoisse
disparut de son visage, soulagée elle dit : Oui, oui, oui,

c'est exactement cela que ça veut dire, et l'élément
gênant disparut aussitôt. Plus tard, quand j'eus appris
ce que c'était que « chaste », je compris aussi que ce
n'était pas un sujet de conversation. Cela faisait partie
des choses « compliquées ».

Manifestement, la sexualité n'était pas harmonieuse,
elle était au nombre de toutes ces choses inexprima-
bles qu'il fallait bannir du petit horizon de notre
harmonie domestique. Dès lors je considérais tout ce
qui est sexuel comme parfaitement hostile, méchant et
redoutable. Naturellement aussi, je rougissais toujours
dès qu'une conversation s'orientait vers les questions
sexuelles et cela aussi je le craignais, puisque j'avais
honte de rougir. Lorsque j'eus effectivement percé à
jour le secret de la procréation et que mes folles idées
de sueur au poignet se furent dissipées, le coït m'apparut comme une chose terrifiante, épouvantable et
répugnante, et j'eus le sentiment que moi-même je ne
serais sans doute jamais capable d'un acte aussi abject.
Une fois surmontées mes premières frayeurs, demeura
cependant la pudeur excessive et même dans les
classes supérieures du lycée, mes rougeurs intempesti-
ves me mettaient à la torture lorsque j'étais le seul
élève qui rougissait au cours devant des propos que
mes camarades accueillaient avec le plus grand calme.

L'école était d'ailleurs l'endroit où devait se faire la
sale besogne de l'information en matière sexuelle
(comme mes parents — et sans doute pas uniquement
les miens — l'avaient si ardemment espéré afin de ne
pas se trouver eux-mêmes dans cette position désagréable), même si la chose eut lieu bien tard. Il
s'agissait avant tout d'un exposé médical qui avait
pour objet d'inspirer aux grands élèves la terreur des

rapports sexuels. Le médecin scolaire fit projeter sur le
mur une série de schémas des organes génitaux des
deux sexes et, pour couronner le tout, la reproduction
gigantesque en couleurs atroces des parties sexuelles
de la femme, puis il déclara d'une voix émue : Hélas
oui, mes enfants, tel est en réalité l'horrible aspect de
la femme ; aucun de vous n'aura sans doute envie
d'entrer là-dedans, pas vrai ? Suivirent des photogra-
phies de syphilitiques aux divers stades de la décompo-
sition car c'était manifestement là le résultat de
l'amour. En guise de conclusion, le médecin nous parla
encore d'une particularité. En Amérique, certaines
statistiques auraient démontré qu'apparemment beaucoup de garçons se donnaient à eux-mêmes la satisfaction sexuelle ; mais, en fait, cela ne devait être considéré que comme une curiosité car, toujours selon la
statistique, il ne s'agissait que d'un petit pourcentage
qui allait en diminuant de sorte qu'on ne pouvait pas
parler, à ce propos, d'un problème vraiment représentatif (et d'ailleurs cela ne se passait qu'en Amérique).
Sur ce, nous étions informés.

L'exposé n'avait pas fondamentalement modifié ma
conception du monde, il avait simplement confirmé ce
que je savais depuis longtemps, que la sexualité n'était
pas bien, mais mal. La plupart du temps, naturellement, on n'aime pas employer pour la qualifier les
deux mots « bien » et « mal ». De nos jours, personne
n'ose plus, comme un moine du Moyen Age, désigner la
sexualité comme la quintessence du mal. Bien au
contraire, on se montre « informé » et l'on s'empresse
d'accorder que la sexualité est « même très importante » et joue « un rôle immense », qu'on « ne peut
absolument pas s'en passer » et qu'elle est même

« indispensable à la vie et à la conservation de l'espèce » ; bref on admet que « cet aspect de la vie existe bien aussi », qu'on a donc pris ses distances par rapport à l'idée que la sexualité serait le diable en personne. Personne, cependant, ne déclarerait publiquement que la sexualité est la meilleure chose qui soit.

Aujourd'hui encore, le slogan hippie « Make love, not war » a une résonance obscène aux oreilles bourgeoises. Pourtant personne ne conteste que la guerre est, au fond, une chose négative bien que nécessaire, hélas ; pour quelle raison elle est, à vrai dire, si absolument nécessaire, on ne le sait pas, la plupart du temps. Pas plus qu'on ne peut formuler clairement en quoi l'amour est une chose mauvaise. Mais aller jusqu'à dire franchement que non seulement l'amour est bon mais qu'il est même meilleur que la guerre, voilà une vérité qui dépasse encore la société bourgeoise ; cela a toujours l'air d'une obscénité. Finalement on n'est pas un amoureux mais un soldat ; ne serait-ce que parce qu'on est suisse ! Comme exemple typique de cette attitude, on pourrait citer la représentation du monde au cinéma : aujourd'hui encore les films pornos sont interdits ou, du moins, mis au ban et censurés ; mais un film sur la guerre, le meurtre et la violence n'a aucune censure à redouter.

Il va de soi qu'à cet égard aussi mes parents n'étaient pas des révolutionnaires et que là aussi ils se rangeaient à l'opinion publique. Certes l'éducation sexuelle que j'ai reçue — ou, mieux : que je n'ai pas reçue — de mes parents ne constitue pas une exception dans les milieux bourgeois. Mais il est évident que mes parents devaient être profondément d'accord avec ce tabou frappant toute la sexualité, vu qu'un tabou consiste à ne pas parler de son objet, et ne pas parler de quelque chose, c'était justement cela qu'aimaient tant mes parents. A cet égard, je diviserais en deux périodes l'attitude prise par mes parents devant mon frère et moi, à l'égard de la sexualité : pendant la première période, le sexe n'exista pas, pendant la seconde il fut ridicule. Je veux dire par là que le sujet ne fut jamais abordé tant que nous fûmes des enfants et que mes parents trouvaient là un prétexte pour éviter de nous informer ; mais dès que les parents purent espérer que quelqu'un d'autre les avait dispensés du pénible devoir de l'information, ce sujet fut classé au nombre de toutes ces choses que faisaient les « autres », ces autres qui nous amusaient et qui étaient toujours un peu ridicules à nos yeux. Je n'affirmerai pas que ce fût là un procédé très heureux, il me fut, en tout cas, positivement funeste. D'abord il m'avait fallu être un enfant qui n'avait le droit de rien savoir sur la sexualité ; et aussitôt qu'on eut lieu de croire que j'en savais quelque chose, je fus censé être tout à fait au-dessus de ces choses-là, pareil, en fait, à un vieillard qui ne peut plus rien en savoir depuis longtemps. Tout à coup, donc, la sexualité n'était plus mauvaise mais tout bonnement ridicule ou ennuyeuse. Mon père s'étonnait souvent de ce que les gens fussent capables de tant s'intéresser aux films ou aux magazines sur le sexe, vu que la sexualité était une chose tellement ennuyeuse. Il ne lui serait jamais venu à l'idée d'interdire la littérature ou les films de ce genre car il ne voyait vraiment pas en quoi cela pouvait passionner qui que ce fût. Autrement dit, il y avait bien sans doute des gens qui s'y intéres- saient : les autres, justement. Les autres qui faisaient, de toute façon, toutes les sottises possibles, de sorte qu'il n'y avait pas de quoi s'étonner si, avec toutes leurs insanités, par-dessus le marché, ils étaient portés sur le sexe.

J'écris toujours ici que « nous » faisions ou ne faisions pas quelque chose. Ce pluriel me permet d'indiquer qu'en tout point je suivais mes parents et leur exemple, tout comme j'avais été marqué par eux. Fondamentalement ils avaient raison, me semblait-il. Je pouvais parfois être d'un autre avis sur certains détails mais mettre réellement en question leurs actions ou leurs pensées, cela je ne le faisais pas. Je me sentais en sûreté dans l'atmosphère de la maison de mes parents et j'étais essentiellement d'accord avec eux puisque j'étais comme eux. Je n'avais donc aucun problème avec mes parents, je me sentais harmonieusement lié à eux. Or, le fait que je me comportais d'une façon si exemplaire et ne cherchais en rien à contrecarrer la volonté de mes parents n'était que l'expression de la correction qui était de règle chez nous. La conduite la plus correcte dans toutes les circonstances de la vie, même si notre conduite était d'une correction exagérée, nous paraissait la meilleure protection. Protection contre quoi ? pourrait-on demander. Sans doute n'aurions-nous pas pu l'exprimer en mots, mais je crois aujourd'hui que nous avions besoin de protection contre le monde entier. Il fallait que nous ne fussions entachés d'aucune souillure. En toutes choses nous devions être purs et immaculés. Être irréprochable nous semblait la meilleure voie, ou voie détournée, pour traverser si possible indemnes l'agitation, rien moins que pure, du monde. Tout comme on dit que qui touche à la poix se salit, on pouvait dire de nous qu'afin de ne pas nous salir nous ne touchions absolument à rien ; ou bien : comme nous ne faisions pas d'omelette, nous ne cassions pas d'œufs. C'est pourquoi je me montrais toujours extrêmement correct et toujours propre à tout point de vue. Ce qui se manifestait notamment par la manie que j'avais d'une propreté un rien exagérée. De même que j'étais correct en tout jusqu'au bout des ongles, j'étais toujours propre et net à l'extrême. Il ne devait y avoir sur moi aucun grain de poussière, il ne fallait pas qu'on touche à un cheveu de ma tête.

Je restais donc propre, ne me salissais jamais, ne touchais à rien et n'avais de contact avec rien ni personne. Je n'avais pas d'amis et je n'avais pas d'amours. Je n'étais capable d'aucun contact avec les filles ; mais j'étais tout aussi incapable de parler de mes difficultés de contact. Il y avait là pourtant un autre problème. A partir d'un certain âge, on considère comme allant de soi que les jeunes gens aient une amie, aussi les gens me demandaient-ils avec bienveillance si moi aussi j'en avais une. Comme je savais qu'il fallait répondre par l'affirmative si on ne voulait pas se ridiculiser, je mentais toujours obstinément et répondais que oui. Pour éviter de me laisser piéger, je pensais alors chaque fois à une fille avec qui j'étais allé quelquefois au théâtre (mais qui n'était évidemment pas mon amie) afin, si l'on m'interrogeait plus avant sur mon amie imaginaire, de pouvoir donner aussitôt des renseignements personnels sur cette jeune fille, de telle sorte que mon mensonge ne fût pas éventuellement dévoilé par une hésitation dans ma réponse. Ainsi je me comportais correctement à ma manière en

apportant au questionneur tout juste la réponse qu'il
avait voulu entendre.

Ma timidité avec les filles n'était cependant que
l'expression la plus marquée de ma timidité à l'égard
des gens. Les autres gens aussi, je n'arrivais pas à leur
adresser la parole et je ne pouvais m'y résoudre que
quand c'était absolument nécessaire. Je préférais ne
rien dire à quelqu'un que je ne connaissais pas ou que
je ne connaissais que vaguement ; et souvent, même si
je brûlais de parler à quelqu'un (ne serait-ce qu'à
propos de la chose la plus insignifiante), ma timidité
m'en empêchait et je préférais me taire. Cette timidité
touchait même le simple fait de saluer. Depuis je ne
sais combien de générations, la famille de ma mère
habitait à K., si bien que tout le monde connaissait ma
famille, ainsi que moi naturellement. Tous ces gens me
saluaient dans la rue parce qu'ils savaient bien qui
j'étais. Mais pour moi ce n'étaient que des inconnus
dont j'ignorais tout, sauf que j'aurais dû connaître
leurs noms. Naturellement, mes parents m'avaient très
sévèrement enjoint de saluer tous ces gens par leur
nom, comme cela devait se faire. Je me débattais donc
sans cesse avec ces noms que j'oubliais et confondais
tout le temps, de sorte que je ne savais jamais au juste
qui, des innombrables personnes à saluer, était en
l'occurrence M. Müller ou M. Meier. La conscience que
j'aurais dû savoir non seulement le nom mais qui
j'avais en face de moi (puisque aussi bien lui savait qui
j'étais, moi) ne faisait qu'augmenter mon malaise en
présence du présumé M. Meier dont, à ma plus grande
honte, je ne savais même pas si c'était le « charmant
monsieur de la maison du coin » ou le « très sympathique maître artisan de la Seestrasse ». Ma confusion

était souvent si grande que, même en présence de
personnes dont j'étais sûr qu'elles s'appelaient bien
Müller, je commençais à me demander si peut-être
elles ne portaient pas un tout autre nom et si, la
plupart du temps, je les saluais correctement, j'étais
torturé à l'idée de m'être complètement trompé. Souvent aussi, j'avalais le nom ou je le déformais en une
masse sonore privée de sens, et parfois, de peur de
commettre une erreur, j'allais jusqu'à escamoter le
nom, même quand je le connaissais.

Je me disais toujours que les gens auraient la pire
opinion de moi si je ne savais même pas leur nom,
alors qu'eux pouvaient toujours dire le mien sans
faute. Je ne compris que bien des années après, quand
je fus professeur, à quel point mes craintes étaient
injustifiées. Il est évident que chacun des vingt élèves
d'une classe connaît, dès la première heure de cours, le
nom du nouveau professeur, tandis que le professeur
ne peut pas connaître au bout d'une heure les noms de
vingt nouveaux élèves. Aujourd'hui il est tout aussi
évident pour moi que tous les gens du village, qui
connaissaient ma grand-mère et ma mère depuis de
très longues années, devaient savoir aussi qui était le
petit-fils et fils de ces personnes, alors qu'il m'était
infiniment plus difficile de savoir les noms de toutes
les personnes qui connaissaient ma famille. Mais je ne
l'avais pas encore compris à l'époque, si bien que
j'avais pris l'habitude de saluer tout le monde, surtout
les vieux, avec une amabilité exquise, parce que je
craignais toujours d'avoir affaire à des amis de ma
grand-mère qui seraient sûrement offensés si je passais
sans les saluer. Comme on voit, ces salutations
n'avaient rien à voir avec un contact humain puisque

ces gens que je saluais étaient tous pour moi des
inconnus, il ne s'agissait que des bonnes manières. Une
fois l'ennemi correctement salué, le danger était écarté
et l'autre ne pouvait plus avoir de moi une opinion
défavorable. Mon contact avec la population de K. se
réduisait donc à une salutation des plus pénibles. S'il
m'arriva aussi d'échanger des paroles avec quelqu'un,
je n'en ai gardé aucun souvenir.

Naturellement l'amie que je m'imaginais devait
nécessairement rester à l'état de rêverie ; en effet,
comment aurais-je pu prendre sur moi d'adresser la
parole à une fille ou aller jusqu'à lui demander si elle
voulait bien être mon amie ? Ce n'était évidemment
pas parce que j'essayais encore de me compter parmi
les « petits » élèves que je n'avais pas d'amie. Ce
n'était pas non plus parce que je n'avais pas rencontré
par hasard une fille au cours de danse dont j'ai déjà
parlé, non, c'était beaucoup beaucoup plus que cela
qui me manquait. Car derrière l'image de cette amie
imaginaire se cachait, même si je ne m'en rendais pas
encore bien compte, l'image de la femme, de la
sexualité, de l'amour, bref de la vie. (Je ne veux pas me
lancer ici dans une discussion sur le point de savoir
si l'on doit dire amour ou sexualité ; comme Freud a
déjà fait remarquer qu'au cas où quelqu'un s'offus-
querait de ce qu'il emploie toujours le terme de « sexualité », il le remplacerait tout simplement par celui
d' « amour », je ferai appel à ces deux notions de telle
manière que l'une signifie également l'autre et que la
différence entre les deux ne soit qu'une pure question
de style.) La sexualité ne faisait cependant pas partie
de mon univers, car la sexualité incarne la vie ; et moi
j'avais grandi dans une maison où la vie n'était pas

bien vue, car chez nous, on aimait à être correct plutôt
que vivant. Pourtant la vie entière est sexualité puisqu'elle se dilate dans l'amour, le désir et les échanges
avec l'autre. Tout le processus de la vie est à situer sur
le même plan que l'acte d'union sexuelle : tout ce qui
vit pousse continuellement au mélange, à la pénétra-
tion mutuelle, à l'union, et toute séparation, division,
dissociation et dislocation est, sans cesse et à chaque
fois, la mort. Qui s'unit, vit, qui se tient à l'écart,
meurt. Mais c'était là justement la devise sous laquelle
était placée ma famille : Tiens-toi à l'écart et meurs !
La logique de cette formule, de ce commandement, est
impeccable ; en effet, rien ne se fait moins remarquer
par son incorrection que quelque chose de mort.

On pourrait le dire ainsi : j'étais trop correct pour
être capable d'amour ; en fait, je n'étais pas même Moi,
j'étais simplement correct ; car si mon vrai moi avait
voulu se montrer, si peu que ce fût, dans le monde de la
politesse et des formules, il serait aussitôt apparu
comme gênant. J'avais pour seule fonction de me
mettre à l'unisson de ce que je prenais pour le monde.
Je n'étais pas Moi en tant qu'individu nettement
délimité par rapport au monde qui l'entoure ; je n'étais
qu'une particule conformiste de ce monde qui m'en-
tourait. Je n'étais même pas un membre utile de la
société humaine, je n'en étais qu'un membre bien
élevé.

Mes représentations romantiques de l'amour se bor-
naient à des scènes de coup de foudre comme il m'était
arrivé d'en voir au cinéma. Je me figurais que moi
aussi (le jour non précisé où je serais « grand ») je
rencontrerais une fille dont je devrais sentir à première
vue qu'elle était la seule vraie (évidemment la fille,

juste au même instant, sentirait tout juste la même chose). Dans cette voie, tous les efforts pénibles pour conquérir cette personne idéale disparaissaient naturellement comme par enchantement ; il n'y aurait aucun problème à cause d'elle ou avec elle, et je serais d'emblée en harmonie parfaite avec elle. Il ne me faudrait ni l'aborder ni lui adresser la parole, je ne rougirais ni ne devrais prendre sur moi de lui demander si elle voulait bien être mon amie ; dès le début tout serait clair, sans problème et harmonieux. Elle serait tout aussi apathique et ennuyeuse que moi et, tout comme moi, ferait tout pour qu'aucun de nous deux ne fût blessé ou seulement touché par l'autre. Pauvre femme.

Je n'étais sûrement pas le seul à m'adonner à ce genre de rêveries ; le fait que justement moi je devais m'y adonner avec prédilection va de soi, si l'on songe à la façon dont, hélas, je me représentais le monde. La femme telle que je l'imaginais n'était qu'un accessoire de plus dans mon univers infantile. Elle n'avait pas de personnalité et d'ailleurs je ne pouvais pas vraiment lui en souhaiter une puisque je n'en avais pas moi-même. C'est sous ces apparences que je me représentais l'amour et je me le figurais tout bonnement comme quelque chose de très « beau » ; mais inconsciemment et en mon for intérieur je redoutais et haïssais l'amour car il était tout ce qui forcément ne pouvait pas me convenir, m'était hostile.

Le cours de ces idées cadrait assez bien avec l'atmosphère générale de ma période de lycée. Si j'allais à l'école à Zurich, si je passais une grande partie de ma journée de travail hors de la maison de mes parents, au plus profond de moi-même je n'avais rien appris à

l'école. J'étais encore — surtout pour ce qui est de
l'âme — intégralement à la maison. J'assistais aux cours
et je regagnais ensuite, par le train, K. et la maison de
mes parents où je sentais que j'étais chez moi, que
c'était là ma place. Si je m'initiais au latin, aux
mathématiques et aux langues modernes, ces études
n'élargissaient cependant pas mon horizon; c'étaient
des tâches pénibles auxquelles je devais m'astreindre
parce qu'apparemment cela se faisait. Il était correct
de s'astreindre à ces tâches, donc je le faisais. De plus,
mon père voulait que je m'astreigne à ces tâches et je
savais qu'il n'eût toléré aucune rébellion contre cette
décision. Mais aussi, il m'était facile de me soumettre à
la volonté de mon père puisque je n'avais pas de
volonté propre. Souvent le lycée me pesait mais cela ne
changeait rien à rien car je ne pouvais pas imaginer ce
que j'aurais fait si je n'étais plus allé au lycée.

Donc j'étais un assez bon élève, quoiqu'un élève
assez indifférent, j'avais les meilleures manières du
monde et, à l'école, je ne donnais jamais lieu à la
mauvaise humeur ou au blâme; ce n'était qu'en
gymnastique que j'étais d'une faiblesse presque inconcevable. Mes camarades ne me détestaient ni ne me
tourmentaient mais je n'avais pas d'amis. J'allais à
plusieurs cours de danse, afin d'apprendre aussi à fréquenter les femmes, mais je n'étais absolument pas capable d'apprendre à danser, et à fréquenter les femmes,
encore bien moins. J'étais intelligent mais je ne savais
rien faire. Vu de l'extérieur, j'étais normal à un point
presque répugnant mais j'étais rien moins qu'un jeune
homme sain et normal. Officiellement j'étais classé
comme un type qui s'intéresse aux « choses élevées »
mais intérieurement je me doutais bien que j'étais très

en retard et qu'en fait je devais me ranger parmi les
tout jeunes élèves de la première classe. Je n'avais
absolument aucun problème et je me doutais bien que
c'était mieux ainsi, parce que je n'aurais pas encore été
capable de me débrouiller si j'en avais eu. Bref : je
remplissais toutes les conditions pour devenir quelqu'un de très malheureux.

Sitôt dit, sitôt fait. Je tombai malade. A l'époque, je
ne savais pas encore qu'il s'agissait d'une maladie, pas
plus que je ne connaissais son nom. C'est une des
maladies les plus populaires de notre temps ; on
l'appelle dépression. Je pense aujourd'hui qu'elle a dû
commencer vers ma dix-septième ou dix-huitième
année. Depuis lors, elle ne m'a plus quitté. J'ai trente-
deux ans aujourd'hui et si je veux me donner la peine
de calculer la durée de ma souffrance, j'arrive à quinze
ans. Je ne dirais pas cependant que tout au long de ces
quinze ans la souffrance ait été constamment aussi
forte. Tantôt elle augmentait, tantôt elle diminuait. Il y
avait des moments où la souffrance s'effaçait tellement
que je pouvais presque aller et venir comme quelqu'un
de normal ; une ou deux fois elle me sembla s'être
amenuisée au point que je me mis à espérer l'avoir
vaincue. Mais, à part ces accalmies, je suis bien obligé
de constater que la dépression m'a accompagné sans
interruption pendant tout ce temps-là. Je ne veux pas
ici décrire une nouvelle fois ce phénomène, qui a été
suffisamment décrit, et chacun sait ce que c'est que la
dépression : tout est gris et froid et vide. Rien ne fait
plaisir et tout ce qui est douloureux, on le ressent avec
une douleur exagérée. On n'a plus d'espoir et on ne
distingue rien au-delà d'un présent malheureux et
privé de sens. Toutes les choses soi-disant réjouissantes

ne vous réjouissent pas ; en société, on est encore plus
seul qu'autrement ; tous les divertissements vous laissent froid ; les vacances, au lieu de vous changer les
idées, sont bien plus difficiles à supporter que les non-
vacances ; tous les projets qu'on échafaude pour sortir
de la dépression, on les laisse tomber ensuite « parce
que cela ne sert tout de même à rien ». Les deux
caractéristiques principales de la dépression sont la
solitude et le désespoir.

Ainsi la dépression m'a rattrapé, un an à peu près
avant la fin du lycée. Elle avait atteint ses deux
premiers points culminants au cours de mes dernières
vacances, que je passai en Angleterre, et au moment du
bachot. Pendant les vacances j'aurais dû m'amuser et
j'en étais incapable, pour la première fois j'éprouvais
la souffrance de n'être délivré de toutes les tracasseries
du quotidien (en l'occurrence l'école) que pour me
tourmenter moi-même, bien plus encore qu'à l'école,
durant ce loisir où tout était là à attendre que j'en
profite. Le second trou noir, ce fut au moment du
bachot, où tout le monde fêta l'heureux achèvement de
mes études, me considérant désormais comme un
adulte, alors que j'étais obligé de m'avouer qu'à part
les mots et les formules, je n'avais rien appris à l'école
et que je n'étais pas moins puéril que sept ans plus tôt,
lorsque j'y avais mis les pieds pour la première fois.

V

Le monde était là, devant moi, gris, hostile, et il fallait à présent que je me mette en devoir d'entrer dans la joyeuse vie d'étudiant. Dès le départ, il avait été entendu que je ferais des études supérieures. Entreprendre des études, c'était aussi ce que je préférais puisque je n'avais aucune idée du métier que je ferais ; par conséquent, une fois que je serais étudiant, je pourrais repousser pendant des années la question importune du choix d'une profession. Comme je n'étais bon qu'en langues, de toute évidence j'allais m'inscrire dans une section linguistique. Dans le cadre de cette discipline c'était à moi de faire le choix mais, en fait, ce ne fut pas moi qui le fis ; en effet, deux de mes condisciples, les seuls qui voulaient également étudier les langues, s'étaient décidés pour des études germaniques si bien que, n'ayant pas de meilleure idée, je suivis leur exemple et choisis aussi les études germaniques. C'est ainsi, parce que rien d'autre ne se présentait pour moi et que rien de plus intelligent ne me venait à l'esprit, que je devins étudiant.

J'étais un étudiant très chic. Je portais toujours un pantalon noir, une chemise blanche, un veston bleu marine et une cravate noire. Ce qui avait l'air fort distingué et faisait l'effet d'un uniforme élégant. Mais déjà je savais que ce costume, qui allait à un jeune homme comme un coup de poing dans l'œil, ne faisait qu'exprimer ma dépression qui me contraignait aussi à l'afficher avec mes couleurs de deuil.

Je n'étais pas non plus, naturellement, un étudiant révolutionnaire. Il m'arrivait de rire de bon cœur des vilains gauchistes et de leur esprit tordu car l'idée ne me serait jamais venue que j'aurais eu, moi aussi, la liberté de faire un choix politique, d'examiner la question et, ensuite, de faire éventuellement partie de la gauche. Il va de soi qu'en matière de politique je n'avais fait aucun choix, j'avais automatiquement rejoint la foule des braves gens qui, en l'occurrence, étaient tout bonnement de droite. Je n'avais pas examiné puis rejeté les arguments de la gauche, je savais d'avance que les gens de gauche étaient des individus ridicules qui avaient de toute façon des opinions erronées. Il ne faisait aucun doute pour moi que les gens de gauche ne pouvaient pas avoir raison et par conséquent, si je voulais avoir raison, eh bien je devais me ranger à droite. Cette prétendue décision qui, naturellement, n'était en fait qu'une absence de décision, faisait aussi grand plaisir à mes parents qui pouvaient constater, une fois de plus, que leur fils était « raisonnable », qu'il avait choisi le bon chemin.

Une analogie frappante avec cette attitude se manifestait dans mes rapports avec les femmes, à l'université : je n'avais pas d'aventures scandaleuses, pas d'amours, pas de liaisons et pas d'enfants naturels. Cela aussi, c'était digne d'éloge. Je n'avais pas de problèmes avec les femmes, j'étais donc, sous ce rapport aussi, un brave étudiant sans problèmes et j'épargnais à mes parents bien des chagrins et des soucis, étant donné que je n'avais pas de ces amourettes dont notre monde harmonieux n'aurait vraiment su que faire. En d'autres termes, une fois de plus, tout tournait rond.

Évidemment cela ne tournait pas rond du tout. J'étais déprimé, j'étais pris dans un conflit de plus en plus envahissant entre le dedans et le dehors. Apparemment, je n'avais pas le moindre problème et il me devenait de plus en plus difficile d'intégrer, de la façon la plus convaincante possible, cette apparente absence de problème dans ma conception du monde. C'est que je voulais être aussi à mes propres yeux un type sans problèmes et j'avais recours à toutes sortes de subterfuges pour me présenter à moi-même sous l'aspect de cette figure idéale. Il est vrai que l'un de mes principaux points d'appui m'avait lâché. Pendant mes études secondaires, j'avais toujours pu conserver mon image de marque, celle d'un original adonné à la littérature : tous les autres jouaient au football, il n'y avait que moi qui lisais des livres d'homme cultivé, particularité qui s'attachait nettement aux « choses élevées ». Mais à l'université, tous mes collègues étudiaient aussi la littérature et les étudiants ne jouaient au football que de temps en temps, à leurs moments perdus. Ce côté positif en apparence s'effaça donc et, beaucoup plus encore que durant mes dernières années de lycée, je ne fus plus qu'un jeune homme parmi bien d'autres, semblables, dont rien, vu de l'extérieur, ne justifiait plus que lui manquât ce qui aurait dû prendre une forme concrète en la personne d'une amie. Cela dit, à l'université, la notion d' « amie » avait pris de tout autres dimensions. Bien sûr, les étudiants dont je me trouvais faire partie, tout à coup, ne se contentaient plus d'aller au cinéma avec leurs amies, ces femmes étaient leurs maîtresses. A présent j'avais l'âge qu'il fallait, i'étais dans la société qui convenait et j'avais bien l'occasion d'avoir, moi aussi, une femme. Plus

rien n'y faisait obstacle — sauf moi, naturellement. Il
se passa alors quelque chose d'analogue à ce qui
m'était déjà arrivé une fois. De même que mes parents
avaient attendu de moi, qui étais resté longtemps un
enfant complètement ignorant et asexué, qu'après
avoir été soi-disant informé, je fusse tout soudain un
homme parfaitement éclairé et « raisonnable », c'est-
à-dire tout aussi asexué, de même qu'il fallait donc
d'abord que je n'eusse pas encore de problèmes sexuels
parce que j'ignorais tout de la sexualité et, tout de suite
après, que je n'eusse plus aucun problème sexuel parce
que j'aurais déjà « dominé » la sexualité ; de même
que la sexualité était donc quelque chose qui fondamentalement ne posait pas de problèmes, ainsi, une
fois de plus, à l'université, je sautai le plus important
des trois degrés du développement, celui du milieu. Au
lycée je m'étais encore, à part moi, rangé parmi les
petits garçons qui ne devaient pas encore avoir du tout
de problèmes sexuels ; à présent, à l'université, c'était
le contraire qui se passait. En effet, là aussi il y avait
non seulement de séduisantes jeunes femmes et d'ar-
dents jeunes gens, mais une quantité de vieilles filles
desséchées et de vieux célibataires racornis qui étudiaient une quelconque science abstruse et traînail-
laient dans leurs vêtements gris élimés. Mais ceux-là
n'avaient ni amant ni maîtresse. Si je voulais donc, vis-
à-vis de moi-même, correspondre à un schéma exact,
eh bien, il fallait m'assimiler à cette bande d'affreux
pédants, tous fruits secs et cuistres. Autrefois, j'étais
trop « petit » pour être moi-même ; à présent, j'étais
trop « vieux ». La seule chose qui m'était impossible,
c'était d'avoir justement mon âge. Inversement, je
pouvais arranger les choses en me disant que j'étais

tout à fait normal ou du moins dans les limites du normal puisqu'il y avait bien encore, à l'université, d'autres étudiants qui me ressemblaient. Sans doute peut-on dire de cette façon de penser qu'elle est harmonieuse ou qu'elle tend vers l'harmonie : je ne voulais pas être, contrairement aux autres, le seul à échouer, je voulais pouvoir me figurer que d'autres ne voyaient pas plus que moi les choses autrement, que je n'étais donc pas un raté mais un membre parfaitement respectable d'un groupe où tout le monde était tout bonnement comme moi.

Cela devint l'un de mes plus grands problèmes au cours de mes études. Dans mon for intérieur je savais que j'étais un raté mais je ne voulais pas me l'avouer. Je savais aussi, au fond, que si j'étais un raté, c'était parce que je n'avais pas de femme, puisque « femme », c'était tout bonnement le symbole et le point crucial de tout ce qui me faisait défaut, mais cela aussi je me le camouflais et j'inventais une foule d'autres raisons pour lesquelles j'étais tout le temps terriblement déprimé.

Je me montrais toujours calme et serein, je planais toujours au-dessus de tout, je n'avais de problèmes avec rien. J'étais du genre nonchalant et rien ne me manquait. Rien ne pouvait m'irriter, rien m'abattre ; j'avais toujours le sourire aux lèvres car je voulais être l'image vivante d'un non-frustré. Plus j'étais déprimé au fond de mon cœur, plus je souriais. Plus noir le dedans, plus blanche la surface. Mon moi clivé se fissurait de plus en plus. Mon éternelle comédie devenait de plus en plus une habitude et l'habitude me rendait si familier mon masque d'euphémisme que je l'identifiais peu à peu avec moi-même. D'ailleurs je

voulais être comme mon masque, je me plaisais donc à
croire que j'étais en réalité pareil au rôle que je jouais.
Certains de mes camarades me disaient parfois, quand
la souffrance les éprouvait, combien j'avais de la
chance de conserver toujours ma sérénité ; et j'aimais à
l'entendre et j'aimais aussi à le croire. En effet, mon
masque était convaincant. Les gens croyaient que
j'étais vraiment tel que je croyais être. Mon jeu était
confirmé par mon entourage et, lorsque je commençai
à douter de ma feinte sérénité, je pus me permettre la
fausseté de me dire : j'ai seulement l'impression d'être
déprimé. Mais tout le monde dit pourtant que je ne le
suis pas. Les gens ne se seront tout de même pas
trompés tous à la fois. C'est ainsi que les autres
devinrent mes complices. Si jamais mon masque
menaçait de craquer devant mes yeux, je pourrais
toujours invoquer les autres qu'il continuait à trom-
per. J'ai employé, je crois, la plus grande part de mon
énergie à maintenir l'édifice de mon moi simulé, qui
s'effritait. Je trouvais toujours des prétextes pour me
prouver que mes éternelles dépressions n'étaient « rien
d'autre » que des choses sans importance. Par exemple, il pleuvait et quelqu'un faisait remarquer que la
pluie le déprimait toujours tellement, aussitôt je disais
à part moi : Naturellement ! c'est la pluie qui me
déprime tellement, moi aussi. Tantôt j'avais pris froid,
tantôt j'avais trop peu dormi, tantôt trop, tantôt je
m'étais levé du pied gauche, tantôt j'étais simplement
mal luné, tantôt c'était la faute du cours médiocre
auquel je venais d'assister ; tantôt j'avais mal déjeuné,
tantôt j'avais trop mangé à midi et c'était pour cela
que je me sentais fatigué ; bref : je trouvais toujours
une explication valable pour me faire accroire qu'au

fond tout cela n'était « rien du tout ». Aujourd'hui je
sais que la mauvaise nourriture ne me dérange pas ;
bien sûr j'aime bien manger, mais quand le repas est
mauvais, cela ne me gêne pas particulièrement. De
même, je ne suis pas dépendant du temps qu'il fait.
Bien sûr, je préfère qu'il fasse beau et, s'il ne tenait qu'à
moi, il ne pleuvrait jamais ; pourtant plusieurs semaines de mauvais temps ne m'affectent pas outre mesure.
Je crois qu'en cela j'ai une heureuse nature. Beaucoup
de gens se laissent déprimer par la pluie ; moi non.
Chaque fois que je prétendais que ce n'était « que le
temps », je mentais. C'est que ma dépression avait une
origine bien plus profonde, et toutes les intempéries du
monde ne pouvaient rien contre ce simple fait.

J'étais, foncièrement, un menteur et un hypocrite,
mais j'avais de si bonnes manières qu'on n'en trouverait pas facilement de pareilles sur cette face du globe ;
seulement ces manières admirables qui étaient les
miennes, c'était aussi le seul art que j'eusse appris.
L'éducation que m'avaient donnée mes parents était
couronnée de succès.

Si la définition est exacte, selon laquelle un névrosé
est quelqu'un qui est incapable de vivre dans le présent
et ne cesse de se réfugier dans le passé ou dans l'avenir,
j'en avais assurément rempli les conditions dès mes
premières années d'université : d'une part je me considérais toujours comme le « petit », celui qui était tout
bonnement à la traîne et n'avait encore aucune capacité ; d'autre part je ne cessais d'espérer qu'un avenir
lointain, indéterminé dans le temps, m'apporterait
l'accomplissement de tout ce que le présent ne pouvait
accomplir pour moi. Je me disais qu'ici à Zurich, où il
pleuvait tout de même sans arrêt, je ne pouvais « avoir

aucun élan », mais que pendant les vacances d'été en Espagne, où le soleil brille continuellement, je commencerais à vivre. A l'université je me trouvais constamment en compagnie de femmes et je me figurais qu'au cours de ces mêmes vacances espagnoles nébuleuses et magnifiques, je rencontrerais sûrement la femme idéale. Je ne pouvais pas me rendre compte que ce n'étaient pas les circonstances qui étaient cause de mon échec mais que cet échec n'était dû qu'à moi.

Mon âme était malade et je ne voulais pas le reconnaître et c'est pourquoi je cherchais des exemples ; je croyais en effet que dès que j'aurais reconnu en moi un cas typique, j'aurais la certitude d'être comme les autres, normal en somme. Naturellement ce raisonnement était faux, car le typique est tout autre chose que le normal ; il y a aussi des symptômes typiques de maladie. Ce n'est pas parce qu'ils souffrent tous du même mal que l'état de santé des pensionnaires d'un sana est normal ; on les dira plutôt malades, tous tant qu'ils sont. Mais moi j'étais à l'affût de cas semblables au mien, si bien que j'en trouvai effectivement, notamment dans la littérature. Oui, dans les livres apparaissaient sans cesse des personnages auxquels je pouvais m'identifier. Ce qui était arrivé à un personnage livresque (et, très probablement aussi, à l'auteur et inventeur de ce même personnage), cela pouvait bien aussi m'arriver à moi ; alors il y avait bien là une règle et une norme.

Parmi tous les personnages, que ce fussent des créations littéraires ou les écrivains eux-mêmes, dont la destinée était telle qu'ils auraient bien aimé avoir une femme mais n'en avaient pas, qu'ils auraient bien aimé être dans la vie mais restaient cependant en

dehors, Tonio Kröger était celui qui m'avait le plus
frappé. Oui on peut dire que, depuis le collège, le héros
de cette triste nouvelle de Thomas Mann m'avait
constamment accompagné. Ce personnage lui non plus
n'était pas vraiment dans la vie et il était toujours
déprimé ; lui aussi s'intéressait aux « choses élevées »
et devait renoncer pour cela aux « délices de la
banalité ». Tonio Kröger, c'était un artiste et, en tant
que tel, il avait pour mission non pas de vivre la vie
mais seulement de la décrire. En tant que poète, il
embrassait la vie du regard ; s'il avait été plongé dans
la vie comme n'importe qui, il aurait forcément perdu
cette vue d'ensemble et se serait privé de la faculté de
décrire. Soit. Cependant, bien des choses m'avaient
gêné dès l'abord dans l'existence de ce personnage.
D'une part, il fallait que Tonio Kröger fût différent des
gens ordinaires — puisque c'était son métier — d'autre
part, il ne *pouvait* absolument pas être comme les gens
ordinaires — et c'était là son défaut. D'une part, on
pouvait bien prétendre qu'il avait une vocation d'artiste et, dès lors, s'était naturellement exclu de la
société des gens ordinaires ; d'autre part, on ne pouvait
pas se défendre de soupçonner qu'il était, par définition, incapable de se conduire comme les autres, de
sorte qu'il ne lui restait au fond pas grand-chose
d'autre à faire qu'à devenir, *nolens volens*, un artiste,
parce qu'il manquait d'étoffe pour être plus que cela.
D'une part, Monsieur Mann faisait dire à son Tonio
que, s'il lui était douloureux d'être séparé des gens
ordinaires, il lui fallait cependant, bon gré mal gré,
l'accepter comme un phénomène accessoire, tout simplement parce qu'il était destiné à quelque chose de
« supérieur » ; d'autre part j'étais convaincu que Tonio

Kröger, eh bien, ce n'était *rien de plus* qu'un artiste et qu'il ne fallait pas considérer cette qualité d'artiste comme une supériorité mais, au contraire, comme une infériorité dont il était bien obligé de s'accommoder : ce qui comptait avant tout, c'était justement cette incapacité-d'être-comme-les-autres, la qualité d'artiste en tant que phénomène secondaire s'ensuivait alors tout naturellement.

C'est ainsi que j'eus pour la première fois le sentiment que peut-être l'art ne devait être considéré que comme le symptôme d'une vitalité déficiente et que je commençai à soupçonner (alors que je connaissais à peine le nom de Sigmund Freud) que la poésie c'était peut-être tout simplement qu'on se mettait automatiquement à écrire des vers pourvu que l'on fût suffisamment frustré. Les choses ne se présentaient donc pas tellement bien pour moi, car moi aussi j'avais le sentiment que ma vitalité n'était pas des meilleures, et moi aussi j'écrivais. Cependant, le plus souvent je n'écrivais pas de vers, depuis ma plus tendre enfance j'avais composé des pièces pour le théâtre de marionnettes et, lorsque je fus étudiant, je m'essayai aussi à des contes. Tout le monde affirmait que j'avais du talent ; il y avait longtemps qu'on me qualifiait d'artiste, sur le ton de la plaisanterie ; de plus, l'image de marque de l'artiste me plaisait depuis toujours. Bref il était fort possible que je fusse bien, en fait, un artiste. Cependant, au cours de ces premières années d'université, je vis pour la première fois le statut de l'artiste sous un autre angle : peut-être l'artiste n'était-il toujours que l'artiste-et-rien-de-plus, le rejeté, le réprouvé, l'exclu et, pour preuve de son infériorité, il allait jusqu'à servir ses productions au public, si bien que chacun pouvait s'écrier : Oh là là, en voilà un qui n'a pas su non plus s'en tirer dans la vie, et c'est pourquoi il est devenu un artiste.

Pour la première fois, mes productions me dégoûtaient. Peu importait d'ailleurs que l'une ou l'autre me plût ou non, qu'elle eût ou non une valeur artistique. Mise à part leur valeur littéraire, elles semblaient me faire dire : je n'ai écrit tout cela que parce que j'ai tout simplement échoué et que je suis frustré. Beaucoup de ces écrits, surtout certaines pièces de théâtre, me plaisaient assez pourtant, je voyais bien qu'elles avaient aussi, littérairement, une certaine raison d'être. Mais tout cela s'effaçait devant la constatation que ce que j'avais écrit n'était, en fin de compte, que le produit de ma frustration et l'aveu de ma défaite. Je préférais décider de ne jamais plus écrire et de cacher ma honte sous un silence éternel. Maintes fois, toujours et toujours à nouveau, je pris la résolution de ne plus rien écrire désormais et de refouler toutes mes envies d'écriture ; chaque fois je voulais faire de nouveau table rase et ma décision, le plus souvent, coïncidait avec la destruction de toutes mes œuvres, de préférence par le feu, afin que la flamme purificatrice me délivrât de la souillure de l'art. Mais mes décisions et mes autodafés renouvelés ne servaient jamais à rien car on ne peut pas brûler le goût d'écrire et, presque toujours, peu de temps après l'autodafé, l'inspiration revenait, j'avais envie d'écrire quelque chose de nouveau. Aussitôt la production recommençait de plus belle et je m'accommodais de me sentir poussé à l'écriture, tout simplement parce qu' « il devait en être ainsi » ; jusqu'au moment où le processus se répétait et où j'anéantissais de nouveau tous mes écrits parce que

leur présence m'était devenue insupportable et qu'il
me fallait, une fois de plus, les brûler parce que cela
« ne devait pas être ». Plus mes œuvres me plaisaient,
plus il me devenait pénible de les détruire ; mais, à
chaque autodafé, la certitude l'emportait qu'il ne
s'agissait pas de la qualité de l'œuvre mais que
l'écriture était en soi quelque chose de mal, qu'elle
exprimait et exposait et symbolisait mon infériorité
d'artiste-sans-plus.

D'autre part, il va de soi que le nom d'artiste me
plaisait aussi et que je faisais tout ce que je pouvais
pour renforcer cette image de marque ; mais cette
image demeurait tout en surface. De même qu'exté-
rieurement je me montrais toujours joyeux et content,
de même j'aimais à me donner un peu l'air d'un artiste,
tout en sachant bien jusqu'où je pouvais aller dans ce
domaine. En effet, je savais qu'il y avait certains types
d'artistes qui concevaient également leur vie comme
un art et mettaient beaucoup d'énergie à essayer d'en
jouir en bohèmes, ce à quoi ils arrivaient souvent. Mais
moi je n'étais pas un artiste de cette sorte, je n'en avais
que trop douloureusement conscience. Pour moi, être
artiste ne pouvait comporter que mélancolie, dépression et frustration, c'était pour moi une honte et une
désolation. L'air artiste apparemment léger que je
m'efforçais de prendre n'appartenait qu'à mon
masque.

Dans cette problématique de l'artiste, deux points
surtout sont importants. D'abord je pouvais continuer
à cultiver, dans les « choses élevées » où l'art doit
s'incarner, cette « élévation de pensée » qui était de
règle dans la maison de mes parents : les autres sont
les gens ordinaires, les précieux individus qui se

tiennent en dehors de la vie sont les êtres « supé-
rieurs ». En d'autres termes : qui est normal est
ordinaire ; un névrosé est quelque chose de spécial. De
plus, ma vision fataliste du métier d'artiste avait pour
effet de me coincer dans la position que j'avais justement voulu abandonner. Pour moi, c'était tout bonnement le destin : tous les artistes sont névrosés. Aujour-
d'hui je demeure persuadé qu'en fait beaucoup d'artistes sont des névrosés ; mais il arrive souvent que les
boulangers et les jardiniers le soient aussi, et un
employé de banque ou un *businessman,* ceux-là ne sont
vraiment pas marrants du tout. Au lieu de me conten-
ter de penser que si un artiste est parfois névrosé, il ne
doit pas l'être nécessairement, je préférai l'accablante
certitude que forcément tous les artistes étaient des
névrosés. Conclusion qui était aussi une solution de
facilité. Quand d'avance tout est réglé par le destin et
qu'on ne peut rien y changer, on n'a pas besoin de faire
un effort quelconque. Ma conception du métier d'artiste correspondait exactement aux autres idées que
j'avais héritées de ma famille : il se trouve que le
monde est ainsi fait, et il ne peut absolument pas être
autrement. Dans un monde dont « il se trouve qu'il est
ainsi fait », il ne peut y avoir aucune révolte ; il ne peut
y avoir de révolution que lorsque le monde pourrait
aussi être autrement.

A présent, je voudrais essayer de décrire l'évolution
de ma maladie, mais d'une manière plus schématique
qu'elle n'a eu lieu en réalité. Je veux dire par là que,
dans l'intérêt de la ligne générale, je renoncerai à
dépeindre tous les hauts et les bas qui se succédèrent
pendant plus de dix ans ; les nombreuses petites
rechutes au cours de l'amélioration d'ensemble et les

nombreuses guérisons apparentes au milieu de la débâcle seront ici passées sous silence. Je ne parlerai pas non plus des deux premiers traitements psychothérapiques que j'ai suivis pendant un certain temps, car ces deux tentatives ne firent que préluder à mon troisième et dernier traitement, la psychothérapie proprement dite.

A ce propos je noterai simplement que, la première fois, ce furent mes parents qui m'envoyèrent chez le psychothérapeute, parce que mes états dépressifs les inquiétaient et qu'ils voulaient m'aider. Naturellement, toute cette éducation qu'ils m'avaient donnée avait eu pour seul but de me venir en aide et de me donner tout ce qu'ils avaient de mieux. Or, ils ne m'avaient donné que ce qu'ils avaient de pire, mais cela, ils ne pouvaient pas le savoir. Je dois tenir pour certain qu'avant de prendre contact avec le psychothérapeute, ils s'étaient posé la question traditionnelle : Qu'avons-nous donc mal fait ? — mais ils ne pouvaient pas deviner que ce mal, c'était justement ce qui devait leur paraître la plus haute valeur dans la vie. Je doute qu'ils aient été capables de soupçonner que leur fils pouvait ne pas être normal. Cela devait leur sembler inconcevable que l'enfant de parents si normaux pût ne pas l'être. Comprendre que l'enfant de parents à ce point parfaits doit nécessairement devenir anormal exige une certaine dose d'humour cosmique ; et cette sorte d'humour, ils ne l'avaient pas. Aujourd'hui, je pense qu'ils croyaient que j'avais des « complexes d'infériorité » et que le psychiatre m'en guérirait ; en effet, qu'il leur vînt à l'idée que j'étais réellement inférieur, c'eût été trop leur demander. Ce que mes parents considéraient comme des « complexes », comme des idées que je me mettais dans la tête, non, ce n'était pas que je me sous-estimais, mais au contraire que j'avais conscience, une conscience plus ou moins étouffée, de ce qu'il en était vraiment de moi. Ce n'est pas le mal aux dents que guérit le dentiste mais la dent malade, ce qui fait automatiquement cesser la douleur ; et de même le psychiatre n'a pas à guérir le complexe d'infériorité mais l'infériorité elle-même, de telle sorte que les complexes deviennent superflus. Ma dépression, c'était comme le mal aux dents, tous deux ont pour fonction, par l'entremise de la douleur, de signaler la maladie. Mais mes parents n'auraient jamais pu se faire à l'idée que leur fils chéri, si doué, si intelligent, pouvait être malade, psychiquement malade. Cela ne répondait pas à leur conception du monde d'avoir un fils anormal. Moi non plus, d'ailleurs, je ne pouvais pas m'y faire, je voulais à toute force me persuader que j'étais parfaitement normal. (Je demeurais fidèle à cette opinion, si bien que mes deux premières tentatives de psychothérapie ne me furent d'aucune aide et qu'il me faut les considérer aujourd'hui comme les premières vicissitudes de ma douloureuse histoire, qui ne modifièrent pas essentiellement mon état.)

Toutefois, l'essentiel de mon évolution à l'époque, je le caractériserais de la façon suivante : d'une part j'allais de mieux en mieux et d'autre part j'allais de pis en pis ; et plus j'allais mieux, plus l'aggravation était refoulée dans l'inconscient, si bien que les dépressions devenaient de plus en plus incompréhensibles et sans raison. L'un des deux processus, l'amélioration, communiquait sans cesse à mon personnage de nouveaux élans, de sorte qu'il m'était de plus en plus facile de

conserver intacte ma façade ; mais l'évolution parallèle vers le pire avait pour effet que l'abîme entre mon
vrai moi et mon moi simulé devenait de plus en plus
profond et infranchissable de sorte que la difficulté,
depuis toujours énorme, que j'éprouvais à manifester
ne fût-ce qu'un peu de mon être véritable n'avait plus
de limites.

VI

Mes premières années d'université n'avaient fait
qu'aggraver mon état. Au lycée, j'avais encore pu, sous
toutes sortes de prétextes, me tenir en dehors de la vie,
j'avais continué à vivre sous la protection immédiate
de la maison de mes parents. Dans l'ensemble je vivais
à la maison ; mais à la maison, comme il ne se passait
rien, il ne pouvait rien m'arriver. En revanche, à
l'université, toutes les contraintes extérieures se déta-
chèrent de moi. Je n'avais plus besoin de me soumettre
à mes professeurs ; je passais généralement la journée
à la faculté, à Zurich, et je prenais mes repas au
restaurant universitaire. De plus en plus la maison de
mes parents, à K., devenait le lieu où je ne faisais plus
que loger ; ma vie proprement dite se passait à Zurich.
Cette liberté très agréable en soi m'apprenait cependant aussi des choses très douloureuses : en effet, je ne
savais pas vraiment que faire de cette liberté. Ce qu'on
appelle la joyeuse vie d'étudiant avait aussi ses mauvais côtés : premièrement je constatai que chez moi
l'atmosphère n'avait vraiment rien de gai et que le

samedi et le dimanche que je passais d'habitude à K. devenaient peu à peu les jours les plus pénibles ; deuxièmement, je remarquai que je n'avais aucune autre solution pour le week-end que de rentrer à la maison car rien d'autre ne me venait à l'idée que j'aurais pu faire à la place ; troisièmement, je fus obligé de reconnaître que la partie plaisante de la semaine n'était pas toujours si plaisante que cela et que souvent je m'ennuyais terriblement aussi à l'université et que je m'y sentais seul. Quant à cela, le moment le plus pénible de la journée était toujours le soir. Lorsque je n'étais en compagnie de personne et ne savais que faire, j'attendais tout bonnement dans le hall de l'université, placé devant la désagréable alternative ou bien de couper court à mon attente, de clôturer la journée et de rentrer mélancoliquement chez moi, ou bien de patienter encore, l'âme en peine, en espérant que finalement quelqu'un viendrait tout de même me délivrer de ma solitude. Alors, très souvent, après que j'avais attendu pendant des heures, quelqu'un passait tout de même encore — mais seulement pour me dire au revoir.

Ce quelqu'un remarquait alors, par exemple, tiens, tiens, que moi aussi j'étais encore là, puis il me disait au revoir en m'informant qu'il devait s'en aller à présent parce qu'il avait encore du travail. Deux choses frappent aussitôt à ce propos : c'était toujours un « Quelqu'un » que j'attendais et jamais une personne précise. En effet, s'il s'était agi d'une personne précise, j'aurais peut-être pu prendre rendez-vous et je n'aurais pas dû attendre dans le vide ; ou j'aurais dû savoir que la personne en question ne passerait plus maintenant parce que, ce jour-là, elle n'avait pas de

cours ou qu'à cette heure-ci elle n'était jamais à
l'université ou que, de toute façon, elle n'avait jamais
le temps le soir. Mais ce Quelqu'un imaginaire était
toujours parfaitement libre et disponible (comme je
l'étais moi-même) : il aurait très bien pu justement
s'ennuyer aussi et se sentir seul et se réjouir, à sept
heures du soir, de trouver encore, dans l'université
déserte, un compagnon d'infortune. Mais, la plupart
du temps, ce Quelqu'un ne se présentait plus ; le hall se
dépeuplait de plus en plus jusqu'au moment où,
finalement, je restais seul en arrière, où le Quelqu'un
était devenu Personne. Alors il n'y avait plus que moi
et j'étais obligé de me faire violence pour ne plus rien
espérer de cette journée et retourner à K.

Le deuxième point remarquable de ces vaines atten-
tes, c'était que tous les camarades qui prenaient congé
de moi avaient toujours quelque chose à faire. Ce
n'était pas qu'ils ne voulaient pas rester avec moi
parce qu'eux non plus n'avaient rien à faire, au
contraire, ils ne pouvaient pas rester avec moi parce
qu'ils avaient justement un autre programme. Moi je
n'avais rien de prévu. Mon seul projet, c'était, le plus
longtemps possible, de ne pas devoir rentrer chez moi
et de m'attarder le plus longtemps possible à l'université. J'étais positivement accablé de constater que les
autres avaient toujours un programme car aussitôt
qu'ils entreprenaient de l'exécuter, ils quittaient l'université et, du même coup, me quittaient. Le jour le plus
morne c'était toujours pour moi le vendredi. Beaucoup
d'étudiants, qui habitaient Zurich seulement la
semaine et rentraient chez eux pour le week-end,
partaient déjà le vendredi après-midi, après le dernier
cours, tout bonnement parce qu'ils n'avaient plus rien

à faire à la faculté, de sorte que, le vendredi soir, le dépeuplement était encore bien plus frappant qu'à l'ordinaire. Je me sentais alors plus abandonné que d'habitude et voyais déjà arriver ce week-end qui n'aurait rien à m'offrir.

J'ai déjà dit qu'il m'arrivait d'être déprimé en voyant que les autres étaient toujours trop occupés pour tuer le temps en ma compagnie ; mais il n'y avait pas que cela. A présent je me rendais compte que ces étudiants qui s'adonnaient sans cesse à leurs activités étaient plus intéressants et en savaient plus que moi. Au lycée, j'avais été le mystérieux oisif ; maintenant j'étais tout à coup le pauvre abandonné lorsqu'ils m'avaient tous dit au revoir pour vaquer à leurs occupations. En effet, le passage du lycée à l'université n'avait rien changé à ce point de vue : bien sûr, je connaissais beaucoup de monde, bien sûr j'avais des tas de camarades, mais ils n'étaient pas plus que cela. Au lycée, j'avais eu des condisciples avec qui, dans l'ensemble, je ne m'étais pas mal entendu, mais je n'avais pas eu d'amis. A présent, à l'université, j'avais de nombreux camarades et connaissances ; des gens que je connaissais, rien de plus. Nous avions tous le même métier ; nous assistions souvent aux mêmes cours et, naturellement, nous nous posions sans cesse les mêmes questions à propos des manuels et des examens ; j'avais une foule de contacts avec mes collègues, mais de vrais amis, je n'en avais pas. En revanche, il y avait des groupes. Ceux-ci se composaient généralement d'étudiants qui, pour une raison ou une autre, se rencontraient régulièrement et auxquels on se joignait automatiquement si on y était à sa place. Les groupes n'étaient pas forcément composés d'amis. Naturellement il pouvait se faire que les membres d'un groupe devinssent des amis mais ce n'était pas une nécessité. Le groupe était plutôt un collectif où l'individu pouvait évoluer sans y être particulièrement lié. Il va de soi que je faisais partie de ceux qui évoluaient dans le groupe sans entretenir de liens personnels. En fait, je n'étais lié qu'avec le collectif, avec les romanistes. Les romanistes, c'étaient tous ceux-là ; c'étaient ceux-là que j'avais l'habitude d'attendre dans le hall. Mais ils n'étaient pas mes amis. J'aimais les romanistes mais je les aimais collectivement. Aujourd'hui, quand je réfléchis à ce que pouvaient être, en fait, les romanistes, je me dis que c'était la somme d'un grand nombre de Quelqu'un dont, personnellement, aucun ne représentait grand-chose pour moi. Ceux que j'avais coutume d'attendre étaient toujours de ces Quelqu'un qui faisaient partie du grand tout. Chacune de ces virtuelles personnes attendues était « un romaniste », c'est-à-dire un simple représentant du collectif, et c'est pourquoi, au fond, il ne m'importait pas beaucoup de savoir qui, au bout du compte, me tenait compagnie puisque je les aimais bien tous. Ou bien : aucun ne m'était si cher que je l'eusse préféré à un autre.

Plus tard, j'ai été frappé de constater qu'après avoir quitté l'université, d'un jour à l'autre je n'ai plus jamais vu et plus jamais éprouvé le besoin de voir beaucoup de mes anciens camarades que je rencontrais presque journellement durant mes études. A l'époque, j'avais pris l'habitude de les voir quotidiennement dans un groupe et de m'entretenir avec eux ; mais dès que le contact quotidien fut rompu, je ne dirais pas qu'il me manqua. D'une quantité de gens

que je pourrais désigner comme mes principaux camarades, je dois avouer aujourd'hui qu'en fait, ils
m'étaient complètement indifférents ; chacun d'eux
n'était qu' « un romaniste », rien de plus. En revanche,
beaucoup de mes vrais amis d'aujourd'hui ont été
étudiants en même temps que moi mais nous nous
sommes à peine vus au cours de nos études, peut-être
parce que, pour des raisons personnelles, ces amis ne
participaient pas à la fraternelle vie estudiantine, ou
parce que l'organisation des horaires rendait impossible un contact plus fréquent à l'université.

Au bout de quelques semestres j'avais abandonné les
études germaniques pour les études romanes. Je me
plaisais chez les romanistes ; je m'y sentais bien. En un
certain sens, j'avais trouvé là un nouveau chez-moi,
l'université était devenue mon foyer. Sans doute, sur
plus d'un point, ce foyer ne différait-il en rien de mon
ancien foyer, chez mes parents ; j'avais presque tout
transporté de mon ancienne demeure dans la nouvelle.
Oui, je me sentais chez moi à la faculté, mais je n'y
vivais pas autrement que je ne le faisais avant. Elle
était devenue ma nouvelle maison, mon nouveau
refuge, que je quittais d'aussi mauvais gré qu'autrefois, comme il était d'usage chez mes parents, la
coquille protectrice de l'intimité familiale. La plupart
du temps, même, je ne quittais pas l'université au sens
le plus littéral du terme : c'était là que j'assistais à mes
cours, que je lisais ou que j'écrivais dans les salles
réservées au séminaire de langues romanes et que je
passais le reste de mon temps plus ou moins oisif, à
boire du café dans le hall dont il a déjà été question.
Quand j'étais libre, je ne quittais pas le bâtiment de la
faculté pour aller en ville ; je n'éprouvais pas le besoin

de sortir enfin de ces murs toujours pareils à eux-
mêmes, j'y restais, occupé ou inoccupé mais, le plus
souvent, inoccupé. Dans ce genre de situation l'université ne se distinguait plus en rien de la maison de mes
parents où, maintenant, je ne me plaisais plus : je m'y
ennuyais, je ne savais pas quoi faire mais, en même
temps, j'avais peur de quitter ce lieu d'ennui et d'aller
dehors, car « dehors » tout serait encore bien pire. On
peut donc dire qu'à l'université, plus ou moins par
force, j'étais chez moi ; remplaçant ainsi la maison de
mes parents, elle était devenue ma coquille, où je me
retirais par angoisse et par besoin de protection, où
j'étais contraint de me retirer même quand rien de
bien réjouissant ne m'y attendait plus.

Or, très souvent, rien ne m'attendait en fait à
l'université. Au lycée, j'avais été un élève passablement
appliqué, parce que cette attitude se présentait comme
la solution de facilité ; à l'université, mon application
ou mon manque d'application n'intéressait plus personne, si bien que je devins un étudiant très paresseux.
Autrefois on me répétait souvent le sage précepte selon
lequel le lycée vous apprenait à travailler convenablement, de telle sorte que plus tard on fût à même
d'utiliser à bon escient la liberté universitaire. Je crois
cependant qu'au lycée je n'ai perçu, au fond de moi-
même, que la contrainte et non pas le sens du travail
de sorte que non seulement je n'usai pas mais que
j'abusai de la liberté universitaire tant vantée pour me
réjouir simplement de ce que nul ne pouvait plus, à
présent, me tenir au travail. Bientôt, je trouvai de
bonnes raisons de ne plus rien faire du tout. Personne
n'ignorait d'ailleurs que la caractéristique de la vie
étudiante n'était pas tant le travail régulier que la

joyeuse nonchalance et qu'on pouvait être d'autant
plus fier de soi qu'on cultivait consciencieusement
cette qualité. Je fis donc de mon vice une vertu
(comme, au fond, tout le monde ne cesse de le faire car,
finalement, presque toutes les vertus sont des vices
inavoués ou stylisés) et je m'appliquai bravement à
surtout ne jamais rien perdre de ma bonne humeur
paresseuse et à regarder de haut les étudiants insipides
qui s'enfermaient dans leur travail avec « obstination ». De plus, mon critère de ladite obstination était
très tranché, le moindre soupçon d'assiduité que j'arrivais à déceler chez les autres sentait déjà, pour moi,
l'excès de zèle. Presque toujours, c'était moi qui invi-
tais les autres à interrompre leur travail et à aller
prendre un café avec moi ; mais quand j'y étais moi-
même invité, je ne disais jamais non, j'étais toujours
prêt à laisser ma besogne en plan et à aller prendre un
café avec les autres. Ainsi ma journée comportait plus
de temps de pause que de temps de travail car je ne
cessais d'intercaler moi-même des pauses dans le
rythme de mes travaux ; toutefois, quand il m'arrivait
d'avoir devant moi une petite heure où plus rien
n'aurait justifié une interruption, c'était alors, par
chance ou malchance, que quelqu'un d'autre justement s'interrompait et je n'avais pas la force de refuser
d'aller prendre un café avec lui et de poursuivre ma
besogne. Ma vie se composait donc principalement de
pauses : mes pauses et les pauses des autres.

Naturellement, durant ces pauses, je n'étais pas
vraiment content. On aurait bien pu dire de moi que
j'étais un étudiant scandaleusement paresseux et incapable. Mais je ne savais que trop bien moi-même que
ce n'était pas le cas. Au contraire, j'étais plutôt un

étudiant modèle, et même exemplaire en ce sens que, selon les bonnes traditions, il prenait la vie étudiante à la légère. Je n'avais pas le courage d'être vraiment bohème. Je ne passais pas mon temps au bistrot, je ne me soûlais pas, je ne courais pas les tripots et les bordels et ne consacrais pas mes journées à séduire de belles étudiantes (c'eût été d'ailleurs possible et ce n'était peut-être pas la pire des solutions) puisque j'étais sage par principe. Si je séchais très souvent les cours, ce n'était pas pour employer le temps gagné à quelque chose de plus amusant, mais pour absorber mon centième café dans le hall de l'université. (Chose typique, on ne servait pas de boissons alcoolisées à l'université ; ce n'est pas pour rien qu'on appelle Zurich la ville de Zwingli.) Ce centième café, j'y vois aujourd'hui le symbole caractéristique de ma pseudo-gaieté d'étudiant : bien sûr je n'étais pas un étudiant assidu, mais je ne savais pas utiliser ma paresse plus intelligemment qu'à boire à tout moment un café de plus (dont le goût, par-dessus le marché, était assez exécrable). Et après la dernière tasse je quittais ce qui était mon foyer de jour et retournais à K., dans la maison des parents, où j'étais encore bien plus profondément et plus pernicieusement chez moi.

Ma place était donc parmi les romanistes et j'étais aussi l'un d'entre eux. J'étais à l'intérieur d'un groupe protecteur et aussi, le plus souvent, à l'intérieur du bâtiment protecteur de la faculté, mais mon activité consistait davantage en une propension à m'adapter à mon nouveau chez-moi plutôt qu'à y jouer moi-même un rôle nouveau et personnel. La camaraderie du lycée recommençait : je connaissais une foule de gens, j'avais même une certaine réputation de type noncha-

lant et jovial, car tout le monde savait que j'étais la
personne avec qui l'on pouvait à tout instant prendre
un café ; c'est pourquoi je n'étais particulièrement
odieux à personne mais, que quelqu'un m'appréciât
particulièrement du seul fait que je buvais café sur
café, je me permettais d'en douter. Ce que tous ces
petits cafés pris en commun avaient de caractéristique,
c'était à vrai dire que, la plupart du temps, on
bavardait beaucoup mais qu'on ne faisait rien. J'entends par là, comme je l'ai déjà dit, que mes camarades
avaient toujours « quelque chose à faire ». S'ils partaient en week-end, faisaient du ski, étaient invités
chez une amie ou s'adonnaient au sport ou jouaient du
piano, en tout cas c'était toujours quelque chose de
nettement plus passionnant que de boire du mauvais
café à l'université. Les étudiants qui avaient un programme intéressant en dehors des études essayaient
naturellement d'organiser leur travail universitaire de
la façon la plus intensive afin d'avoir plus de temps
libre pour leurs autres champs d'intérêt. Rien d'étonnant à ce qu'ils n'eussent aucun besoin de ces petits
cafés dans le hall. Mais moi, je n'avais rien d'autre que
l'université, elle était ce que j'avais de mieux et les
petits cafés étaient censés remplacer pour moi tout ce
qu'un intérêt plus valable aurait dû réaliser en fait.
Après les petits cafés, il n'y avait plus que l'ennui qui
m'attendait. Mais avant tout, mes camarades faisaient
toujours quelque chose en commun, avec leurs amis :
ils allaient ensemble faire du ski ou jouer au tennis ou
à une exposition à Bâle ; moi qui étais seul, je n'avais
aucune raison de vouloir copier ce genre de programme dans une morne solitude. Je n'allais donc,
tout bonnement, pas faire de ski, ni jouer au tennis, ni

voir une exposition à Bâle, je rentrais à la maison, chez mes parents. La plupart des divertissements de l'existence, abstraction faite des patiences où mon père était passé maître (bien qu'il ne connût, comme je l'ai déjà dit, que la « harpe »), il se trouve qu'ils se passent en société ; on ne peut s'amuser qu'en compagnie des autres et, comme j'étais toujours seul, eh bien, rien de tout cela ne se produisait pour moi.

Il y avait encore un autre aspect des choses. Les étudiants ne passaient pas tous leur temps libre à se divertir sans arrêt (comme je me le figurais avec envie), beaucoup travaillaient aussi pour gagner de l'argent. Mais cela, c'était une chose qui m'était complètement étrangère. Jamais je n'avais dû travailler pour de l'argent ; je ne comprenais d'ailleurs rien à l'argent et je n'avais jamais accordé une grande attention aux rapports entre l'argent et le travail. Je n'avais pas besoin de gagner de l'argent puisque j'en avais. Naturellement de l'argent de poche. Pour mon bonheur et pour mon malheur, mon père était très libéral dans ce domaine. Il me donnait de l'argent de poche à profusion et, par-dessus le marché, réglait toutes les grosses dépenses que j'avais à faire, notamment pour mes vacances ou mes séjours à l'étranger. Comme il n'était pas d'usage de parler d'argent chez nous, parce que l'argent, c'était déjà presque une chose inconvenante, je n'avais pas la moindre idée de la valeur de l'argent. J'en avais toujours suffisamment et je pouvais toujours le dépenser pour tout ce qui me faisait plaisir puisque, de toute façon, mes parents subvenaient à mon entretien. J'habitais chez eux et je pouvais manger chez eux aussi souvent que je le voulais. Si je ne mangeais pas à la maison, c'était pour la bonne raison que je m'ennuyais moins à l'université. Si j'avais encore faim ensuite, je trouvais toujours dans le réfrigérateur de quoi me servir un petit souper. Je n'avais pas besoin non plus d'économiser pour les vacances puisque mon père me les payait.

Mes bons parents m'offraient mes voyages et mes séjours de vacances et ils les payaient pour moi. Cette dépendance financière ne me créait cependant aucun problème, du fait qu'à tout point de vue j'étais déjà tellement dépendant de mes parents que le côté financier ne représentait qu'un petit exemple d'une dépendance beaucoup plus vaste et plus considérable. Je partageais le style de vie de mes parents, je partageais leurs opinions et convictions, je partageais leur attitude négative envers la vie — pourquoi n'aurais-je pas aussi partagé leur argent ? J'échappais au conflit de beaucoup d'étudiants qui, pour des raisons matérielles, dépendent de leurs parents mais qui défendent des opinions tout autres que les leurs et souffrent de ne pas pouvoir réaliser leurs idéaux tant que leur entretien est à la charge de leur père qui a des idéaux opposés. J'avais les mêmes idées que mon père, je pouvais donc, sans conflit, accepter aussi son argent. Il va de soi que je n'avais pas un tempérament assez actif pour songer de moi-même à vouloir gagner de l'argent.

Dans ce domaine aussi j'étais donc inactif, je ne travaillais pas plus pour gagner de l'argent que je ne travaillais pour mes études. Je ne faisais que boire du café et bavarder. Je me demande aujourd'hui sur quels sujets, bon sang, je pouvais ainsi bavarder toute la sainte journée. Toutes choses étaient pourtant « compliquées » à mes yeux et la plupart de celles qui n'étaient pas « compliquées », je m'étais habitué à les trouver ridicules. Il m'était donc facile de bannir presque tous les sujets de conversation ou de les traiter sur un ton moqueur et, lorsqu'il fallait malgré tout défendre une opinion, pour moi c'était toujours celle que j'avais reçue chez moi et emportée sur le chemin de la vie, à savoir l'opinion de mon père. Aujourd'hui je suis bien obligé d'admettre que s'il m'est jamais arrivé de parler sérieusement, ce peu fréquent sérieux me servait toujours à exprimer le point de vue d'un vieillard. Toutefois lorsque je ne parlais pas selon mon habitude sérieusement et à la manière de mon père, je ne pouvais pas me montrer autrement que superficiel, ironique et peu sérieux.

Je crois qu'une expression caractérise à merveille toute la période de mes études : peu sérieux. Mon travail scientifique, je ne le prenais pas très au sérieux et, lors des petits cafés qui avaient remplacé le travail, je manquais de sérieux dans la conversation. Seulement il se trouvait que ce n'était pas un manque de sérieux joyeux ou léger qui distinguait ma période d'étudiant, c'était un manque de sérieux profondément triste : le manque de sérieux et la mélancolie se contre-balançaient.

Je me sentais toujours seul et je n'arrivais pas à supporter la solitude ; je me réfugiais dans la compagnie des autres mais ces autres n'étaient jamais de vrais amis, ils n'étaient toujours que « les autres », et comme je n'étais pas plus capable d'affronter les rapports humains que ma propre solitude, le plus souvent je me sentais encore beaucoup plus seul en compagnie que sans. J'étais donc ainsi tiraillé entre les sentiments les plus contradictoires : quand j'étais seul, je pensais ne plus pouvoir le supporter et il me fallait à

tout prix chercher une compagnie — ou, très souvent,
seulement l'attendre peut-être en vain ; mais quand je
me trouvais en société, à nouveau je remarquais
combien j'étais éloigné des autres, séparé d'eux par
une distance infranchissable. Alors je me voyais vraiment comme un être en marge et je ne songeais plus
qu'à quitter la bonne compagnie, ne fût-ce que pour
échapper à ce sentiment d'être exclu.

De plus, cette situation eut bientôt des répercussions
sur mon travail d'étudiant. Bien des fois j'allais aux
cours principalement pour échapper à la solitude ;
souvent j'avais encore un cours dans la soirée et je
l'attendais pendant des heures. Mais au moment où il
avait lieu, il n'arrivait plus à retenir mon intérêt, non
qu'il fût terriblement ennuyeux, mais parce que je ne
pouvais pas fixer mon attention. Même quand le sujet
m'intéressait vraiment, très souvent j'étais incapable
de me concentrer. Je m'efforçais de suivre l'exposé du
professeur mais mes pensées se détournaient involontairement de ce qui se présentait pour tourner autour
de l'impression que le cours n'était pas si important
que cela et qu'il me fallait d'abord résoudre quelque
chose de beaucoup plus grave. Naturellement cette
impression était fort juste car il y avait longtemps
qu'inconsciemment je me rendais compte qu'à l'université je m'étais fourré dans une situation tout à fait
intenable et que la chose la plus importante, absolument, c'eût été d'abord de m'expliquer une bonne fois
mon état de dépression et de désolation. Mais aller
vraiment au fond des choses, je ne le pouvais pas, je ne
le voulais pas et je ne l'osais pas. Il me restait donc le
sentiment toujours oppressant de quelque chose de
non résolu, qui eût été beaucoup plus important que

toute littérature et linguistique et me privait de tout
intérêt pour ce qui avait trait aux études romanes, sans
pour autant que fût jamais réglé le grand et difficile
problème. Ainsi, même dans cette situation toute
simple, j'arrivais à me trouver souvent entre deux
chaises : même au cours, que j'avais attendu pendant
trois heures peut-être, je n'étais pas vraiment là.
D'abord j'avais perdu ma journée à l'attendre et
finalement il se révélait que le cours lui-même était un
but purement fictif. Après cette déception, s'il me
restait suffisamment d'énergie, je descendais encore, le
soir, dans le hall, pour y trouver au moins une
compagnie ou, s'il le fallait, en attendre une dans
l'espoir désespéré que la journée pourrait encore
apporter quelque chose d'agréable.

De même qu'en réalité ma journée de travail ne se
composait que de pauses, de même le cours de mon
existence n'était fait, le plus souvent, que d'attente.
Comme j'y étais habitué depuis bien longtemps, j'espérais toujours des « temps meilleurs » imaginaires qui
me délivreraient de ma souffrance. De plus, j'avais une
conduite tout à fait passive et j'espérais sans cesse que
l'avenir m' « apporterait » quelque chose. L'idée ne me
venait pas de tirer moi-même quelque chose du présent. Je devais avoir une prodigieuse capacité d'espérer. Bien sûr, l'espoir est aussi une chance dans la vie
mais parfois le désespoir serait sans doute la meilleure
réaction face aux circonstances : « Toujours attendre
et espérer, tel est le propre des benêts. » Du fait,
justement, que je ne désespérais pas mais qu'en moi-
même et inconsciemment je ne faisais que me consu-
mer de chagrin sans vouloir le reconnaître, je pouvais
continuer à maintenir la fiction qu'au fond tout était

en ordre et que mes petites lubies ne dépassaient pas
les limites du normal. Tant que je pouvais me dire que
j'étais normal, je ne croyais pas devoir m'inquiéter
sérieusement à mon sujet. Toutefois, cette normalité,
je ne pouvais pas la voir sous un autre aspect que celui
de la norme bourgeoise et, dans le cadre de cette norme
depuis toujours familière, j'étais à vrai dire passablement normal.

Donc, comme je ne me plaignais pas des misères de
mon âme, c'était pour moi comme si elles n'eussent
pas existé. Parler de mon tourment d'ordre sexuel,
surtout, je ne l'osais pas, j'aurais dû me faire pour cela
une trop grande violence. En revanche, dans mon
désespoir, de temps à autre je prenais volontiers
l'attitude de la plupart des frustrés, qui se refusent à
l'idée que tout ne serait « que sexe » dans la vie, c'est
pourquoi je défendais souvent la thèse que, bien sûr, la
sexualité était « très importante » mais qu'il y avait
bien d'autres belles choses à part cela, et autres
sottises de ce genre. Sans doute il est exact que
d'autres belles choses existent mais il est tout aussi
indiscutable que lorsque ça ne va pas sur le plan
sexuel, tout le reste ne peut pas marcher non plus, y
compris les autres belles choses ci-dessus mentionnées.
Mais admettre cela revenait à avouer tout bonnement
que chez moi rien ne marchait, or c'étaient la concor-
dance et la cohérence parfaites que je voulais à tout
prix.

Relativement à cette période il y a encore une chose
dont je voudrais parler : naturellement aussi, j'étais
contre les psychiatres. Comme tous les névrosés opi-
niâtres qui voudraient être ou, du moins, paraître
normaux, j'éprouvais une vive aversion pour les repré-

sentants de cette profession, dont la tâche eût consisté à m'informer que, justement, j'étais tout sauf normal. Je me plaisais aussi à invoquer la célèbre maxime selon laquelle on devient encore bien plus fou quand on va chez le psychiatre. Dans de nombreux cas, cela se vérifie sûrement : celui qui se donne seulement l'air d'être normal commence assurément par devenir plus fou lorsque le psychiatre lui a montré que cette apparence normale n'est qu'une feinte. Je suis persuadé qu'une foule de gens sentent, sans en avoir conscience, que le psychiatre justement sait la vérité sur eux et c'est bien pour cela qu'ils éprouvent le besoin de tomber à bras raccourcis sur les psychiatres. (Évidemment il y a aussi de mauvais psychiatres. Mais il y a aussi de mauvais bouchers et ce n'est pas pour cela que quelqu'un, par principe, prendrait parti contre les bouchers. Quant aux papetiers qui sont tous stupides, même contre eux il n'y a pas de prévention généralisée.) Je crois bien, d'ailleurs, que je n'étais qu'un cas parmi beaucoup d'autres. J'étais contre les psychiatres et j'avais, pour cela, mes raisons personnelles. Mais j'étais également contre les psychiatres parce que le milieu d'où j'étais issu leur était hostile dans son ensemble : les parents bourgeois aiment bien élever leurs enfants dans l'idée qu'il vaut mieux ne pas aller chez le psychiatre ; en effet, si les enfants vont chez le psychiatre, quand ils sortent de chez lui ce ne sont plus des bourgeois.

Sur ce point je me conduisais comme quelqu'un qui a à la fois mal aux dents et peur du dentiste : pour ne pas devoir aller chez le dentiste, on préfère s'accommoder du mal aux dents. Ceux qui sont passés maîtres en cet art arrivent même à faire comme s'ils n'avaient pas mal aux dents du tout et lorsque, en mordant dans leur pain, ils heurtent la dent malade sans avoir le droit de crier de peur de se trahir, ils font simplement la grimace en disant qu'ils viennent de se cogner le pied au pied de la table.

Moi aussi je pratiquais cet art à merveille. Comme je tenais absolument à être normal et que je ne voulais à aucun prix avoir l'air malheureux, je dévorais mon chagrin, je niais qu'il pût y avoir des problèmes pour moi car je sentais vaguement que s'il y en avait, ils s'abattraient sur moi d'une manière si effroyable que je ne pouvais même pas l'imaginer. Quand on considère que cet état de ma vie psychique ne cessait de s'intensifier et de s'aggraver, il apparaît clairement, comme je l'ai décrit plus haut, que je devais me sentir de plus en plus mal à l'université. Toutefois, parallèlement à cette évolution, il s'en produisait une autre, en sens contraire, dont je ne saurais dire aujourd'hui si son issue fut heureuse ou malheureuse pour moi : en effet, dans un autre sens, je commençais à me sentir de mieux en mieux à la faculté. Je voudrais essayer d'en donner ici quelques exemples.

Un point noir, qui datait de mes études secondaires et m'avait suivi à l'université, commença à se dissiper avec le temps. Je ne me rappelle pas quand cette idée révolutionnaire me vint à l'esprit, toujours est-il que cette idée prit corps et que je me mis à faire de la gymnastique. D'abord seulement à la maison, dans mon petit coin, mais au bout de quelque temps j'arrivai même à prendre sur moi et à fréquenter les salles de gymnastique abhorrées depuis le lycée et c'est là qu'en tant qu'étudiant je pris une part active aux exercices de mise en condition. Et même, non seulement j'étais bon, mais les cours de gymnastique m'amusaient. En même temps j'étais frappé de voir que si j'aimais beaucoup la gymnastique, ce n'était pas le cas de nombreux étudiants qui, manifestement, s'en acquittaient comme d'une corvée purement désagréable. Ces étudiants ne prenaient aucun plaisir aux mouvements qu'ils accomplissaient dans l'intérêt de leur santé et non pas pour leur agrément. Ils semblaient n'avoir aucune conscience de leur corps et le considérer plutôt comme une machine pesante dont ils devaient assurer l'entretien. Je constatais qu'à présent c'était moi, soudain, qui étais beaucoup plus dégagé et plus « physique » que les autres. Vers la même époque il s'était également trouvé que tout à coup je savais danser, ce que je n'étais pas arrivé à faire durant tant d'années.

Cependant ce progrès ne m'apporta pas une joie sans mélange, il ne fit au contraire qu'aggraver en moi un conflit qui durait depuis des années. Bien sûr, je ne me prenais plus maintenant pour le vilain petit canard dont on pouvait dire qu'il était, de par sa nature même, une piètre figure, au contraire je me trouvais être tout d'un coup un élégant et séduisant jeune homme qui paraissait beaucoup moins crispé et plus normal qu'il y avait seulement quelques années. Je ne devais en être que d'autant plus étonné de ne pas trouver d'amie. Plus je m'étais retranché derrière ma laideur et mon insignifiance supposées et imaginaires, plus sûrement j'y avais trouvé une excuse à mon peu d'aptitude aux contacts. Mais plus il apparaissait que j'étais au bel âge et que j'avais atteint l'apogée de mon développement physique, plus devait me sembler inexplicable et inexcusable le fait que je n'arrivais pas à entrer en relation avec les femmes. J'éprouvais une difficulté de plus en plus grande à justifier ma santé psychique aux yeux de mon esprit critique, alors que je présentais cependant l'image parfaite de la force et de la santé physiques.

On dirait un paradoxe mais ce n'en est pas un : plus j'allais bien, plus j'allais mal. Plus se relâchait la pression des problèmes concrets et compréhensibles, plus devenait incompréhensible et inquiétante la conviction secrète qu'au fond, j'étais gravement atteint. Plus je me rapprochais en apparence de l'image qu'on se fait d'un jeune homme normal, moins je trouvais les raisons pour lesquelles il se trouvait que je ne l'étais pas. Cette discordance était de moins en moins due au fait que l'une ou l'autre chose m'aurait manqué, de plus en plus au contraire elle était « simplement comme ça », sans raison, fatale, imposée par un destin défavorable.

D'ailleurs, à maints égards on ne pouvait plus méconnaître cette amélioration apparente. Au cours des années, je cessai d'être « un » romaniste anonyme qui, la plupart du temps, n'en fichait pas une datte et buvait café sur café, pour devenir un personnage marquant à l'université. Peu à peu je me rendis compte que tout le monde m'aimait bien. Tout d'abord j'en fus simplement étonné et surpris car j'eusse été incapable de donner une raison de cette popularité ; mais avec le temps je m'y habituai et j'arrivai à accepter comme un fait que j'étais apprécié de mes camarades. Il m'arrivait plus rarement de devoir, pour trouver une compagnie, attendre pendant des heures un hypothétique Quelqu'un ; je connaissais quantité de gens, beaucoup d'étudiants étaient heureux de me connaître ou de

faire ma connaissance et les moments où j'étais vraiment seul se faisaient moins nombreux. Je ne pense
pas que cette nouvelle situation qui se créait peu à peu
ait changé quoi que ce soit à ma solitude foncière mais
comme je n'avais plus autant à souffrir d'être physiquement seul, il m'était plus facile de cacher et de
maquiller à mes propres yeux ma solitude psychique.
Je demeurais cependant incapable de nouer des liens
personnels avec d'autres et, finalement, parmi les
romanistes qui étaient à présent « tous » mes amis,
aucun n'était encore vraiment mon ami.

Je dois avouer aussi que le critère de ma popularité
ne m'était pas tout à fait sympathique. L'un de mes
mérites réels ou prétendus était mon originalité. Ce
terme m'a toujours paru très ambigu. D'une part
j'avais assurément une certaine originalité à laquelle
contribuait notamment mon air d'artiste, personnage
que je continuais à cultiver vaille que vaille. D'autre
part, cette originalité qui plaisait tant à mes camarades avait aussi pour moi des aspects fort déplaisants.
L'originalité était tout bonnement l'expression de ma
différence et il y avait longtemps que cette différence
me donnait le sentiment d'être non pas mieux, mais
pire. J'étais différent sur tous les points où j'étais
demeuré en arrière, où je devais me dire que je « n'en
étais pas encore là » (et que peut-être même je ne le
serais jamais) ; j'étais différent chaque fois que je me
sentais seul et rejeté ; j'étais différent chaque fois que,
de nouveau, le sentiment obscur s'imposait à moi que
toute ma vie était fausse et se déroulait de travers.
Ainsi l'originalité se rapprochait-elle du morbide, du
douloureux, de l'anormal.

Mais même à ce conflit touchant à l'originalité il se

trouva une issue. Plus par hasard que par mon intervention personnelle, on sut que j'écrivais des pièces
pour le théâtre de marionnettes (ce qui ne surprit
personne puisque j'avais déjà quelque chose d'un
artiste), si bien qu'on me confia la production du
spectacle pour une soirée de romanistes. La pièce plut
et la représentation remporta un grand succès. Si,
quelques années après, pénétré une nouvelle fois de la
nullité et de la morbidité de mon talent artistique, je
détruisis ce texte avec toutes mes autres productions
littéraires, cela ne devait me servir à rien : j'étais et je
restais l'auteur et l'interprète d'une pièce de théâtre
que presque tous les romanistes avaient vue et qui
s'était révélée comme un grand succès public.

Désormais il fut entendu que ce serait moi qui
organiserais les soirées des romanistes. J'écrivis d'autres pièces, je donnai de nouvelles représentations,
j'étais président des romanistes et je dirigeais le
déroulement des festivités de la faculté de langues
romanes. A vrai dire, ces pièces ne franchirent pas les
limites d'un public de romanistes et presque toutes ne
furent représentées qu'une seule fois dans ce cadre
restreint ; cependant elles m'apportèrent toujours le
succès. Bientôt cette carrière à la fois modeste et
brillante constitua pour moi l'essentiel de mes études
sans que l'étude proprement dite en souffrît notable-
ment. Des divers travaux qu'on m'avait donnés à faire,
quelques-uns, très bien venus, représentaient des réussites dont je pouvais être fier. Bref ma vie d'étudiant
était satisfaisante — ou non. Je ne saurais évaluer
aujourd'hui dans quelle mesure ces dernières années
de faculté ont été un bonheur ou un malheur. Objectivement cela ne me faisait pas de tort d'écrire de bons

devoirs, de rédiger une dissertation acceptable et, sans trop m'énerver, de passer avec calme et assurance mon examen de doctorat qui m'apporta un résultat honorable ; de même, il n'était assurément pas mauvais que j'eusse mis en scène des pièces de théâtre qui plaisaient généralement en même temps qu'elles amusaient et réjouissaient les acteurs et le public. Tout de même, toutes ces petites joies n'avaient pas d'autre pouvoir que de repousser sans cesse, l'une après l'autre, de quelques pas, l'abîme béant où guettaient toutes mes angoisses, mes souffrances et mes désespoirs. Chaque fois que j'avais accompli une chose dont je pouvais être fier, j'avais une nouvelle occasion de me dire qu'à présent, tout de même, je remontais la pente, que j'avais de nouveau fait un progrès et que « bientôt » j'atteindrais la position imaginaire dont mon retard me séparait encore.

La dépression ne m'avait pas lâché, je m'y étais seulement mieux accoutumé dans la mesure où elle était devenue chronique. Grâce à mes nouveaux succès, il m'était facile de mettre en balance les valeurs positives de ma vie par rapport aux négatives, et de me dire que les deux plateaux étaient à peu près à la même hauteur ; autrement dit : il m'était devenu de plus en plus impossible de me convaincre de la fausseté de ma gaieté feinte depuis que tant de choses gaies recouvraient de plus en plus ce qu'il y avait d'obscur dans le fond.

Supposons que quelqu'un ait mal à une dent mais qu'il essaie de se consoler en se disant que les fleurs poussent merveilleusement dans son jardin, on voit tout de suite que ces deux choses n'ont absolument rien à voir l'une avec l'autre. Que les fleurs poussent ou non n'influe en rien sur le mal aux dents. Ce n'en est pas le dédommagement car la dent ne cesserait pas de faire mal même si les fleurs avaient été détruites par la grêle. Pas plus que cela n'empêcherait les fleurs de s'épanouir si on guérissait la dent ; auquel cas le patient aurait tout bonnement les deux plaisirs à la fois, celui des fleurs et celui de la dent guérie. Pour l'ami des fleurs qui a mal aux dents, il n'y a qu'une solution : le dentiste.

J'étais ce genre-là de patient. Je me racontais que, bien sûr, j'étais déprimé, mais qu'autrement j'allais bien. Je me disais que, bien sûr, j'étais seul, mais en revanche intelligent, que, bien sûr, j'étais malheureux mais qu'en revanche j'avais une quantité de relations ou même d'amis, que, bien sûr, j'étais frustré mais en revanche docteur, ce qui n'était pas donné à tout le monde ; bref j'étais désespéré mais je n'avais pas le droit de l'être à mes propres yeux. A quel point il était absurde de considérer la dépression comme la rançon de l'intelligence ou mes pièces de théâtre comme le dédommagement de la solitude — comme si on ne pouvait pas être à la fois imbécile et déprimé ou intelligent et satisfait, comme si un auteur dramatique ne pouvait nécessairement pas avoir une amie, ou un amoureux ne pouvait pas être doué pour le théâtre — tout cela je ne voulais pas le reconnaître, ce qui ne faisait qu'accroître encore mon malheur.

Un autre aspect de ma maladie, c'étaient les incessantes comparaisons que j'établissais avec toutes les fâcheuses situations imaginables dans lesquelles pouvaient se trouver mes camarades de la faculté. Comme toujours, j'étais incapable de chercher à savoir qui j'étais et ce que j'étais, au contraire, je tenais unique-

ment à être compris comme une partie presque indifférenciée du grand tout. Je remarquai que de nombreux
étudiants avaient une foule de problèmes concrets qui
n'étaient pas les miens. Beaucoup vivaient en mésen-
tente avec leurs parents et se plaignaient de ne se
sentir nulle part chez eux. Beaucoup n'avaient pas
d'argent, étaient obligés de vivre très petitement et,
pendant les moments que j'avais de libres après avoir
terminé mes travaux universitaires, étaient obligés
d'aller travailler afin de pouvoir payer leurs études.
Beaucoup ne connaissaient personne à l'université,
étaient impopulaires et seuls, passaient leurs soirées
dans d'affreuses chambres meublées, chez d'acariâtres
mères plumard (logeuses). D'autres enfin avaient des
difficultés avec les études elles-mêmes, ne compre-
naient pas la matière ou ne pouvaient l'assimiler
qu'avec la plus grande peine ; comparé à eux, j'expé-
diais mes travaux en deux temps trois mouvements,
sans avoir besoin d'accompagner mes efforts de nuits
sans sommeil, de moments de panique et de l'absor-
ption de pilules excitantes ou calmantes. Je ne me
rendais pas compte qu'il existe des problèmes de
natures très différentes. En effet, beaucoup de mes
camarades étaient déprimés parce qu'ils avaient raté
un examen, mais moi, j'étais déprimé *quoique* j'eusse
brillamment passé le même examen. Je ne voulais voir
que ce que nous avions de commun, que chacun de
nous était déprimé, je ne voulais pas voir la différence,
à savoir que le chagrin de l'un avait un sens, et que le
chagrin de l'autre en était dépourvu. Qu'on broie du
noir parce qu'on a été collé à un examen qu'on a
préparé très longtemps et à fond, c'est normal. Mais
qu'on soit tout à fait incapable de se réjouir de l'avoir

si bien réussi et qu'on passe la soirée assis sans rien
faire, aussi déprimé que celui qui a échoué, n'est pas
normal. Il est triste de ne pas avoir d'argent ; mais avec
de l'argent, on ne peut rien faire de plus qu'acheter
quelque chose. Bien sûr, je pouvais m'acheter tout ce
que je voulais mais mes achats n'arrivaient pas à
m'égayer. Je n'étais pas triste parce qu'il me manquait
quelque chose de précis, j'étais triste bien qu'il ne me
manquât rien — ou qu'apparemment rien ne me
manquât. Contrairement à bien des gens tristes, je
n'avais pas de raison de l'être ; et c'était justement là
qu'était la différence, c'était justement là ce qu'il y
avait d'anormal dans ma tristesse.

Je voyageais aussi beaucoup, pendant les vacances,
et visitais les pays étrangers les plus divers. Par plus
d'un côté, sans doute, ils différaient de la Suisse et,
touriste docile, j'arrivais à distinguer quelles étaient
les différences. Cependant, tous mes séjours touristi-
ques avaient un point commun, à savoir qu'aucun pays
étranger ni aucune ville étrangère ne parvenaient à
m'égayer. Il est vrai, le soleil est plus chaud en
Espagne qu'en Suisse ; mais, en moi, le froid glacial de
la dépression n'était pas moins coupant en Espagne
qu'en Suisse.

C'est pourquoi, très longtemps, ce qu'on appelle les
mauvais jours, ceux-là me devenaient les moins intolé-
rables, c'est-à-dire chaque fois qu'il y avait une bonne
raison de se plaindre ouvertement, en toute liberté.
J'avais de plus en plus de mal à marquer joyeusement
mon assentiment quand quelqu'un me lançait au
passage que cette journée d'été était splendide ; et
j'avais beaucoup moins besoin de me forcer pour
approuver quand on me faisait tristement remarquer

que cette sale pluie vous donnait affreusement sur les
nerfs. Quand tout le monde se plaignait de la pluie, du
froid et de l'hiver, j'avais l'impression d'être moins
seul dans ma détresse. Sans doute était-ce, le plus
souvent, une illusion, qui tombait en poussière aussitôt
que les beaux jours venaient consoler et ragaillardir à
nouveau la multitude de ceux qui se désolaient à cause
du froid et de l'humidité, tandis qu'au printemps je
restais tout seul, éternellement inconsolé.

Dans cet ordre d'idées je voudrais en venir à une
brève période au cours de laquelle j'arrivai effectivement à me remonter un peu, de cette manière douteuse. Ce fut quand j'eus la jaunisse. Je l'avais attrapée
à Lisbonne. Plusieurs semaines avant que la maladie se
déclarât, je m'étais déjà senti fatigué et misérable ; je
n'avais plus d'énergie et je reculais devant le plus petit
effort ; tout était devenu de trop pour moi ; j'étais
mélancolique. En lui-même ce triste état ne permettait
pas de conclure à une maladie prochaine car, en fait, ce
n'était rien de nouveau pour moi. Ce ne fut que lorsque
la maladie se déclara vraiment que je me rappelai
soudain à quel point je me sentais fatigué et malheureux depuis longtemps.

Ce n'était pas une jaunisse grave qui m'avait cloué à
Lisbonne. Je passai dix jours à l'hôpital et, selon les
règles traditionnelles, on me prescrivit autant de
semaines de quarantaine et de diète. Je quittai Lisbonne en avion et commençai mes dix semaines de
convalescence une fois rentré en Suisse. J'appris par
une personne de connaissance que toutes les maladies
de foie rendent mélancolique, j'avais d'ailleurs
entendu dire que, selon l'opinion des Anciens, la
mélancolie a son siège dans le foie. Tout d'abord cela

ne signifia pour moi rien d'autre que de devoir,
pendant dix semaines encore, mettre entre parenthèses
mon pénible état normal. A présent je savais que toutes
mes désolations provenaient du foie et continueraient
à en provenir tout au long d'un trimestre. Naturellement, au cours de cette période je n'allai ni mieux ni
plus mal que d'habitude ; mais ce qui la distinguait
agréablement de certaines autres phases, c'était le fait
que ma dépression s'expliquait et que je pouvais me
dire que ce n'était « que le foie ». J'avais un alibi de
très longue durée et, pendant ce temps, personne
n'aurait la possibilité de détecter chez moi des dépressions suspectes, puisque la maladie me donnait un
sauf-conduit et, vu mon conditionnement physique, le
droit reconnu d'être mélancolique à mon gré.

Évidemment cet alibi comportait une grande part
d'hypocrisie, une hypocrisie que je ne voulais pas
m'avouer. J'aurais dû savoir et je savais d'ailleurs très
bien, dans une partie de moi qui refusait de se laisser
nommer, que l'été de la jaunisse ne se distinguait en
rien d'autres étés et que mon moral, avant, n'était ni
meilleur ni pire que depuis que j'étais malade. Ce
n'était là qu'une exagération démesurée de mes mensonges habituels, par exemple lorsqu'il pleuvait et que
je prétendais que la pluie avait une influence déprimante sur mon tempérament. Il n'est donc plus nécessaire que je décrive ici comment, après le délai fixé par
le médecin, je fus à nouveau jeté dans la rude vie des
bien portants et, au terme d'une maladie qui, soi-
disant, rendait tellement mélancolique, je ne fus pas
d'un iota moins mélancolique qu'avant.

Ce qui me resta de la jaunisse, ce fut un certain
penchant instinctif à me spécialiser dans les choses

tristes, car je sentais vaguement que les choses tristes
servaient mes manœuvres. De même je m'efforçais
avec doigté de ne pas laisser les choses réjouissantes
m'approcher de trop près. Que les grandes fêtes estu-
diantines telles que le bal de Polytechnique et le bal de
la Fac n'étaient pas faites pour moi, j'en avais secrètement conscience et je préférais donc rester en dehors
de ces galas.

Pourtant je n'étais pas du tout le genre de personnage qui eût été connu pour son hostilité déclarée aux
réjouissances. Tout au contraire, les fêtes que je donnais m'avaient même acquis une certaine réputation.
Ces fêtes, elles aussi, je m'y étais engagé par hasard. En
effet, on m'avait un jour invité à une réception qui
ensuite, pour certaines raisons, ne put pas avoir lieu, si
bien que je me risquai à demander si on ne pouvait pas
organiser la chose chez moi, c'est-à-dire dans la maison de mes parents. A ma surprise cette proposition
rencontra l'assentiment général. Surpris, je l'étais déjà
parce que je ne me voyais pas bien prenant part à une
fête. Pas plus tard qu'au lycée, il allait de soi qu'il ne
fallait pas considérer les fêtes comme quelque chose à
quoi je devais absolument participer. Et à présent, des
hasards favorables ou adverses avaient fait que j'allais
moi-même jouer le rôle de maître de maison et je me
demandais si je passerais cet examen difficile à la
satisfaction générale. Je le passai, la fête dans la
maison de mes parents fut considérée comme un
succès et une demande pressante permit de renouveler
l'expérience. Il se fit donc, de temps à autre, que
j'invitai des gens chez moi — ou plutôt : chez mes
parents — et que je pus me perfectionner dans le rôle
de maître de maison. Naturellement, de maître de

maison. Comme il m'était impossible de le concevoir autrement, dans ma fonction nouvellement acquise je m'occupais consciencieusement du bien-être de mes invités, je veillais à ce qu'ils eussent à manger et à boire et qu'ils fussent contents à tout point de vue. Selon la vieille tradition familiale, j'étais un hôte parfait, ce qui avait pour résultat que j'étais le domestique de mes invités plus que leur camarade et, en maître de maison correct, que je restais toujours un peu extérieur aux événements.

VII

Cependant le moment approchait lentement où je devrais quitter à son tour ma nouvelle patrie ambivalente, l'université, pour exercer un métier, celui de professeur. Ce ne fut pas du tout aussi pénible que je l'avais souvent craint, de me séparer de cette Alma mater qui m'avait protégé et préservé. Et même, au cours des quelques semestres qui précédèrent mon adieu définitif à l'université, il y eut encore une légère et modeste émancipation par rapport aux traditions. Je donnais déjà quelques cours d'espagnol à l'école cantonale d'une petite ville, ce qui m'apportait pour la première fois un petit revenu. J'avais renoncé à habiter de façon permanente la maison de mes parents à K. et logeais toute la semaine à Zurich, dans une vieille maison infecte qui hébergeait une douzaine d'étudiants. Cette vieille maison infecte, où j'étais privé de tout le confort auquel j'étais habitué dans ma maison familiale, me plaisait au-delà de toute mesure. La bicoque vétuste, sale, à l'abandon, froide en hiver et brûlante en été, était située dans un quartier des plus bruyants ; ses habitants étaient pour la plupart des types flippés, désagréables et asociaux, qui n'avaient rien à se dire et se volaient l'un l'autre à la moindre occasion. Un milieu peu accueillant mais qui ne me déplaisait pas ; je pense encore avec plaisir à l'année que j'y ai passée. Ce ne fut pas la pire époque de ma vie.

La séparation d'avec l'université entraîna, dans l'ensemble, une amélioration de mon état de santé. L'achèvement de mes études faisait de moi un docteur et m'introduisait, ne fût-ce que superficiellement, dans une autre sphère. Le passage de la vie étudiante à la vie professionnelle me rendait financièrement indépendant de mes parents ; à présent je gagnais moi-même mon argent et je pouvais en faire ce que bon me semblait sans avoir à me demander si je n'utilisais pas l'argent de mes parents à des fins qu'ils ne sauraient approuver. Je renonçai également à mon existence banlieusarde du week-end et m'installai dans un petit logement du vieux Zurich. Pendant longtemps je fus sous le charme de mon nouveau logis que j'aménageai d'ailleurs très bien. Je constatais que mon goût différait en tout de celui de mes parents et que tout d'un coup je me trouvais vivre dans un chez-moi qui répondait à mes préférences.

J'avais donc tout ce que je voulais ; j'avais terminé mes études avec succès, j'avais un métier, j'avais un joli chez-moi. Le hasard avait fait (sans que j'eusse particulièrement recherché ce privilège) que mon logement était situé dans le quartier le plus convoité de tout Zurich et présentait tous les avantages possibles et imaginables : situation romantique dans la vieille ville, belle vue sur l'enchevêtrement des vieux toits, calme absolu et mille autres choses agréables. Je pouvais donc vivre ici merveilleusement, dans la joie, et d'ailleurs en un certain sens j'étais très content dans ce nouveau décor.

Les premières années que je passai dans mon tout beau et tout nouveau chez-moi réalisèrent et accomplirent vraiment au plus haut degré l'évolution précédente qui avait fait que, d'un côté, j'allais de mieux en mieux et, parallèlement, de pis en pis. Pour ce qui est du mieux, mon nouveau style de vie en témoignait suffisamment ; quant au pire, plus ou moins inconsciemment je faisais tout pour qu'il ne pût ou ne dût pas apparaître au grand jour.

Il s'agissait peut-être de détails anodins plutôt que de symptômes qui se seraient clairement manifestés ; mais ils allaient tous dans le même sens. Tout d'abord, c'était évidemment « gentil » et méritoire de ma part, de me faire toujours la cuisine et de me préparer tous mes repas pour moi tout seul et il allait sans dire que je préférais prendre mes repas dans mon ravissant logement plutôt que dans un restaurant « peu agréable ». Mais ce n'étaient pas seulement mes repas proprement dits que je prenais entre mes quatre murs ; chaque tasse de café, chaque bouteille de bière et chaque verre de vin, je les consommais aussi chez moi ; en d'autres termes : je ne sortais jamais. Il ne me serait pas venu une seule fois à l'idée de prendre un café ou une bière dans un lieu public, afin de me trouver au milieu des gens pendant que je mangeais, puisque j'étais « bien mieux » chez moi. Ce logis lui aussi était devenu pour moi une coquille dont je ne quittais qu'à regret l'abri protecteur.

Je restais donc assis pendant des heures à ma table, en prenant mes repas (d'ailleurs fort bons et fort chers) et je contemplais le coucher du soleil. Cette habitude que j'avais prise dans mon ancien logement délabré, je l'avais transportée dans mon nouveau domicile. Et voilà que j'observais comment les rayons du soleil couchant tombaient sur un tableau accroché au mur opposé et le parcouraient lentement jusqu'à ce qu'il fût à nouveau dans l'ombre et que le soleil fût couché. Une grande tristesse m'envahissait chaque fois à ce spectacle et j'avais le cœur lourd. Naturellement on peut alléguer que le coucher du soleil est par nature quelque chose de mélancolique et qu'on aurait lieu de s'attrister chaque fois que la clarté du jour touche à sa fin et qu'à nouveau commence la nuit obscure. Mais il est évident que cette explication générale ne s'applique pas au cas en question. Le coucher du soleil était bien davantage une occasion superficielle de réveiller une affliction beaucoup plus grande qu'on n'en éprouve à voir finir le jour. Il se trouvait en effet qu'involontairement j'exprimais souvent mon chagrin en mots et que je récitais des vers, presque toujours les mêmes. C'étaient des passages de la lamentation funèbre de Jorge Manrique, ou plutôt presque toujours le même passage :

¿ Qué se hizo el rey don Juan ?
¿ Los infantes de Aragón,
qué se hicieron ?
(Qu'est devenu le roi Juan ?
Les infants d'Aragon
Que sont-ils devenus ?

Par suite de mon déménagement et de très fréquents changements de mobilier dans mon nouveau logement, il se faisait que les rayons du soleil couchant tombaient sur toutes sortes de tableaux au cours de ce rituel car, tous les six mois, un autre tableau pendait à cet endroit où se reflétait le coucher du soleil. Or ces tableaux, très différents les uns des autres, étaient tous riants et ne représentaient rien de triste. Pourtant, chaque fois qu'un de ces tableaux était touché par les derniers rayons du soleil, j'étais saisi de la même tristesse ; c'est ainsi, par exemple, que la photographie d'une forêt et, chose curieuse, une affiche de théâtre représentant un clown pouvaient me rendre malheureux de la même manière, bien que leur sujet ne donnât aucun motif d'éprouver du chagrin. La tristesse s'emparait de moi sans rime ni raison mais fortement et régulièrement et durablement. Avec le temps, ces états ne se limitèrent plus au rituel du soleil couchant sur les tableaux, et ils devinrent de plus en plus fréquents et immotivés. Petit à petit, la lamentation funèbre alterna de plus en plus souvent avec la plainte sur la solitude et — comme spontanément, une fois de plus, et tout à fait intuitivement — je récitais les vers du troubadour portugais Martim Codax :

¿ Ai, Deus, se sabe ora meu amigo,
Como eu senheira estou em Vigo ?
(Ah, Dieu, si seulement mon ami savait
Combien je me sens seul à Vigo ?)

Et chaque fois, ce n'était pas une simple récitation, ces vers exprimaient à n'en plus finir une tristesse et

une souffrance et une solitude. Je ne dirais pas que je
récitais de propos délibéré ; ces récitations se produisaient simplement d'elles-mêmes. Je crois que la tristesse elle-même parlait par ma bouche ; je n'avais plus
besoin de rien faire exprès, j'étais devenu l'instrument
passif de la tristesse, au moyen duquel celle-ci s'exprimait. C'est pourquoi je n'avais plus à réfléchir alors à
quoi que ce fût ; il m'arrivait simplement que des
paroles de tristesse étaient dites par moi. Cette attitude que j'avais, on aurait pu l'exprimer par ces
paroles fatales : « C'est comme ça. » Effectivement,
c'était comme ça ; tout simplement, encore et toujours
à nouveau, il se trouvait que j'étais assis à mon bureau
ou sur mon lit et que je prononçais ces paroles
plaintives :

¿ Ai, Deus, se sabe ora meu amigo,
Como eu senheira estou em Vigo ?

Diverses autres choses analogues étaient aussi
« comme ça ». C'était aussi comme ça si, même avec
une extrême fatigue, je ne pouvais pas dormir la nuit.
C'était comme ça si tous les soporifiques ne servaient à
rien et les petits verres que je buvais sans compter
m'eussent attiré une intoxication alcoolique plutôt que
de m'apporter le sommeil. Le problème était médicale-
ment insoluble, c'était tout bonnement « nerveux »,
c'était tout bonnement comme ça.

Avec le temps mon noir vêtement de deuil avait aussi
reparu. Non que je fusse particulièrement triste mais
maintenant, tout d'un coup, c'était le noir qui me
« plaisait » le plus. Toutes les autres couleurs ne me

plaisaient plus et, pour mon habillement, je choisissais
toujours, automatiquement, le noir : des pantalons
noirs, des chemises noires, des pull-overs noirs, une
veste noire, tout était noir. Le rapport de la couleur
noire à la tristesse est flagrant ; ce n'était que moi qui
avais l'impression de préférer le noir, non pas parce
qu'il symbolisait l'affliction mais pour son élégance.
Là aussi j'étais passif : parce que je ne me décidais pas
sciemment pour des couleurs de deuil, il se trouva que
toutes les autres couleurs que le noir commencèrent à
me déplaire si bien que, par ce détour, une fois de plus
je fus tout simplement poussé vers ce qui, manifestement, devait être ma couleur : le noir.

Le fait que je ne partais plus jamais en vacances était
aussi « comme ça ». Pourtant, en tant que professeur,
j'avais beaucoup de vacances ; en tant que personne
seule, je n'avais pas la moindre charge financière ; de
plus, comme mon père était mort depuis quelques
années, j'avais hérité d'une petite fortune qui m'eût
permis n'importe quel voyage, même en Amérique ou
en Chine. Mais je ne voyageais jamais. Je savais que,
pendant les vacances, c'était toujours « encore bien
pire » qu'à la maison. Je n'avais absolument aucun
motif de vérifier une nouvelle fois la vieille expérience
que j'avais faite en voyage, dans des endroits où, de
l'avis général, on était « bien » et où je me sentais
encore beaucoup plus déprimé, malheureux et seul que
chez moi.

Autrement non plus je ne touchais pas à l'argent
hérité de mon père. Je n'avais pas de souhaits à
satisfaire car je n'avais pas de souhaits. J'étais malheureux sans rien souhaiter. L'argent n'avait pas de sens
pour moi car rien de ce qu'il m'eût permis de m'ache-

ter ne m'aurait fait plaisir. Je n'étais donc pas un
acheteur enthousiaste car je savais que, pour moi, il
n'y avait rien à acheter. J'avais donc un tas d'argent
mais je ne savais pas à quoi j'aurais pu le dépenser.
C'était aussi tout bonnement comme ça. Chose caractéristique, je n'étais pas non plus abonné à un journal.
En fait, je n'avais pas besoin de savoir ce qui se passait
dans le monde. Ce que je justifiais en me racontant
que, la plupart du temps, il n'y avait que des sottises
dans les journaux (vérité parfaitement exacte en soi et
que nul ne contestera sans doute), mais que cette
connaissance profonde ne fût pas la vraie raison de
mon abstention, il n'est sans doute pas nécessaire d'en
débattre.

Le fait que ces années n'avaient rien apporté de
nouveau non plus dans le domaine où, de tout temps, je
m'étais senti le plus malheureux, découle naturellement de ce qui a été dit plus haut. Comme toujours,
j'étais seul. Entre-temps, la plupart de mes amis
s'étaient mariés — naturellement. Il y en avait aussi
qui ne pouvaient jamais se décider au mariage, passaient d'une amie à l'autre et étaient simplement des
célibataires typiques — ce qui était tout aussi naturel.
Beaucoup avaient des enfants ; d'autres n'avaient pas
d'enfants et étaient mécontents de leur union, étaient
divorcés ou déjà remariés. Moi seul n'avais pas d'amie
— naturellement. Cela aussi, c'était « comme ça ».
Tout aussi naturel que le fait que la plupart de mes
amis étaient déjà mariés était le fait que je n'avais
encore jamais eu de rapports avec une femme. Toute
question d'amour mise à part, je n'avais jamais
éprouvé de sentiments particuliers à l'égard d'une

femme, et quant aux rapports sexuels, il n'y en avait pas eu — naturellement.

Quand j'étais étudiant, comme mes relations avec les femmes ne marchaient jamais, je m'étais souvent mis dans la tête que j'étais tout bonnement homosexuel, ou plutôt j'avais craint d'être un homosexuel. Je n'avais pas songé que, même s'il en avait été ainsi, je n'aurais pas plus été capable d'avoir une relation amoureuse avec un homme qu'avec une femme. L'homosexualité reconnue ou redoutée n'eût pas davantage expliqué ma situation malheureuse qu'autrefois le « mauvais » cours de danse ou le prétendu sale temps ou la jaunisse.

Je ne me plaignais jamais, non plus. J'allais toujours « bien ». J'allais même si continuellement bien que beaucoup de gens m'avouaient avec étonnement qu'ils se demandaient comment je pouvais aller si invariablement bien. Dans l'ensemble, cela devait sans doute tenir au fait que j'avais ce qu'on appelle une heureuse nature. Aujourd'hui je dirais plutôt que j'avais une nature non pas heureuse mais sans plainte. Je ne me plaignais jamais, de rien. Ce n'était que chez moi, où j'étais souvent si bien, qu'encore et encore cela sortait de moi et disait :

> ¿ *Ai, Deus, se sabe ora meu amigo,*
> *Còmo eu senheira estou em Vigo?*

Sous la couleur qui me plaisait depuis longtemps infiniment cela sortait de moi et annonçait la tristesse. Je savais que j'étais presque anéanti par la solitude et le manque d'amour, je savais que la frustration et la dépression remplissaient à tel point ma vie que presque rien d'autre ne pouvait y trouver place que la torture dépressive omniprésente ; je le savais, mais je ne le croyais pas ; ou bien je ne voulais pas le croire (ce qui est peut-être la même chose). Je ne voulais pas croire que la vie de mon âme était devenue l'objet d'un effroyable ravage, que j'étais un homme gravement malade de l'âme, qui n'était presque plus capable d'aucune émotion humaine normale mais, pris dans la gangue d'une situation sans issue qui lui était propre, ne faisait plus que s'écorcher lui-même, je ne voulais pas croire que je n'avais pas un « petit coup dans l'aile » comme tout le monde, sans doute, mais un grand : que dans mon âme j'étais très gravement abîmé et que chaque nouvelle tentative de me faire croire que tout de même ce n'était « pas si grave » était un poison pour moi. Peut-être fallait-il considérer que mon attitude était généralement humaine dans la mesure où sans doute nul ne peut se familiariser avec l'idée qu'il est tout au bord de l'abîme. Personne n'aime à s'entendre dire : la situation est catastrophique. La maxime selon laquelle seul est en mesure de croire qu'on puisse survivre au pire celui qui y a lui-même survécu m'était encore étrangère en ce temps-là.

Un mot, me semble-t-il, s'applique bien à l'état dans lequel je me trouvais alors : résignation. Je m'étais déjà tellement habitué à toujours aller mal et je m'en étais tellement accommodé que parfois je ne le remarquais même plus du tout. Il faut tout de même admettre qu'un fou ne se rend même plus compte qu'il est fou. Celui qui croit être Napoléon ne se prend pas pour un fou avec un complexe napoléonien, mais bien pour Napoléon en personne. C'est ainsi que je commençai, moi aussi, à perdre de vue le fait que j'étais

triste. Bien sûr, je ne pouvais pas dormir la nuit, je
regardais fixement mes tableaux au coucher du soleil
en récitant des vers tristes, j'écrivais souvent, pendant
des heures, les mots *tristeza* ou *soledad* en zigzag sur du
papier quadrillé si bien que j'en remplissais des feuilles entières, et j'étais toujours vêtu de noir — mais que je
fusse triste, je ne l'aurais pas dit. J'étais seul, j'aspirais
à la chaleur et à l'amour, je souffrais constamment de
complexes d'infériorité sur le plan sexuel, mais du fait
que je pouvais être malheureux et désespéré, je n'en
aurais jamais parlé. La surface restait toujours aussi
calme et impassible mais elle n'en devenait que plus
plate et plus vide. Cependant toute l'énergie vitale qui
s'exprimait désormais sous forme de souffrance et de
tourment, se déchaînait souterrainement, était disso-
ciée par moi dans la conscience et ne pouvait plus être
réellement vécue.

Une curieuse illustration de ces états prit pour moi
la forme d'une série de visions que j'eus pendant des
années et dont la première survint peu après la mort de
mon père. Il ne s'agissait pas là d'images isolées mais
toujours d'histoires entières qui se développaient
interminablement, souvent sous forme d'histoires de
famille ou des répercussions dynastiques de drames
royaux où, après l'extinction de la première génération, les générations suivantes poursuivaient les vieilles histoires et souvent aussi les répétaient et les
variaient. Mais il ne s'agit pas, dans le cadre de ce
récit, de présenter les histoires et les héros plus ou
moins romanesques ou psychologiquement intéressants de ces événements, et d'interpréter le sens possible de chaque épisode ou de chaque destin. Je tiens
seulement à mentionner à ce propos quelques traits,

qui revenaient toujours et toujours à nouveau, de la
majorité des personnages. La plupart étaient tristes.
C'est-à-dire que, le plus souvent, ils n'étaient pas
tristes *a priori*, mais ils le devenaient ; la tristesse les
rattrapait, et ils étaient terrassés par la tristesse. Sans
cesse le cas se produisait que tel personnage était
frappé de mélancolie. Souvent ce n'étaient même pas
les vicissitudes particulièrement adverses par lesquelles devait passer le personnage en question qui provo-
quaient la tristesse ; la tristesse montait plutôt comme
un brouillard du sol et enveloppait complètement le
personnage. Il y avait là toute une série de figures
d'hommes et de femmes qui, au début de leur histoire,
étaient pleins d'allant et n'avaient aucun sujet particulier de se plaindre, mais qui ensuite, dans le courant de
leur vie, pour une raison explicite ou vaguement
obscure ou même totalement incompréhensible, som-
braient dans la mélancolie la plus profonde d'où, la
plupart du temps, plus rien ne pouvait les tirer. A cet
égard, quelques personnages de femmes, surtout, atteignaient une effrayante dimension allégorique et m'apparaissaient, toujours et toujours à nouveau, dans une
clarté visionnaire, comme des emblèmes de la mélancolie pétrifiée, figures de la tristesse la plus impénétrable. Dans leur existence imaginaire, ces femmes atteignaient la plupart du temps un âge très avancé, il leur
était presque impossible de mourir, elles devaient
continuer à vivre éternellement, images de la désolation et du malheur.

Or il ne faut pas croire que je fabriquais moi-même
consciemment ces visions. Elles naissaient d'elles-
mêmes et surtout les divers personnages étaient toujours là, tout simplement, je n'aurais rien pu y chan-

ger. Quand ils se trouvaient entraînés dans des conflits dramatiques, je pouvais parfois, de mon propre mouvement, contribuer un peu à déterminer le cours des événements et même décider de la vie et de la mort de personnages secondaires, les laisser survivre ou mourir. Cependant, dans la plupart des cas ces événements se produisaient d'eux-mêmes et sans intervention consciente de ma part ; un beau jour mourait l'un de mes personnages et alors il était mort à jamais. Le cas ne se présentait jamais où (comme le font de nombreux romanciers), après qu'un personnage était mort, je lui aurais rendu la vie parce que je me serais repenti de sa mort. La plupart du temps, eh bien ils ne mouraient pas parce que je le voulais ou l'ordonnais, ils mouraient sans que j'y fusse pour rien et alors ils étaient vraiment morts. Alors il pouvait m'arriver de pleurer l'un de ces morts plutôt que de pouvoir lui rendre la vie. De même, le plus souvent je ne pouvais pas non plus tuer ces personnages, ils continuaient à vivre, au contraire, que cela me plût ou non. Si, pour une fois, il m'arrivait cependant d'en éliminer un brutalement et de le tuer carrément, cela ne me servait jamais à rien parce qu'au même instant se dressait une nouvelle figure qui se mettait à gérer l'héritage du défunt et m'opprimait avec la même intensité, exactement, que celui qui venait de mourir.

C'était surtout le personnage de la femme figée dans la douleur qui traversait toutes ces histoires. Cette figure qui, typiquement, atteignait toujours un âge avancé, survivait généralement à tous ses contemporains et mourait la dernière de son temps. Mais quand survenait une nouvelle époque et une nouvelle génération, revenait la figure de la Grande Affligée. Parfois, au début d'un nouveau chapitre, je ne savais pas encore que l'ancien personnage de la Grande Affligée était de retour, ou bien je n'aurais même pas su dire laquelle, parmi les femmes de la nouvelle génération, serait la Grande Affligée. Mais en tout cas, au bout d'un certain temps, l'une de ces apparitions féminines d'abord indifférenciée se révélait : c'est *celle-là*. Ce personnage prenait alors peu à peu la même aura de mélancolie que sa devancière même si, de caractère, elle en différait totalement. Il était même de règle que toutes ces femmes fussent complètement différentes ; elles n'avaient qu'un seul point de ressemblance : finalement elles devenaient toujours des figures de la douleur incarnée, en quelque sorte des déesses de l'affliction.

Ainsi, tandis que j'allais « bien » dans ma vie extérieure et que je le confirmais également vis-à-vis de moi-même et de tout le monde, sans cesse et toujours à nouveau naissait en moi l'image vivante de la tristesse sous l'aspect de la femme à chaque fois différente et cependant toujours pareillement triste et malheureuse. Je pense aujourd'hui que cette figure allégorique était l'image de mon âme qui d'elle-même se présentait à moi sous cette forme visible afin de me mettre sous les yeux ce qu'il en était de moi en vérité, ou pour me demander si je n'avais toujours pas remarqué qu'elle était dans la plus grande détresse et moi dans le plus grand danger. Il m'est difficile de dire aujourd'hui combien de temps durèrent ces visions car on ne peut pas relier ces événements intérieurs à des événements extérieurs et je ne saurais dire si, au moment où se produisait telle chose, je passais justement par telle phase de la série de visions. Je crois cependant que cet état a duré de deux à trois ans en tout, jusqu'à ce que finalement le dernier fragment de cet autre monde eût définitivement disparu. Je dis définitivement parce que, même si de nombreuses apocalypses menaçaient ce petit univers vers la fin de cette période, il renaissait cependant sans cesse de lui-même, il ne pouvait ni ne voulait disparaître. De même qu'il m'était impossible, le plus souvent, de faire mourir les principaux personnages sans qu'aussitôt ressuscitât une figure analogue, de même aussi tout ce monde de visions refusait de se laisser anéantir et se reproduisait continuellement de lui-même, de sorte que je ne puis m'expliquer sa disparition qu'en me disant qu'en fin de compte ce monde voulait s'éteindre de lui-même et d'ailleurs, de nouveau sans que j'y fusse pour rien, il le fit et disparut, si bien qu'il n'y eut plus de visions désormais.

Je n'ai jamais écrit ces histoires, elles n'étaient d'ailleurs nullement destinées à être écrites. Si je rédigeais sous une forme romanesque les destinées des divers personnages, cela donnerait probablement la chose la plus ennuyeuse du monde où l'on ne sentirait plus rien, sous cette forme littéraire, de la fascination qu'exerçait sur moi chacune de ces visions. Si j'avais été peintre ou musicien, j'aurais peut-être pu peindre ces figures ou leur donner une forme symphonique mais je ne puis guère me les représenter comme des personnages de roman. Je me suis contenté d'esquisser schématiquement les points essentiels du destin des principaux personnages, afin de ne pas les oublier.

Ainsi donc, tout ce monde s'évanouit à son tour. Si la figure de la femme affligée avait vraiment été mon âme, qui appelait à l'aide, en tout cas son cri de

détresse s'était éteint sans avoir été entendu. L'âme,
pour m'en tenir à cette image, était retournée dans le
lieu d'épouvante où j'avais coutume de refouler tous
mes soucis et mes chagrins et, pendant quelque temps,
j'arrivai à maintenir l'illusion que j'étais gai et que
j'allais bien, avant de tomber dans la fosse, pour de
bon.

VIII

Mais voilà que tout à coup je n'allais plus bien du
tout. Deux événements mémorables furent le signal de
ma ruine. Il y eut d'abord la mort subite d'un voisin
qui, un beau matin, alors que la veille encore il allait
bien et que j'avais parlé avec lui, fut trouvé mort dans
son fauteuil. Aussitôt ce fut pour moi une évidence :
maintenant la mort est dans la maison. La maison
avait été entièrement transformée et restaurée avant
que mes colocataires et moi nous y fussions installés,
quelques années auparavant. Dans sa nouvelle forme
et son nouvel agencement, la maison n'avait encore
jamais connu la mort ; autrefois (la maison est vieille
de plusieurs siècles) tout avait eu un aspect beaucoup
trop différent pour qu'on eût pu dire que les pièces
étaient les mêmes. Mais maintenant la mort était là et
pour moi c'était comme si la mort qui, au cours des
années succédant à la restauration, n'avait pas encore
pu prendre possession de la maison, avait rattrapé son
retard et tenait à présent la maison en son pouvoir,
comme d'ailleurs toutes les autres maisons. Le lende-

main, je vis un film policier. Le héros était en même temps l'assassin, qui feint d'aimer beaucoup sa jeune femme mais ne l'a épousée que pour son argent et, peu après le mariage, la tue. Comme il se montre tellement inconsolable de cette perte, personne n'a l'idée de soupçonner qu'il pourrait être lui-même l'assassin. Après le meurtre il veut épouser sa complice mais se rend compte alors que, malgré tout, il a un peu aimé sa première femme. Au cours de la dispute qui s'ensuit avec l'autre, il la tue aussi — de rage contre elle et contre lui-même — et il est alors convaincu de meurtre. Après le film je me rendis compte que l'assassin, même s'il avait deux meurtres sur la conscience, s'il avait provisoirement échoué dans une maison de fous et peut-être même allait être exécuté, avait été un homme bien meilleur et bien plus heureux que moi, pour cette raison qu'il avait tout de même un peu aimé la première femme. Mais moi, je n'avais encore aimé personne. Aussitôt il m'apparut clairement que le crime que constituaient les deux meurtres ne comptait pour rien comparé au fait qu'il avait un peu aimé la première femme (bien qu'il l'eût ensuite assassinée avec préméditation) ; et quant à moi, cela n'avait absolument aucune importance que par pur hasard je ne fusse pas un assassin, seul comptait mon crime de n'avoir jamais aimé personne : l'assassin du film était acquitté, moi j'étais condamné.

Je m'apercevais de ce que ma vie était pire que celle de l'assassin et je savais qu'à présent la mort était dans la maison. Dès lors, le déclin fut très rapide.

Tout d'un coup, donc, je n'allais plus « bien ». La dépression n'était donc plus souterraine et refoulée, elle se montrait au grand jour et recouvrait tout ce

dont j'avais pu me dire jusqu'à présent que cela me
faisait encore plaisir. Je remarquai que plus rien du
tout ne me faisait plaisir et combien m'accablaient
tant de choses dont je n'avais surtout pas voulu
m'avouer jusque-là qu'elles m'accablaient, et combien,
depuis toujours. Tout d'un coup mon image d'homme
joyeux et content était mise en question ; en fait, elle
n'était déjà plus mise en question mais déjà culbutée et
tombée en ruine sous mes yeux. En très peu de temps je
remarquai que soudain tout était, de nouveau, juste
« comme avant ». Mais « comme avant » signifiait
tout à coup davantage que quelque chose de simplement chronologique, cela signifiait plutôt « comme de
tout temps ». Je pris conscience du fait qu'au fond je ne
m'étais pas du tout senti mal « avant » et qu'ensuite,
au cours des années, cet état se serait continuellement
amélioré de sorte qu'avec le temps j'allais même
« bien » ; au contraire je voyais que tout bonnement je
m'étais toujours senti mal mais que pendant longtemps je n'avais pas voulu l'admettre.

A présent il arrivait de plus en plus souvent que,
dans mon logement, tout à coup sans le vouloir je me
trouvais assis sur mon lit et récitais les vers suivants :

> ¿ *Ai, Deus, se sabe ora meu amigo,*
> *Como eu senheira estou em Vigo ?*

Il pouvait m'arriver tout aussi souvent d'être assis à
ma table et sans relâche, toujours à nouveau, d'écrire
en tous sens les mots *tristeza* et *soledad* sur du papier
quadrillé. Souvent il se trouvait aussi, à présent, que je
« n'en pouvais plus », comme on le dit si justement : le
chemin était trop long pour moi, l'escalier était trop

haut pour moi, le panier à provisions était trop lourd
pour moi et toutes choses renfermaient en elles la
possibilité de se révéler comme des fatigues pour moi.
J'étais fatigué. Il y a une théorie qui dit que le corps
n'est jamais fatigué et qu'il ne peut d'ailleurs jamais se
fatiguer, mais que seul l'esprit se fatigue et que seule la
fatigue de l'esprit provoque la prétendue fatigue corporelle. Il se peut qu'il y ait là une analogie avec le
soupçon que seul se plaint de ce que la pluie le déprime
celui qui est déjà déprimé sans cela. Sans doute un
chemin n'était-il trop long pour moi que parce que je
n'avais aucune envie d'atteindre le but où il menait, et
une entreprise trop ardue que parce que je n'avais
aucune envie de la réaliser. Toutefois, la raison pour
laquelle je ne voulais plus rien réaliser, c'était sans
doute que plus rien ne me faisait plaisir.

A peu près en même temps que cette évolution, une
tumeur commença à se développer sur mon cou, qui
d'ailleurs ne me gênait pas parce qu'elle ne faisait pas
mal et que je n'y soupçonnais rien de méchant. Je ne
pensais jamais que cela pouvait être le cancer et,
comme la tumeur se refusait à disparaître et devenait
de plus en plus grosse, je la fis examiner par les
médecins sans imaginer qu'ils y découvriraient quelque chose de très grave. Dans quel état je me trouvais
réellement, je n'en avais pas encore la moindre idée.
D'une part j'étais très ignorant sur le plan médical et,
d'autre part, selon ma vieille habitude, je ne voulais
pas voir que je pouvais être vraiment en très mauvais
état. Bien que ne sachant pas encore que j'avais le
cancer, intuitivement je posais déjà le bon diagnostic
car, selon moi, la tumeur c'étaient des « larmes rentrées ». Ce qui voulait dire à peu près que toutes les

larmes que je n'avais pas pleurées et n'avais pas voulu
pleurer au cours de ma vie se seraient amassées dans
mon cou et auraient formé cette tumeur parce que leur
véritable destination, à savoir d'être pleurées, n'avait
pas pu s'accomplir. D'un point de vue strictement
médical, ce diagnostic à résonance poétique n'est
évidemment pas exact ; mais, appliqué à l'ensemble de
la personne, il dit la vérité : toute la souffrance
accumulée, que j'avais ravalée pendant des années,
tout à coup ne se laissait plus comprimer au-dedans de
moi ; la pression excessive la fit exploser et cette
explosion détruisit le corps.

Cette explication du cancer semble évidente, ne
serait-ce que parce qu'au fond il n'y en a pas d'autre.
Bien sûr les médecins savent un tas de choses sur le
cancer, mais ce qu'il est en réalité, ils ne le savent pas.
Je crois que le cancer est une maladie de l'âme qui fait
qu'un homme qui dévore tout son chagrin est dévoré
lui-même, au bout d'un certain temps, par ce chagrin
qui est en lui. Et parce qu'un tel homme se détruit lui-
même, dans la plupart des cas tous les traitements
médicaux ne servent absolument à rien. De même que
le chemin qu'en fait on ne tient pas du tout à parcourir
fatigue au-delà de toute mesure et de même que le
panier à provisions qu'en fait on ne tient pas du tout à
porter paraît exagérément lourd, de même le corps
détruit spontanément la vie humaine quand on ne
tient plus du tout à vivre cette vie.

Quand l'hiver se fut écoulé sans que les médecins
eussent trouvé en quoi consistait ma tumeur, on décida
d'opérer, de l'ôter afin d'en déterminer la nature.
Même avant l'opération imminente, je ne pensais pas à
quelque chose de dangereux mais j'avais fortement

l'impression que l'opération m'était nécessaire et j'y accrochais de vagues espoirs. C'étaient ma première opération et ma première narcose et j'y voyais un symbole de mort et de résurrection. J'espérais confusément que je subirais, dans la narcose, une mort symbolique et que je renaîtrais ensuite à une vie peut-être plus heureuse. Même si je ne pouvais pas m'en tirer à si bon compte et si cette simple opération ne pouvait m'apporter ni la mort ni la résurrection, mon espoir était tout de même fondé dans la mesure où je sentais que j'avais grand besoin de cette mort et de cette résurrection. Je pressentais que j'étais mûr pour la mort et que je ne pouvais espérer, au mieux, que de trouver peut-être, après ma mort symbolique, la voie d'une vie nouvelle et meilleure.

L'opération se déroula sans peine et sans douleur. Après les autres examens nécessaires et les premières tentatives que les médecins firent, selon leur habitude, pour camoufler ma maladie, bientôt, en m'observant moi-même, je découvris que j'avais le cancer.

Comme le mot « cancer » n'était encore jamais apparu jusqu'alors dans mes réflexions, le nom de cette maladie et le fait que je l'avais furent un petit choc pour moi. Je dis exprès : petit, car, pour m'en tenir à la vérité, je n'ai pas à le qualifier de grand. Je ne fus ni bouleversé ni effrayé ni surpris, ou, comme on le dit sans doute de préférence dans ce genre de cas, « comme frappé de la foudre » ; au contraire, mon premier mot en présence de ce fait nouveau fut : naturellement. Tout de suite il me parut évident que j'avais le cancer, tout de suite je trouvai cela logique et juste ; je comprenais qu'il avait fallu en arriver là, et même que je m'y étais attendu. Bien sûr je ne m'étais pas attendu précisément au cancer. Mais quand le cancer se fut définitivement déclaré, il me parut évident qu'il correspondait très exactement à la forme et à la nature de ce à quoi je m'étais attendu. Je savais que ce n'était pas justement cet hiver que par hasard j'avais contracté le cancer mais que j'étais déjà malade depuis de très nombreuses années et que le cancer ne constituait que le tout dernier maillon d'une longue chaîne ou, si l'on veut : la pointe d'un iceberg.

La chose épouvantable qui m'avait torturé toute ma vie sans avoir de nom à présent en avait enfin reçu un, et personne ne contestera que ce qui est terrible et connu vaut toujours mieux que ce qui est terrible et inconnu. Dans de vieilles formules magiques le diable est souvent conjuré parce qu'on lui dit son nom :

Wola, wiht, thaz thu weist, thaz thu wiht heizist.

Le célèbre Rumpelstilzchen[1] est lui aussi vaincu, dès que la reine peut lui dire qu'il s'appelle Rumpelstilzchen. Il en va de même du cancer, personne ne se hasarde à prononcer le mot « cancer » ; rien d'étonnant à ce qu'on n'ait pas pu, jusqu'à présent, vaincre le cancer. Je n'ai pas encore rencontré de médecin qui prononcerait le mot « cancer ». Et parce que les médecins n'osent pas appeler le diable par son nom, naturellement ils ne peuvent pas non plus le chasser. Bien sûr les patients sont sans cesse opérés, traités par les rayons et gavés de médicaments, mais il manque la partie la plus importante de la thérapeutique. Chacun sait que le dernier des sirops pour la toux et le plus

1. Sorte de diablotin, personnage d'un conte de Grimm.

bête comprimé ne servent à quelque chose que si le patient y croit ; si le patient y croit, on peut même lui donner, en guise de comprimé, un morceau de craie, il guérit. Mais dans tous les traitements du cancer, le monde médical s'enveloppe généralement de silence, de sorte que le patient perd la foi en l'efficacité du traitement et, par conséquent, on ne peut pas le guérir. Mais ce ne sont pas seulement les médecins qui ne parlent pas du cancer, absolument personne n'en parle. Le mot est tabou. (Sans doute mes pauvres parents auraient-ils dit à ce propos que le cancer est quelque chose de « compliqué ».) C'est ainsi que le cancéreux est condamné à désespérer totalement et à mourir de son désespoir.

C'est pourquoi je crois aussi que le cancer est, en premier lieu, une maladie de l'âme et qu'il ne faut considérer les diverses tumeurs cancéreuses que comme des manifestations corporelles secondaires de la souffrance, car le cancer présente bien toutes les caractéristiques d'une maladie morale. Si on a pris froid ou si on a la grippe, on peut en parler, mais si on est déprimé, on ne peut pas en parler. (Je crois que les gens prennent froid aussi afin de pouvoir enfin se plaindre, pour une fois, sans enfreindre les règles de la bienséance.)

Je crois que là aussi, je me suis une fois de plus bien conduit conformément aux usages et conformément au cancer. Toute ma vie j'ai été malheureux, et toute ma vie je n'en ai pas soufflé mot, à cause du sentiment bien élevé qu'une telle chose « ne se faisait pas ». Dans le monde où je vivais je savais que, par tradition, je ne devais à aucun prix déranger ou me faire remarquer. Je savais que je devais être correct et conforme et

avant tout — normal. Cependant la normalité, telle
que je la comprenais, résidait dans le fait qu'on ne doit
pas dire la vérité mais être poli. Toute ma vie j'ai été
brave et gentil et c'est pour cela que j'ai aussi attrapé
le cancer. Et c'est tout à fait bien ainsi. J'estime que
quiconque a été toute sa vie brave et gentil ne mérite
rien d'autre que d'attraper le cancer. Ce n'en est que la
juste punition.

Encore maintenant j'aurais eu la possibilité d'être
brave et gentil et, sans attirer l'attention, de m'anéantir en silence. Toutefois ce sort m'a été épargné dans la
mesure où, dans ma maladie, ce cancer célèbre et
qu'on n'ose pourtant jamais appeler par son nom —
proprement diabolique — et dont on meurt normalement au bout d'un temps assez bref, j'ai tout de même
entrevu une sorte de mort et de résurrection, la mort
ne devant plus être conçue comme purement symbolique mais, au contraire, tout à fait concrète. La menace
de mort me conduisit à penser que peut-être, au cas où
j'échapperais tout de même, en fin de compte, à la
mort, maintenant j'aurais enfin une chance de renaître
vraiment, c'est-à-dire de renaître à une vie nouvelle
qui, peut-être, ne serait plus aussi cruelle que ma vie
passée. J'ai écrit plus haut que la confrontation avec le
cancer n'avait été qu'un petit choc pour moi, du fait
que durant toute ma vie je n'avais rien connu d'autre
que le cancer de l'âme ; mais manifestement le choc
avait été tout de même assez grand pour m'arracher à
ma résignation et rappeler au moins à ma conscience
que ma vie était intolérable. Pour peu qu'on puisse
assimiler le cancer à une idée, j'avouerais que la
meilleure idée que j'aie jamais eue, ç'a été d'attraper le
cancer ; je crois que ç'a été le seul moyen encore

possible de me délivrer du malheur de ma résignation.
Il va de soi que je ne veux pas ici prétendre que le
cancer est, en soi, quelque chose de beau. Il est même
certainement un malheur et entraîne beaucoup de
souffrances. Mais, dans mon cas personnel, je suis
obligé de constater que ce malheur pèse tout de même
moins lourd que le malheur que m'ont apporté les
trente premières années de ma vie. Vraisemblablement, aucune personne atteinte du cancer n'est très
heureuse, et je ne le suis pas non plus ; mais je suis un
peu moins malheureux qu'au temps où, officiellement,
je n'avais pas encore le cancer — si ce n'est le cancer de
l'âme que j'ai repris de ma tradition familiale.

IX

Être-moins-malheureux, cela ne devait cependant
pas se produire si vite car, avant de devoir subir la
mort concrète, il me fallait d'abord subir la mort
symbolique. En effet, quand j'en fus arrivé au point de
mes réflexions où ma maladie aiguë m'apparut comme
le premier stade d'un processus possible de mort et de
résurrection, j'allai trouver le psychothérapeute que je
connaissais déjà, afin de discuter avec lui du caractère
probable ou improbable de la chose. Bien qu'en fait je
n'eusse pas songé, lors de ces premiers entretiens, à
une psychothérapie proprement dite, au bout de quelques consultations quelque chose de ce genre prit
forme et inscrivit dans les faits l'idée de mort et de
résurrection.

Naturellement la partie la plus intéressante de ce
récit devrait suivre à présent, à savoir la description de
ma psychothérapie. Mais cette partie-là, je ne veux
justement pas l'écrire. Pas seulement parce que cette
psychothérapie n'est pas encore terminée, et qu'elle
n'est peut-être pas réussie ; mais je ne peux pas non
plus attendre, pour noter mes souvenirs, que ma
psychothérapie soit terminée pour de bon, puisqu'il
m'est impossible de savoir pour le moment si la
thérapie sera terminée avant que je meure du cancer.
Cependant, comme je veux de toute façon écrire ce
récit, je dois le faire tant que je suis en vie ; comme je
vis encore jusqu'à nouvel ordre, je veux écrire ce récit
maintenant, bien que la psychothérapie ne soit pas
encore terminée et qu'on ne m'ait pas renvoyé
« guéri ». Il y a toutefois un empêchement bien plus
important, c'est qu'il me semble beaucoup trop difficile de faire passer cette thérapie dans les mots. Bien
sûr, je puis raconter mes souvenirs de temps anciens,
tout comme je puis simplement les évoquer et en dire :
c'était comme ceci ou comme cela et aujourd'hui j'en
pense ceci ou cela. Je peux aussi mettre par écrit mes
réflexions et mes opinions actuelles, telles qu'elles se
présentent à moi aujourd'hui ; mais il me paraît
impossible de décrire des processus de transformation
psychique — du fait, surtout, que ce sont les miens
propres et que je ne puis prendre à leur égard aucune
distance — et d'en dire : maintenant je passe par tel
ou tel changement, et maintenant je me trouve dans
telle ou telle phase. Il est fort possible et il me semble
même probable que, depuis le début de cette psychothérapie, je sois passé par toutes sortes de changements et que je me sois trouvé dans les phases les plus

diverses (je suis sûrement aussi, en ce moment, justement dans une phase quelconque; sans doute est-on
toujours dans une phase quelconque et peut-être ne
peut-on pas s'en tirer sans toutes ces phases), mais il ne
m'est pas possible d'affirmer que je sois passé hier par
la phase X et que je passe aujourd'hui par la phase Y (si
je ne veux pas tomber dans l'erreur de cette étudiante
de portugais qui disait qu'au Brésil le romantisme
avait commencé un 17 juillet).

J'omettrai donc ici la description de ma psychothérapie proprement dite. A vrai dire elle ne m'apporta
d'abord que du désagrément, car tous les souvenirs
que j'ai notés ici avec une apparente légèreté, au cours
de la psychothérapie il a fallu, en premier lieu, les
rendre à nouveau vivants. Mais ce qui, surtout, devint
vivant, ce fut la connaissance de ce qu'il en était
vraiment de ces souvenirs : en effet, il ne se trouvait
nullement que, dans ma jeunesse, j'avais eu des « problèmes » comme tout le monde et parfois des « difficultés scolaires », et qu'au début de ma vie universitaire j'avais souffert de « problèmes d'adaptation » ou
de « difficultés de contact », et d'autres choses encore
qui ne sortaient pas de l'ordinaire. Je n'avais pas eu
des « difficultés de contact », toute ma vie s'était
passée jusque-là dans une complète absence de relations. Je n'avais pas eu, à l'université, des « difficultés
au départ » qui s'étaient ensuite atténuées quand
j'avais fait la connaissance d'une foule d'autres étudiants, j'avais continué à traîner les mêmes difficultés
qu'au premier jour, durant toutes mes études, jusqu'au
dernier jour. Je n'avais pas été « quelquefois seul,
aussi », j'avais, si loin que je pusse me souvenir,
toujours et sans cesse souffert de la solitude. Je n'avais

pas eu « des difficultés avec les femmes » ni même des
« problèmes sexuels » ; je n'avais absolument rien eu
avec les femmes et ma vie entière n'était qu'un seul
problème sexuel non résolu. Ce n'était pas que j'avais
été « amoureux sans espoir », que cela n'avait « pas
marché » et que la femme en eût alors « pris un
autre », je n'avais absolument jamais été amoureux et
n'avais pas la moindre idée de ce que c'était que
l'amour ; c'était un sentiment que je ne connaissais
pas, tout comme je ne connaissais à peu près aucun
autre sentiment. Mon problème était tout autre chose
que des « difficultés avec les femmes », c'était la totale
impuissance de l'âme. Je n'avais pas été jadis « souvent malheureux » ou « parfois malheureux », il se
trouvait seulement que depuis au moins quinze ans,
peut-être même plus, j'avais continuellement souffert
de dépression. Il apparut que ma soi-disant « jeunesse
heureuse » avait été une invention de ma part, à
laquelle j'avais même cru en partie. La preuve fut faite
que même mon dernier atout était perdant : je n'étais
pas « normal » comme je m'en étais bien toujours
persuadé lorsque la somme des contradictions de ma
vie menaçait de me submerger. Mes souffrances
n'étaient pas les pierres normales que tout jeune
homme rencontre sur le chemin de la vie, c'étaient tout
bonnement des pierres anormales, quel que fût le sens
du terme « anormal ».

Autrement dit : il apparut que non seulement j'étais
dans un état pitoyable mais que j'avais toujours été
dans un état pitoyable et que je remplissais toutes les
conditions pour être aussi, à l'avenir, dans un état
pitoyable. Je me voyais donc placé devant le fait que je
n'étais pas « normal », même si, concernant la notion

de « normal », la question se posait aussitôt de savoir
ce que « normal » pouvait bien être et, surtout, ce que
pouvait bien être « anormal ». Cela signifiait tout
d'abord que très tôt, sans doute déjà depuis ma petite
enfance, ma vie s'était engagée sur une voie qui tout
bonnement n'était pas la voie normale. Cette erreur ou
cette déviation avait donc eu pour effet que les trans-
formations qu'un enfant ou un jeune homme accomplit
ou devrait accomplir, je ne les avais pas accomplies du
tout ou ne les avais accomplies que très incomplète-
ment et que je m'étais étiolé à plus d'un point de vue.
C'étaient ces étiolements ou rabougrissements qui
justement constituaient mon anormalité.

On ne pouvait cependant pas prétendre non plus que
j'étais « fou », au sens où l'on se représente un fou
comme un aliéné qui vit dans les hallucinations ou
commet des actes insensés. Mon intelligence ne s'était
manifestement pas atrophiée de cette manière : je ne
suis pas spécialement doué mais je ne suis pas non plus
spécialement stupide ; mon intelligence est donc « normale ». Le fait que j'ai étudié à l'université n'apporte
évidemment rien de nouveau concernant mon intelligence. En effet, pour passer un examen de maturité, on
n'a pas besoin d'une intelligence exceptionnelle ; il
suffit le plus souvent d'avoir un père fortuné. Mais
pour faire des études à la faculté des lettres, alors là, il
n'est vraiment pas nécessaire d'être intelligent ; au
contraire ce serait plutôt nuisible. En fait, seuls sont
inscrits en Philo I des gens qui ne savent pas quelle
autre chose intelligente ils pourraient bien faire (ce qui
n'est assurément pas une preuve d'intelligence).

Le sens pratique, qui permet d'évoluer avec aisance
dans la vie, ne me manquait pas non plus, à vrai dire.

Quoi qu'il en soit, j'avais enseigné pendant des années
dans une école secondaire publique sans que le fait
qu'il y eût un « anormal » parmi les professeurs fût
devenu intolérable. Laissons de côté la question de
savoir dans quelle mesure cette activité pédagogique
doit être jugée satisfaisante ou insatisfaisante ; mais à
coup sûr elle ne sort pas du domaine de la normale.

Une maladie mentale caractérisée par des hallucinations, manifestement je ne l'avais pas non plus ; je
n'étais pas schizophrène et je pouvais distinguer nettement toutes les choses réelles et toutes les choses
irréelles. Quant aux visions que j'avais eues quelques
années auparavant, j'avais toujours su clairement ce
qui n'existait que dans mon imagination et ce qui
existait aussi en dehors de l'imagination. Évidemment
la maladie se situait dans un tout autre domaine, dans
le domaine qu'on pourrait peut-être appeler
« humain » ou tout simplement le domaine des sentiments. L'intelligence était intacte et n'avait subi aucun
dommage mais le sentiment était atrophié et malade.
Je ne pouvais pas avoir de sentiments, surtout pas de
sentiments pour d'autres gens ; je ne pouvais aimer
personne. Bien sûr, je souffrais beaucoup de ma solitude, mais je n'avais pas la capacité de vaincre cette
solitude car je ne pouvais pas former le projet et,
encore moins, m'ordonner d'aimer désormais quelqu'un. Je ne pouvais pas prendre cette bonne résolution : dès demain j'aimerai M. Dupont (ou Mme Dupont), pas plus qu'on ne peut former le projet d'être
intelligent désormais. Cela vous arrive plutôt, d'aimer
quelqu'un. Mais à moi cela ne pouvait pas arriver car il
me manquait tout simplement la capacité de me
rendre compte que cela m'arrivait. On ne peut pas

ordonner à un idiot de comprendre que deux et deux
font quatre. Dans le cas où sa déficience intellectuelle
est si grande qu'il n'est pas capable d'assimiler ce
savoir, il ne peut pas lui arriver de comprendre
soudain que deux et deux font effectivement quatre ; il
ne peut pas se produire qu'il dise tout d'un coup : Aha
— maintenant j'ai compris !

Dans mon cas, il faudrait parler sans doute d'idiotie
affective. Cette insuffisance m'empêchait de remarquer : Aha — *celui-ci* ou *celle-là*, je l'aime bien. Je
n'aimais bien personne car je n'en étais pas capable. Il
ne m'était donc pas possible d'avoir un contact émotif
avec le monde. Je pouvais bien y évoluer en bourgeois
bien élevé sans faire sensation à la manière d'un
« fou », mais je ne pouvais évoluer dans le monde que
comme un perpétuel corps étranger, un corps étranger
qui — dans toutes les acceptions possibles du terme —
ne choque pas.

Je n'étais donc pas, selon le dictionnaire, atteint
d'une maladie mentale au sens étroit du terme, définie
comme psychose, mais seulement d'une névrose désignée comme un « dérèglement » mental plutôt qu'une
maladie mentale. Je n'avais donc qu'une névrose et
non pas une psychose, ce qui, en tout état de cause,
devait être considéré comme un avantage. Pour ce qui
est des névroses, on distingue les névroses bénignes et
les névroses graves, et la mienne devait être jugée
grave. C'était d'ailleurs évident pour moi puisque la
névrose, de par sa nature, provoque aussi, le plus
souvent, toutes sortes de dérèglements physiques ; et
comme ma névrose avait provoqué un dérèglement
physique aussi grave que le cancer, ce devait être

sûrement une névrose grave qui avait entraîné des
conséquences physiques aussi graves.

A présent, beaucoup de choses me devenaient évi-
dentes. Sûrement je n'étais pas fou au sens où ma vie
mentale tout entière eût été dérangée, c'est pourquoi,
tout au long de ma vie, j'avais eu constamment la
possibilité de prouver que, dans une série de domaines,
eh bien, j'étais tout de même normal. Sur de nombreux
points j'aurais nettement pu soutenir la comparaison
avec d'autres : je n'avais pas l'esprit confus, donc,
comparé à un brouillon comme j'avais parfois cru
l'être, j'étais assurément bien plus normal ; pas plus
que je n'étais hystérique et, dès lors, comparé à un
hystérique, je devais certainement être qualifié de
normal. Autrement dit : dans ma manie de me comparer à d'autres, je m'étais toujours comparé à eux dans
des domaines où je pouvais faire bonne figure et où
rien de défavorable pour moi ne pouvait se faire voir. A
présent je comprenais combien cette conduite avait été
absurde. Maintes et maintes fois j'avais constaté qu'il y
avait des gens plus bêtes ou plus maladroits ou plus
brouillons que moi et j'en avais déduit que, dans ce
cas, il était impossible que je fusse anormal. Ainsi,
pour rédiger mon mémoire, peu importait que ma vie
intérieure fût déréglée ou non ; le fait qu'à l'époque de
mon mémoire je vivais dans un sahara psychique
n'avait rien à voir avec l'utilité scientifique de mon
travail, et le professeur n'avait pas eu à déterminer si
son étudiant avait l'âme saine ou malade, mais seulement si son mémoire était intelligent ou non. Plus tard,
en tant que professeur, je n'eus pas non plus à démontrer à mes élèves que j'étais psychiquement équilibré,
mais à leur enseigner le subjonctif espagnol et les

règles du subjonctif espagnol, ils pouvaient les apprendre aussi bien d'un professeur névrosé que d'un professeur normal.

Tout d'un coup je n'étais donc plus le désespéré
« normal » que j'avais été pendant trente ans et qui
avait été contraint de se demander sans cesse : « Pourquoi, mais pourquoi donc tout est-il toujours si terrible
pour moi, puisque je suis normal ? » La question
obsédante et sans réponse possible avait donc soudainement disparu : je savais à présent pourquoi, toute
ma vie, les choses n'avaient jamais marché et pourquoi
mon existence était toujours si atroce. Bien sûr, on
pourrait objecter ici que le mot « névrose » n'est au
fond qu'un mot et qu'il ne veut pas dire grand-chose en
soi. Mais il me faudrait répondre à cette objection que,
tout de même, il en dit beaucoup : j'avais perdu
l'illusion d'être « normal » mais, en revanche, j'avais
compris qu'en fait je pouvais me conduire normalement dans de nombreux domaines sans avoir à redouter d'être, là aussi, anormal.

Ce que j'ai dit au sujet du cancer est également
valable pour la névrose. La névrose n'a rien de très joli
non plus et elle entraîne de grandes souffrances ; mais
même quand il ne s'agit plus d'une maladie du corps
mais d'une maladie de l'âme, savoir ce dont on souffre
est plutôt une consolation qu'un poids supplémentaire
pour le patient.

Tel fut donc le premier résultat de ma psychothérapie ; j'étais névrosé et ce n'était pas depuis peu, je
l'étais déjà depuis des années, peut-être l'avais-je été
toute ma vie. Ce constat avait une conséquence fort
peu réjouissante : toute ma vie avait été fausse. Déjà
depuis l'âge le plus tendre toutes mes actions et

décisions avaient été dictées en premier lieu, non pas
par le bon sens mais tout bonnement par mon déséquilibre mental.

Il me fallait donc m'accommoder du fait suivant :
pendant ma jeunesse j'avais été « fou » au sens indiqué
plus haut : pour ce qui était d'une vie normale et peut-
être même heureuse, ma jeunesse était perdue. Bien
sûr je n'étais pas encore vieux, mais je n'étais plus un
jeune homme non plus et je devais me faire à l'idée
qu'au cours des trente premières années de ma vie, je
n'avais pas vécu ce qu'on appelle couramment la
« jeunesse », mais que j'avais souffert d'une maladie
de l'âme qui m'avait privé de la capacité d'être jeune.
De plus, je devais bien savoir que cette maladie de
l'âme avait tellement affaibli mon corps qu'à présent,
eh bien, j'avais le cancer et qu'il y avait une grande
probabilité que je meure sous peu du cancer, si bien
qu'il me fallait envisager l'idée que je pourrais mourir
avant d'être guéri de ma maladie d'âme. Autrement
dit, la possibilité existait qu'il fût déjà trop tard pour
moi et que je pusse mourir de ma maladie d'âme et de
ses conséquences corporelles sans avoir jamais connu
ce que c'est que la vie pour quelqu'un qui n'est *pas*
malade de l'âme.

De même je devais m'accommoder de ceci que mon
passé, jusqu'à l'heure actuelle, était, au sens le plus
large du terme, raté : je n'étais plus l'enfant heureux
d'une famille heureuse où les conditions étaient saines
et le fond raisonnable. Même si, dans mon enfance et
mon adolescence, j'avais pu ne pas le remarquer, tout
de même mes conditions avaient été rien moins que
bonnes et saines. La question de savoir si, tout en
restant le même enfant, j'aurais été plus heureux chez

d'autres parents ou si, avec un autre caractère que le mien je me serais mieux développé chez mes parents, ou si, en tant qu'enfant d'une autre classe sociale je serais devenu plus heureux (toutes questions qui sont, en fait, parfaitement oiseuses) ne sera pas discutée ici ; une chose était certaine : moi, l'enfant que j'étais une fois pour toutes, avec le caractère que j'avais, chez les parents qui ont été les miens et dans la classe sociale où j'ai grandi, je suis devenu non pas heureux mais névrosé et cancéreux. L'on n'essaiera pas non plus ici de découvrir à qui la faute : si ce fut la faute de mon caractère, si ce fut la faute de mes parents ou si ce fut la faute de la société bourgeoise ; peut-être ne fut-ce la faute de personne et peut-être fut-ce la faute de tout le monde. Il ne s'agissait pas tellement de savoir où était la faute ainsi que l'origine de tout le mal, il s'agissait plutôt du résultat : il y avait là quelqu'un qui, depuis la plus tendre jeunesse, avait été démoli de façon conséquente et les suites de cette démolition étaient à présent assises dans le fauteuil capitonné du psychothérapeute et attendaient ce qui allait se passer. Et ce quelqu'un de démoli, c'était moi.

Cette constatation eut notamment pour effet que je me sentis profondément perdu, sans feu ni lieu. Ainsi, tout d'un coup je n'étais plus chez moi nulle part, or c'était pourtant cela, se trouver dans un chez-soi protecteur comme le bernard-l'ermite dont j'ai parlé, qui avait été un besoin pressant pour moi tout au long de ma vie. A présent je ne pouvais plus rentrer chez moi nulle part parce que je n'avais plus de chez-moi. Ma vie jusqu'à ce jour n'était plus mon chez-moi et, dans ma vie présente, alors là, je n'étais vraiment pas chez moi. Dans une masse de sentiments d'abord

contradictoires finit par se cristalliser de plus en plus
la certitude qu'au fond je ne pouvais pas détester mes
parents, mon lieu d'origine et ma patrie, mais bien
plutôt que se faisait jour le sentiment d'un grand
éloignement. De mon père, qui est mort, se dégageait
l'impression qu'il avait toujours été mort et même
qu'il n'avait jamais vécu. La tombe de mon père se
trouve à K. et quand il m'arrive de la visiter, c'est
toujours comme si je devais dire : « Tiens, tiens ! En
voilà un d'enterré ici qui, de son vivant, portait le
même nom de famille que moi. Quel curieux hasard ! »
Ma mère vit encore et je la vois de temps à autre. Je
trouve que c'est une gentille vieille dame, c'est ainsi
que sont tout bonnement les vieilles dames de la Rive
dorée de Zurich ; mais quand je pense que je suis un
parent de cette gentille vieille dame, je trouve cette
pensée franchement ridicule. Je pourrais aussi bien
être un parent de l'empereur de Chine. Je trouve ma
mère sympathique mais l'idée qu'elle est ma mère ne
m'apparaît plus que dans un sens comique. Je visite
aussi parfois la maison où vit ma mère ; c'est une
grande villa bien située, avec vue sur le lac et de
nombreuses pièces. Cette merveilleuse villa est la
maison de mes parents. Je suis au courant de ce fait et
pourtant l'expression « maison de mes parents » me
semble singulière.

Toutefois, parmi les aspects positifs que comporte
presque chaque maladie, notamment la névrose, il faut
assurément retenir l'idée de guérison. Tout malade
souhaite vraisemblablement qu'on puisse le guérir de
sa maladie et a ainsi devant les yeux un but plus ou
moins clairement défini. Or ce but était une nouveauté
pour moi. A l'époque où j'avais encore essayé de me

persuader que j'étais normal, je n'avais pu que toujours me dire qu'au fond « tout était en ordre », même si rien du tout n'était en ordre. Mais espérer qu'un jour il pourrait y avoir une meilleure solution que de maintenir péniblement « tout en ordre », cela ne m'avait pas été possible en ce temps-là. Or à présent, soudain tout n'était plus en ordre, plus rien du tout n'était en ordre ; j'étais gravement malade physiquement et psychiquement et menacé de mort sans aucun déguisement. Toutefois, comme le cancer tout comme la névrose étaient encore curables, la possibilité se présentait qu'un jour je pourrais tout de même aller mieux, qu'un jour cette période difficile pourrait tout de même prendre fin et que je pourrais un jour ne plus être malade.

Cependant si, toute ma vie, j'avais été malade de l'âme et si une possibilité de guérison existait pour moi, cela signifiait en fait qu'on pouvait me guérir du malheur que je traînais depuis trente ans et que j'avais considéré comme le véritable contenu et la véritable forme de ma vie ; cela signifiait en fait que le tourment qui, pendant trente ans, avait été ma vie à mes propres yeux, n'était aucunement ma vraie vie, mais bien plutôt que l'élément morbide qu'il contenait avait brisé ma vie ; cela signifiait en fait que s'ouvrait la possibilité d'exister, que peut-être j'avais encore la vie devant moi et que je pouvais m'éveiller, comme d'un cauchemar, de celle qui l'avait précédée. Si mon tourment était névrotique et si on pouvait guérir une névrose, cela pouvait uniquement signifier que peut-être je pouvais encore voir le jour où ce tourment ne serait plus là.

Peut-être. J'avais nettement conscience que, dans ces

rêves d'avenir, il s'agissait d'une chance possible et
non pas d'une certitude. Jusqu'à nouvel ordre, rien ne
permettait de penser que je vivrais encore cet avenir
incertain. Le cancer, qui ne s'était déclaré d'abord que
par cette tumeur au cou — les « larmes rentrées » —
s'était propagé depuis longtemps et mes chances sur le
plan médical s'étaient nettement gâtées. Toutefois,
jusqu'à nouvel ordre, les médecins ne m'avaient pas
abandonné ; mais je savais que ma situation était
beaucoup plus grave qu'au début de la maladie.
J'appris aussi que, si les médecins traitaient avec
succès un endroit du corps, le cancer réapparaissait
ensuite en un autre endroit, devançant ainsi toujours
les médecins d'une courte tête. Je sentais qu'à eux
seuls les médecins ne pouvaient plus me venir en aide
et que je ne pouvais plus être sauvé que si tout
l'organisme, corps et âme ensemble, montrait une
résistance suffisante pour vaincre la maladie. Je voyais
tout aussi clairement que jusqu'à nouvel ordre, manifestement l'âme ne pouvait encore montrer aucune
résistance, car elle était encore bien plus malade que le
corps ; et que le corps allait devenir de plus en plus
malade avant que l'âme pût contribuer à venir en aide
au corps.

Les chances de survivre n'étaient donc pas bonnes.
De la psychothérapie je ne pouvais pas dire qu'elle
m'eût rendu beaucoup plus heureux. Tout au
contraire, jusqu'à présent elle s'était acquittée de la
tâche qui consistait à briser en mille morceaux ma vie
passée — ou, mieux : l'illusion que j'avais eue de ma
vie passée — et l'on comprendra aisément que cette
façon de procéder m'apporta non pas la joie mais de
nouvelles crises de dépression. Cette première année

de ma psychothérapie fut la pire de ma vie car, avant qu'elle fût en mesure de créer quelque chose de neuf, il fallait que tout l'ancien fût démoli. Et cela se démolissait effectivement. Ce qui n'avait été jadis pour moi qu'une vague idée qu'il me fallait sans doute subir la mort avant qu'on pût songer à une renaissance se traduisit dans la réalité de telle manière qu'au cours de cette année, dans d'effroyables tourments de l'âme, je subis effectivement la mort, à savoir la mort de tout ce qui avait été moi jusqu'à présent. Pour finir, ce moi fut donc bel et bien mort car il n'en resta plus rien. Il ne resta qu'un petit tas de malheur qui n'avait plus qu'à attendre de renaître sous une forme quelconque, à un moment quelconque et d'une manière quelconque. Rien que l'idée de la renaissance avait déjà quelque chose de curieux car, pour le moment, les médecins étaient complètement débordés qui, sans relâche, me traitaient aux rayons, m'opéraient, m'examinaient et me bourraient de médicaments, à seule fin que ce tout petit peu de vie qui restait encore en moi ne leur filât pas complètement entre les doigts et que la mort symbolique à laquelle j'ai fait allusion ne se changeât pas en une mort tout à fait banale par le cancer.

Peu à peu, cependant, se produisit une chose curieuse, une chose peut-être souhaitée, peut-être même attendue mais tout de même, avant tout, curieuse : un beau jour, les dépressions n'étaient plus là. Je ne peux pas dire : tel ou tel jour elles ne furent plus là ou elles ne revinrent plus ; mais peu à peu il se trouva qu'elles avaient effectivement disparu et ne reparaissaient plus. Je n'affirmerais pas par là que je fusse devenu beaucoup plus heureux ; mais tout de même, je le sentais, le nouvel état était, à plus d'un

point de vue, préférable à l'état antérieur. La meilleure
façon d'exprimer la chose serait de dire que j'étais
malheureux, sans doute, mais plus jamais ne s'impo-
saient à moi, en dehors de ma volonté, ces vers :

> *¿ Ai, Deus, se sabe ora meu amigo,*
> *Como eu senheira estou em Vigo ?*

Jamais plus je ne me retrouvais à ma table, en train
d'écrire pendant des heures le mot *tristeza* en long et en
large sur du papier quadrillé. Il y avait encore une
différence : à un certain point de vue je réagissais
d'une manière qu'on pourrait bien dire « plus raisonnable », j'entends par là, par exemple, que quand je
regardais un film comique, à présent j'avais plutôt
envie de rire *parce qu*'il était comique et non,
comme autrefois, *bien qu*'il fût comique. Quoique je
fusse toujours solitaire, à présent je me sentais plutôt
solitaire quand j'étais vraiment seul et sans compagnie
et beaucoup moins fréquemment, comme autrefois,
bien que je fusse en société. J'avais aussi acquis une
certaine capacité de me réjouir de quelque chose. Dans
l'ensemble, on pourrait dire que je commençais à
ressentir plus de choses agréables comme vraiment
agréables, et aussi que je commençais à saisir les
choses désagréables de plus en plus comme quelque
chose de désagréable en soi. Jadis tout avait toujours
été « comme ça » et généralement accablant : j'avais
été déprimé alors qu'il pleuvait ou bien alors que le
soleil brillait. A présent, je commençais à acquérir la
faculté de me réjouir *de ce que* le soleil brillait et de me
fâcher *parce qu*'il pleuvait. Ainsi, tandis que cela ne

m'avait servi à rien, autrefois, que le temps pluvieux fît place au temps ensoleillé, parce que, tout simplement, la dépression persistait en dépit du soleil, à présent ma mauvaise humeur due à la pluie pouvait se dissiper de façon naturelle *parce qu'*il ne pleuvait plus. A plus d'un point de vue je constatais à présent que le mot « normal » était plus qu'une simple notion morte et que, dans de nombreux cas, je commençais effectivement à réagir « plus normalement » que par le passé.

J'appris aussi à apprécier un autre aspect de moi-même, à savoir la gaieté. J'ai été, durant ma vie, le traditionnel boute-en-train et, dès lors, la gaieté fut souvent l'étiquette qui me collait à la peau ou le pavillon sous lequel je naviguais. A présent je comprenais que, dans de nombreuses circonstances, ma gaieté n'avait été rien d'autre que le manteau dont je couvrais ma tristesse. Jamais je n'avais pu parler de choses tristes et jamais non plus de choses sérieuses car la tristesse que je portais en moi avait toujours été si grande qu'elle eût fait sauter le cadre de toute conversation conventionnelle, si j'avais ouvert les vannes qui retenaient le torrent de désespoir comprimé en moi. C'est pourquoi, automatiquement, j'avais toujours tout tourné à la plaisanterie ou même en ridicule, afin d'éluder, autant que possible, le malheur qui, en moi, menaçait. Le plus souvent, mon éternelle gaieté n'avait donc pas été spontanée, elle avait été le résultat d'un effort désespéré, sans cesse renouvelé, pour retarder encore un peu la catastrophe imminente. Je m'étais donc toujours cru obligé de répandre la gaieté autour de moi — et j'y étais d'ailleurs arrivé — mais il y avait *un* point que je ne m'étais jamais donné la peine

d'examiner de plus près : j'arrivais bien à faire rire
tout le monde, mais moi-même je ne riais jamais.

A présent il me fallait voir ma gaieté sous un autre
angle et en venir à la conclusion que, pour la plus
grande part, cette gaieté avait été du *bluff*. Je crois
toutefois que je possède bien le talent de dire ou
d'écrire des choses amusantes et ce talent, comme
n'importe quel talent, doit assurément être considéré
comme une chose positive. Seule la conclusion que
cela suffisait à faire de moi quelqu'un de gai était
fausse. Pas plus que je n'étais normal parce qu'à
certains égards je ne me conduisais pas de façon
anormale, je n'étais quelqu'un de joyeux et serein
parce qu'il m'arrivait souvent de dire des choses
amusantes. Ce n'est pas parce qu'un peintre peint
toujours de belles femmes qu'il lui faut être pour cela
un bel homme. Mon enfant préféré, l'idée que j'étais
quelqu'un de serein, il me fallait donc l'enterrer.

Mais pour en revenir au thème de l'infériorité, on ne
pouvait pas contester non plus qu'à présent, sous un
certain rapport, eh bien, j'étais vraiment inférieur,
bien sûr pas sous tous les rapports mais tout de même
sur un point très important, peut-être même le plus
important de tous. A présent on ne pouvait plus
contester qu'en fait j'avais toujours eu bien raison et
que mon impression avait été parfaitement correcte,
que j'avais été séparé de tout le monde fondamentalement et en tout, et que tout ce que la vie m'avait offert
jusqu'à présent n'avait été que des bagatelles qui
n'avaient rien changé à ce seul fait important que
l'essentiel m'avait manqué depuis toujours. Mais lorsque le cours de mes pensées eut atteint le point où fut
prononcé le mot « essentiel », ce que c'était donc que

cette chose essentielle apparut aussitôt avec évidence :
l'amour, naturellement. Or il n'y avait là rien de
nouveau pour moi dans la mesure où, au fond j'avais
toujours su, où d'ailleurs tout le monde sait et a
toujours su et où chacun aurait pu me dire après avoir
lu la première page de ce récit, dans quel domaine se
situait ma maladie.

Mais c'était tout de même une nouveauté pour moi.
J'ai beaucoup parlé dans ce récit du ne-pas-savoir et du
ne-pas-vouloir-savoir et du fait que, quand on apprend
une chose, il faut toujours aussi qu'on veuille d'abord
savoir cette chose nouvelle avant qu'on puisse dire
vraiment qu'on la sait. Au cours de ma vie, j'avais bien
dit des sottises en parlant de mes « difficultés
d'amour » sans m'avouer que j'aurais dû formuler la
chose en disant que par manque d'amour je dépérissais
et mourais. Quand quelqu'un est mort d'inanition, on
ne dit pas, n'est-ce pas, qu'à la fin de sa vie il a eu des
« difficultés de nutrition », on dit qu'il est mort de
faim. Lorsque j'ai dit de moi que j'avais des « difficultés d'amour », l'expression était à peu près aussi juste
que si j'avais dit de quelqu'un qu'il avait des « difficultés de forme » après être passé sous un rouleau
compresseur.

Il ne me restait plus qu'à m'avouer que je n'avais pas
eu lesdites « difficultés » mais que dans l'affaire absolument la plus importante de la vie j'avais complètement échoué, que je n'avais pas supporté ce manque
essentiel, c'est pourquoi j'étais devenu fou (ou tout
bonnement névrosé, pour employer encore une fois cet
euphémisme bienséant) et que cette folie avait ensuite
déclenché le cancer qui, à présent, se préparait à
détruire mon corps.

Ce que c'est que l' « amour », je n'ai pas besoin de le définir longuement. Toutefois, depuis deux mille ans, le mot « amour » n'a cessé d'être profané et traîné dans la boue par la funeste secte qui, aujourd'hui encore, jouit de la réputation d'être la religion principale de ce qu'on appelle l'Occident civilisé, si bien qu'au fond on ne devrait pas du tout s'étonner que, de nos jours, aucun habitant de l'Occident effectivement ne sache plus ce que c'est que l'amour. Et pourtant tout le monde le sait. De même qu'on ne peut pas dissocier le corps de l'âme et que l'un influence et détermine l'autre et que les deux ensemble forment un tout, de même on ne peut pas diviser l'amour en amour « spirituel » et amour « charnel » ou en amour « platonique » et amour « sexuel », ou le moins du monde admettre une différence entre amour et sexualité. Pour en revenir encore à Freud, celui à qui le mot « amour » ne convient pas pour je ne sais quelle raison n'a qu'à dire à la place « sexualité » ; et celui qui trouve à redire au mot « sexualité », eh bien, qu'il dise « amour », si ça lui chante.

Malgré cela, pour me conformer une fois de plus à l'usage actuel de la langue, qui veut qu'on dise plutôt, dans certains cas, « amour » et dans d'autres, de préférence, « sexualité », je ne puis que répéter, pour le confirmer, que j'ai échoué semblablement dans l'un et l'autre de ces domaines fictifs ; autrement dit : je n'aimais personne et je n'avais de rapports sexuels avec personne, ce qui, résumé sous le nom d' « amour », revient exactement au même. Évidemment je n'étais pas normal, évidemment j'étais inférieur — et justement pour cette raison. Tout paraissait soudain si simple qu'il devait sembler presque impos-

sible qu'il m'eût fallu près de trente ans pour découvrir
cette vérité première. Je voudrais cependant répéter ici
que ce n'était pas une vérité première pour moi, et cela
en raison de ses graves conséquences. Tout le monde
sait que les pommes mûres ont tendance à tomber des
arbres et peuvent même vous choir sur la tête. Cependant, quand une de ces pommes mûres tombe sur la
tête de Newton, il découvre la loi de la gravitation sur
laquelle il fonde la physique moderne. La plupart des
faits sont simples et connus de tous ; ils ne deviennent
significatifs que lorsqu'on en découvre la portée.

Et cette portée, je m'apprêtais justement à la découvrir. Je m'aperçus de ce qu'on pouvait échouer de
toutes sortes de façons ; ce n'était pas si grave. Mais sur
le plan sexuel, on n'avait pas le droit d'être un raté.
C'était honteux et impardonnable. Je me rendis
compte de ce que je me heurtais à un tabou beaucoup
plus important et plus primitif que le simple tabou
superficiel, à la mode, bourgeois et victorien. A vrai
dire on ne parle pas de l'amour, l'amour est tabou et on
doit faire comme s'il n'existait pas ; telle est notre
mode. Mais on n'a pas le droit d'être un raté en amour ;
qui n'est pas apte à l'amour, celui-là, il n'y a rien à en
tirer. Un homme qui n'est pas un homme n'est rien du
tout. Bien sûr, on n'en parle pas ouvertement, justement parce que le sujet est tabou, mais tout le monde
est tacitement d'accord là-dessus. Bien sûr, en tant que
sujet de conversation, la sexualité a été refoulée de la
vie bourgeoise, mais elle est néanmoins la dimension
véritable d'après laquelle tout est mesuré, apprécié et
jugé. Personne n'en parle mais tout le monde le sait.
Personne n'en parle et pourtant, depuis la nuit des
temps, il n'est pas question d'autre chose : depuis que

l'écriture a été inventée, la littérature ne connaît pas d'autre thème que celui-là, que la sexualité compte plus que tout le reste. Soit qu'on tourne le bouton de la radio et qu'on écoute la scie la plus vulgaire, soit qu'on lise dans ce qu'on appelle le Livre des Livres les paroles des inspirés : on n'entend jamais rien d'autre que cela, que si on n'a pas l'amour, on n'est rien qu' « un airain au son creux et un grelot tintant ».

Pourtant ce n'est pas seulement moi, manifestement, qui ai refusé d'admettre cette antique vérité, toute la société se refuse à reconnaître cette vérité. Au début du siècle, lorsque Freud rendit publique la théorie selon laquelle la vie entière n'est faite que de sexualité, tout le monde fut horrifié d'entendre énoncer ce fait, bien que tout le monde connût ce fait depuis longtemps déjà.

Un sceptique pourrait se demander ici si vraiment tout est donc tellement simple qu'on puisse l'exprimer en quelques mots. Sans doute tout un chacun est-il également sceptique, car tous nous sommes habitués à apprendre de mauvais gré les vérités simples. Très souvent, quand une chose apparaît simple, on soup-çonne aussitôt qu'il doit y avoir là quelque chose de faux, puisque tout de même rien ne peut être simple. C'est sans doute une affaire de tempérament qu'on croie ou ne croie pas aux choses simples. Par exemple, chez mes parents, il était d'usage de considérer que les choses étaient *a priori* « compliquées » ; quant à moi, j'ai tendance à penser que les choses sont simples et seulement qu'on n'a pas envie de reconnaître à quel point elles sont simples, en fait.

Ainsi ma vie et l'histoire de ma maladie ne me semblent pas compliquées du tout, au contraire elles me paraissent la chose la plus simple du monde. Une histoire assurément fort peu réjouissante mais absolument pas « compliquée ». Je puis aussi fort bien me familiariser avec une théorie aussi simple que celle de Wilhelm Reich laquelle, sans doute, ne laisse rien à désirer au point de vue de la simplicité. En principe, Reich ne distingue que deux choses : la crispation de la vie, source de déplaisir, et la décontraction de la vie, source de plaisir, peu importe qu'il s'agisse d'un protozoaire ou d'un être humain. Le pauvre protozoaire ne peut, à vrai dire, rien faire d'autre qu'à certains moments se rétracter et, à d'autres moments, se détendre ; ce faisant, il a parcouru tout son champ d'action et sa zone d'influence (si toutefois « parcouru » n'est pas un terme un peu exagéré pour un protozoaire). Et l'être humain qui, comme chacun sait, est « compliqué » ? A vrai dire lui non plus ne fait rien d'autre que tantôt se crisper avec déplaisir et tantôt se décontracter avec plaisir. Or, d'après Reich, l'orgasme est la forme la plus pure et la plus totale de la décontraction source de plaisir ; une tout aussi extrême crispation constante de l'organisme, passant par l'étiolement de l'âme et l'étiolement des différents organes du corps, qui, contractés comme ils le sont, ne peuvent plus vraiment se détendre, qui ne peuvent plus vraiment respirer et ne sont plus vraiment irrigués par le sang, conduit au cancer. L'homme crispé ressemble ainsi à un organisme unicellulaire qui ne fait plus que se rétrécir et se rapetisser sans plus jamais se dilater. Que cela donne le cancer va de soi. Selon Reich, l'orgasme et le cancer sont donc les deux formes les plus pures du double contenu de la vie en soi. Je reconnais que cette formulation semble extrêmement

simple et qu'assurément beaucoup de gens la trouve-
ront trop peu « compliquée ». Je ne voudrais ôter à
personne le plaisir de la « complication » mais je crois
que tout de même, fondamentalement, la théorie
reichienne est juste. Celui qui ne voudrait pas prendre
la théorie à la lettre peut aussi l'accepter *cum grano
salis* ; je ne crois pas cependant qu'il y ait une grande
différence entre les deux. Je ne voudrais pas affirmer
non plus que tout soit toujours très facile, un jeu
d'enfant, ou que la vie entière soit uniquement ce jeu
d'enfant (car mon expérience personnelle m'a
convaincu que la vie n'est justement pas ce jeu d'enfant), mais je crois que dans de très nombreux cas on
pourrait distinguer ce qui est simple, pour peu qu'on
ne s'obstine pas à ne voir toujours que ce qui est
compliqué.

Tel était donc le bilan qui se présentait : ma situation était fort peu réjouissante mais, en fait, elle n'était
pas embrouillée. Mes chances n'étaient pas très bonnes, mais je n'avais pas non plus perdu toutes mes
chances. Je n'étais pas guéri mais il était possible que
je guérisse. Il était tout aussi possible qu'il n'y eût pas
moyen de me guérir et que je mourusse. Sans doute,
jusqu'à présent, les médecins avaient pu empêcher que
les diverses tumeurs cancéreuses missent ma vie en
danger, mais ma maladie proprement dite, ils ne
l'avaient pas encore guérie. Ma psychothérapie aussi
m'avait aidé à apporter de la clarté dans le chaos de
ma maladie d'âme, mais cette maladie n'était pas
guérie, elle non plus.

En ce moment, mon état est encore le même. De mon
mal proprement dit, le cancer — actuellement j'entends par là à la fois le cancer psychique et le cancer

physique, c'est-à-dire non pas deux maladies différentes mais une seule et même maladie, qui présente simplement un aspect pour le corps et un aspect pour l'âme, que recouvre d'ailleurs la notion de « psychosomatique » — je ne suis pas encore guéri. A présent, je peux soit en guérir, soit en mourir ; telles sont mes deux possibilités. Sans doute considère-t-on toujours la mort comme une chose peu réjouissante. Toutefois si l'on songe que même aujourd'hui, il y a encore des gens qui se glorifient de mourir pour Dieu, la patrie capitaliste et ses trusts, on ne peut qu'en venir à la conclusion qu'il y a des raisons de mourir plus bêtes que le manque d'amour. De même qu'autrefois — et aujourd'hui encore, à l'opéra — on mourait d'amour, de même, aujourd'hui encore, on peut manifestement mourir du contraire, c'est-à-dire du manque d'amour. Je crois que ce n'est pas la pire cause de mort.

Mais si je guéris, alors mon idée initiale de mort et de résurrection deviendra vérité. Alors on pourra dire qu'en un certain sens symbolique — disons au cours des deux dernières années — je suis effectivement mort et que je peux renaître à une vie nouvelle où l'espoir se justifie qu'elle ne soit pas seulement faite de ma maladie et s'identifie plus ou moins à elle. Que cette vie ait un cours heureux ou malheureux, reste indécis ; mais la probabilité est grande qu'elle se déroule de façon moins morbide.

Néanmoins, si je meurs avant d'être guéri, alors je n'aurai pas eu cette chance. Alors mon mal m'aura tout bonnement anéanti sans que j'aie jamais eu l'occasion de connaître un autre aspect de la vie que l'anéantissement. Cela aussi est possible. On sait que tout le monde n'a pas une chance. Tous les ans, sans tambour ni trompette, des millions et des millions de nègres et d'Indiens sont anéantis et meurent de faim, de lèpre ou d'une quelconque maladie de carence et n'ont pas eu une chance non plus. Je crois cependant qu'il y a tout de même une différence essentielle entre l'un de ces nègres et moi. Ce nègre est tout simplement dévoré par la lèpre, par la peste ou par la faim, sans prendre vraiment conscience de ce qui lui arrive. Sans doute s'étonnera-t-il de son triste sort mais quand il se sera étonné pendant un certain temps, sans que cela ait donné aucun résultat, il mourra. Il est possible que moi aussi je sois à bref délai dévoré par le cancer ; mais il y aura cette différence avec le nègre que je vois clairement la suite des circonstances qui ont conduit à ma situation présente. J'ai l'impression de savoir très exactement ce qui m'arrive, et j'estime que c'est un grand avantage par rapport à la situation du nègre. Même si je suis anéanti par ma situation présente, ma mort sera beaucoup plus humaine que celle du nègre qui finit par crever comme le bétail inconscient.

Sans vouloir être prétentieux, je crois que ma connaissance acquise et ce récit peuvent même avoir quelque utilité sur le plan théorique. Je ne puis imaginer que mon cas soit unique en son genre (car la Rive dorée est très étendue et surpeuplée à craquer ; et je ne peux pas imaginer, à vrai dire, que beaucoup de gens normaux habitent la rive du lac de Zurich). Je me dis plutôt que je représente un cas typique et que les mêmes choses exactement, ou du moins des choses très semblables arrivent et sont arrivées à beaucoup d'autres gens. Même si, comme tous ces gens, je ne connais rien d'autre que tout bonnement le fait d'avoir été dévoré depuis ma plus tendre jeunesse par mon mal auquel finalement je succombe, je crois tout de même que ma vie et ma mort auront été un peu moins absurdes que celles du nègre précité.

Voilà un premier grand avantage. Auquel se rattache également le second, celui de la science et connaissance du mal : comme toujours, je suis d'avis qu'un mal reconnu et appelé par son nom est moins dur à supporter qu'un mal non reconnu et non compris. Il s'ensuit que l'espoir d'éventuellement survivre au mal prend aussi des formes plus concrètes. Bien sûr, l'espoir est petit, mais ce petit bout d'espoir est réaliste et peut-être plus prometteur qu'un grand espoir indécis et complètement vague où, à vrai dire, se distingue à peine ce qu'en fait on espère. Peut-être pourrait-on parler d'un espoir fondé sur ce qui est vraisemblable et d'un espoir fondé sur ce qui est concrètement possible. Chacun espère naturellement qu'il ne sera jamais atteint par la chute d'un météorite et il est aussi tout à fait vraisemblable que ce soit à juste titre ; mais un tel espoir ne joue pas un rôle prépondérant dans la vie. Dans mon cas, il est rien moins que vraisemblable que je survivrai à mon mal mais la perspective, jusqu'ici maintenue, que ce soit encore possible rend cet espoir très fort et très important.

C'est peut-être aussi la raison pour laquelle il me faut constater que ma vie présente est, malgré tout, moins désolante et désespérée que les trente premières années de mon existence. Je ne suis pas heureux, à vrai dire, mais au moins je ne suis plus que malheureux, et non pas déprimé. Il m'est difficile de présenter en une formule élégante la différence exacte de sens entre « malheureux » et « déprimé », mais il est évident que « malheureux » est moins grave que « déprimé ». Pour

reprendre l'exemple des larmes rentrées, on peut dire
que celui qui pleure est malheureux, tandis que le
déprimé a déjà perdu la faculté de pleurer. La matière
de ce récit n'est assurément pas la félicité pure ; mais le
récit en lui-même n'est pas le produit d'une dépression
comme l'était, il y a deux ans, la constante vision du
personnage allégorique de la femme figée dans la
douleur et refusant de mourir. C'est aussi quelque
chose d'autre et de moins déprimé que de rédiger un
essai sur le malheur plutôt que de continuer à écrire le
mot *tristeza* sur du papier quadrillé. (Freud décrit ces
deux phénomènes sous les noms de deuil et de mélancolie.) La dépression était faite d'une grisaille étouf-
fante, imprécise et omniprésente ; le nouvel état est
d'une transparence glaciale et claire comme le cristal.
Il est douloureux mais il ne m'étouffe pas. En outre, je
me sens plus actif. Après avoir éludé la vie pendant
trente ans, comme me l'avaient enseigné mes parents
et la classe sociale qu'ils incarnaient, je me trouve à
présent face à la mort sous sa forme la plus concrète et
je dois la combattre. Comme on dit en latin : *Hic
Rhodus, hic salta.*

Je me figure que mon destin, quand il s'est rendu
compte que je ne pouvais absolument pas venir à bout
de la vie, s'est dit : Bon, puisqu'on ne peut rien tirer du
vivre, essayons donc le mourir. Et voyez, ça allait
mieux ainsi. Ici aussi je ferai appel à la notion
d'humour cosmique dont il a déjà été question. En fait,
le pire n'est jamais le pire et l'on commence à comprendre ce que Camus a voulu dire quand il a démontré, dans *Le Mythe de Sisyphe*, que Sisyphe est heureux
en enfer.

Un autre détail qui caractérise l'état décrit plus

haut, c'est que je ne souhaite pas du tout qu'il en aille
autrement pour moi. Compte tenu de toutes les conditions dont je dirais à présent qu'elles sont les miennes,
je ne peux qu'être content de ce que j'aie attrapé le
cancer et qu'au cours de la psychothérapie tout ce que
j'ai vécu jusqu'à présent se soit effondré. Il m'est
impossible de souhaiter que tout cela ne se soit pas
produit ; je ne peux que le trouver bien. Je ne peux pas
souhaiter non plus que tout soit tout autrement car il
me faudrait souhaiter alors d'être quelqu'un d'autre, et
cela est impossible. Je ne peux pas souhaiter d'être
M. Dupont plutôt que moi-même. Je ne puis pas
souhaiter que ce qui a eu lieu jusqu'ici n'ait pas eu lieu
ou ait eu lieu autrement, au contraire il me faut
comprendre qu'étant donné les conditions de ma vie,
tout ce qui s'est passé jusqu'à présent a dû se passer
comme cela s'est passé et qu'il n'est ni possible ni
souhaitable qu'il en soit autrement. La seule chose que
je puisse souhaiter, c'est que la situation actuelle
tourne bien ; d'ailleurs ce souhait est encore possible et
parfaitement réaliste. Je n'ai nul besoin de souhaiter
quelque chose d'irréel, tout ce qui serait irréel, je ne
tiens pas du tout à me le souhaiter. Du fait que je vois
la nécessité de ma position présente, elle me devient
plus supportable que si je devais la considérer comme
tout à fait absurde.

En outre, il faut encore tenir compte du point
suivant : ce que je crois, c'est que je ne suis pas *moi-
même* le cancer qui me dévore, c'est ma famille, mon
origine, c'est un héritage, en moi, qui me dévore. Ce
qui signifie, en termes médico-politiques ou socio-po-
litiques : tant que j'ai encore le cancer, je demeure le
garant du milieu bourgeois cancérigène, et si je meurs

du cancer, eh bien, je serai mort en bourgeois. Petite
perte sur le plan sociologique car la mort d'un bourgeois n'est jamais regrettable. Mais pour ce qui est de
l'essence de la famille, je crois que ce sont les Grecs qui
ont eu le plus de flair. Ce n'est pas pour rien qu'Œdipe
et les siens sont devenus le symbole de la famille en soi.
L'affreux destin de Phèdre, aussi, se dévoile rien que
dans ce seul vers qui la désigne comme la fille de ses
parents :

> *La fille de Minos et de Pasiphaé.*

Même la brave Iphigénie allemande (bien qu'elle soit,
comme on sait, uniquement de Gœthe) devine à quel
point il est fatal d'être l'enfant de sa famille. Toutefois
sous l'aspect d'aucun personnage la chère vie de
famille ne se montre plus crûment que sous celui de
Kronos qui dévore ses propres enfants. Je crois que
cette belle et ancienne coutume est demeurée une
aimable tradition jusqu'à nos jours et il n'y a sans
doute personne d'entre nous qui ne pourrait pas aussi
s'appliquer à lui-même :

> *Ma mère qui me tua,*
> *Mon père qui me mangea.*

Il est vrai qu'aujourd'hui on est plus civilisé et qu'on
ne se jette plus sur le couteau et la fourchette pour
dévorer ses propres enfants (en effet, les manières de
table sont très compliquées dans le lieu dont je suis
originaire), simplement, grâce à une éducation appropriée, on fait en sorte que plus tard les enfants

attrapent le cancer; et ainsi, selon la coutume des aïeux, ils peuvent être dévorés par les parents.

Seulement les enfants ne sont pas tous également digestibles.

C'est pourquoi je ne crois pas non plus que le mot de « résignation » s'applique à mon état actuel. Jadis j'avais souscrit au dogme que j'allais « bien »; mais cet aller-bien était assailli par les craintes les plus sinistres que tout de même quelque chose ne fût pas tout à fait vrai là-dedans. *Cela*, justement, avait été de la résignation, que je me fusse contenté, surtout de ne jamais toucher, en aucune circonstance, à quoi que ce fût qui aurait pu aviver ces craintes; ç'avait été de la résignation, surtout de ne jamais ouvrir le placard, de peur sans doute que le squelette qui y était renfermé ne dégringolât dans le salon. Maintenant je ne vais plus « bien », je vais mal au contraire, mais il n'y a plus non plus de squelette dans le placard et, en outre, il y a encore une possibilité qu'un jour je n'aille plus mal non plus.

Pour finir, je voudrais encore noter un aspect de mon histoire qui tient de la magie, sans aucune plaisanterie de ma part, à savoir l'aspect astrologique.

Je suis — naturellement — né sous le signe du Bélier, qui doit être considéré, en fait, comme le véritable signe martien. Dans l'astrologie ancienne, le signe de l'Aigle (qui s'est d'ailleurs maintenu dans d'autres domaines, notamment comme signe symbolique de l'évangéliste Jean, même après que l'aigle eut été remplacé depuis longtemps, dans l'astrologie ordinaire, par le signe du Scorpion) était également considéré comme un signe martien; cependant, depuis que le Scorpion a pris la place de l'Aigle, ce signe animal est le plus souvent affecté à la planète Pluton. Le Bélier est donc, plus que jamais, le véritable représentant de Mars.

Comme on sait, Mars est le dieu de la guerre, de l'agression et de la force créatrice (que la guerre est à l'origine de toutes choses, le fait est connu depuis des siècles), du printemps et du commencement de l'année (on sait que chez les Romains, le mois de mars, dédié à Mars, était le premier mois de l'année ; et c'est ce gêneur de Jésus, avec sa naissance inopportune, qui a introduit le désordre dans ce bel ordre ancien). Il est le dieu du renouveau et du principe créateur et vraiment surtout le dieu des créateurs et des artistes. Bien sûr Apollon, que certains milieux tiennent en haute estime (*moi*, je ne l'estime pas), a aussi un rapport avec la culture ; mais cet adolescent un peu blet, avec sa sempiternelle lyre et sa coiffure à la Botticelli, serait en fait le dieu des gens de lettres plutôt que des poètes, et il est sans doute plus à sa place dans le supplément littéraire du dimanche de la *Neue Zürcher Zeitung* que dans le monde des vrais poètes, qui, dans son essence, est martien.

Les gens nés sous le signe du Bélier avec Mars à l'ascendant sont, par nature, extrêmement agressifs et créateurs (en quoi, naturellement, je n'attribue pas au mot « agressif » la signification souvent donnée à tort de « haineux, querelleur, méchant », mais le sens plus général de « capable et désireux de se mesurer à tout ») et ont surtout besoin d'un point d'application pour y exercer leur action et s'affirmer. Si un tel être martien est privé de ce point d'application extérieur et de cette résistance, il retourne son agressivité naturelle vers l'intérieur et se détruit lui-même.

Mais le signe du Zodiaque du Cancer correspond à la planète (j'emploie ici le mot « planète » dans le sens traditionnel et non pas celui de l'astronomie moderne) Lune et à la quatrième maison astrologique. Toutefois la Lune [1] — ou, comme on la désigne dans les langues romanes, avec le genre féminin, plus évident : Luna, déesse de la Nuit, ou : Isis, Astarté, Diane, Hécate — incarne la Grande Mère, le principe féminin, le passif, le réceptif et l'inconscient. Mais la quatrième maison représente tout ce dont l'être humain est issu, son origine, sa maison parentale, son rapport au sol de la patrie, très généralement sa famille et tout ce qui concerne sa famille. Le signe du Cancer incarne parfaitement le bernard-l'ermite déjà cité, qui ne sait et ne veut rien faire d'autre que couler son arrière-train sans cuirasse, vulnérable, dans le logis protecteur de sa coquille d'escargot, qui aspire toujours au foyer, au chez-soi, à l'intimité, à la maison (que ce soit la coquille d'escargot ou la quatrième maison astrologique déjà citée). Le Cancer se blottit toujours dans son chez-soi, il se blottit aussi dans sa solitude et son isolement, il cherche refuge auprès de tout ce qui favorise son isolement, il s'endort dans une vie enfantine, intime et régressive, puisqu'en toutes choses le Cancer [2] marche à reculons. Il n'aime pas avoir affaire à la réalité trop « compliquée », il préfère au contraire se retirer dans un monde irréel et chimérique et, comme l'indique le manuel d'astrologie, « quand il ne peut pas vivre son rêve, il rêve sa vie ». Il ne participe jamais à rien, au contraire, en sécurité dans sa maison

---

1. En allemand, le mot Lune est masculin. *(N.d.T.)*
2. *Krebs* signifie, en allemand, à la fois crabe et cancer. *(N.d.T.)*

il contemple toujours tout de loin, car la vérité serait
beaucoup trop concrète et beaucoup trop peu tendre et
délicate pour lui.

Il est très facile de dépeindre ce qui arrive à un Bélier
lorsqu'il tombe dans la zone d'influence de la quatrième maison, de la maison parentale, de la maison
maternelle et de la maison familiale : il perd le point
d'application au-dehors dont il aurait tant besoin, tout
à coup il n'y a plus de dehors mais seulement un
dedans ; son agressivité retombe sur lui et il commence
à s'agresser lui-même ; il débouche dans la zone d'influence du Cancer et — le mot prend à présent un sens
symbolique en même temps qu'astrologique et médical — il attrape le *cancer*.

Comme s'il avait fallu encore l'astrologie ! Mais cela
ne compte pas tellement qu'on croie ou non à l'astrologie ; pourtant, si quelqu'un y est sensible, il ne peut que
partager ce savoir : ce qui arrive à quelqu'un qui se
trouve pris dans la situation décrite dans ce récit est
déjà inscrit dans les astres ; cela est beaucoup plus
clair encore que le message explicite et connu de tous,
depuis belle lurette, du professeur Freud ; cela, on peut
le lire chaque nuit dans le ciel, avec ou sans télescope.
Je crois qu'ici aussi il s'agit, une fois de plus, bien
moins de faits cachés que des yeux qui veulent bien
voir et des oreilles qui veulent bien entendre.

Telle est ma vie. J'ai grandi dans le meilleur, le plus
sain, le plus harmonieux, le plus stérile et le plus faux
de tous les mondes ; aujourd'hui je me trouve devant
un tas de débris. Tout de même, n'est-ce pas mille fois
mieux de se trouver devant un tas de débris plutôt que
devant un arbre de Noël branlant, et obligé de subir la
peur terrible que cet infirme stupide malgré tout ne

tombe, se casse et soit fichu! Ce qui m'amène à la morale de cette histoire : Plutôt le cancer que l'harmonie. Ou, en espagnol : ¡ *Viva la muerte !*

Zurich, 4.IV.1976.

DEUXIÈME PARTIE

Ultima necat

Il y a quelque temps, j'ai écrit l'histoire de ma maladie avec l'espoir plus ou moins net qu'une récapitulation et une confrontation avec mon passé pourraient apporter une certaine distanciation ou peut-être même me permettraient de surmonter ce passé. C'est le contraire qui s'est produit. Depuis que je m'en suis occupé de plus près, la souffrance que j'éprouve face à mon histoire se jette sur moi avec une violence nouvelle et qui n'avait jamais atteint un tel degré. La rédaction de mes souvenirs ne m'a pas apporté le calme, mais au contraire une agitation et un désespoir accrus.

La maladie d'âme n'est plus une dépression qui accompagne et empoisonne ma vie officielle, elle est à présent un feu dévorant où tout se consume et c'est ma vie extérieure qui maintenant marche à son côté, mon métier, mes amis, mon cancer.

De même que j'ai admis depuis longtemps l'existence d'une interaction de l'état de l'âme et de l'état du corps, il doit m'apparaître à l'évidence que mon état physique s'est subitement aggravé. La petite tumeur cancéreuse que j'avais au cou il y a deux ans et demi et qui essaimait un peu dans cette région est devenue un cancer généralisé : le corps entier est dévoré par le cancer, j'ai partout et continuellement des métastases. Je suis constamment sous traitement médical et passe la majeure partie de mon temps chez les médecins. Sans arrêt de nouveaux symptômes se manifestent et chaque nouveau symptôme dit encore et toujours la même chose : *Memento mori.* Naturellement aussi j'ai peur, même si ce n'est pas autant qu'avant. Au début de ma maladie, je me disais, à chaque nouvelle grosseur et à l'apparition de chaque nouvelle douleur : pourvu que ce ne soit pas de nouveau un signe de cancer ! Aujourd'hui je peux compter sans peine une demi-douzaine d'endroits de mon corps où l'on peut voir et sentir, par exemple comment l'os est disloqué et se décompose ; dans ces conditions, je n'ai plus à craindre que cela puisse être le cancer ; je sais que c'est le cancer.

Personne n'aime avoir le cancer, et moi pas plus que d'autres. Mais je ne puis pas non plus lui accorder plus d'importance qu'il n'en mérite. Même le cancer, même le fait que je suis en train de mourir de cette maladie n'est pas pour moi le principal. Le cancer n'est que l'illustration corporelle de l'état de mon âme. Qu'on ait peur de la mort et qu'on soit chagriné quand on meurt, ce n'est que normal à mes yeux ; et tout ce qui est normal chez moi ne m'a jamais donné de grand chagrin. L'angoisse devant la mort est aussi un senti-ment, mais petit et insignifiant comparé aux crises émotionnelles qui me torturent *vraiment.*

L'angoisse et le désespoir, en moi, n'ont plus de cesse. On dirait un volcan qui explose en moi et ne pourra s'éteindre tant que je vivrai. La nuit, quand je ne peux pas dormir et que, baigné de sueur, gémissant et hurlant je me débats dans mon lit, quand je cours en rond dans mon appartement en criant comme un fou et que j'insulte les murs de ma chambre, alors ce volcan est en éruption. De plus, j'éprouve sans cesse deux sensations physiques très nettes. Souvent, c'est comme si on enfonçait lentement une épée dans ma colonne vertébrale jusqu'aux dernières vertèbres lombaires, et souvent tout mon corps est brusquement secoué par la douleur. Ce ne sont pas des frissons, ce n'est pas la chaleur et pas le froid, ce n'est pas le temps qu'il fait et pas le lever matinal du lundi qui me secoue. C'est la douleur de l'âme, sans voile et sans masque, qui jette le corps de tous côtés dans un désespoir impuissant et sans issue.

Ces réactions du corps n'ont en soi rien de rationnel ; elles ne mènent à rien, elles n'ont aucun but, simplement elles ont lieu. L'histoire de ma vie, elle non plus, ne mène à rien et n'a aucun sens, simplement elle a lieu ; mais c'est justement ce qui caractérise toutes les histoires, qu'elles ne font justement rien d'autre qu'a-voir lieu, peu importe qu'elles soient réjouissantes ou non.

Mon histoire est peu réjouissante. Je l'écris tout de même ; ou, mieux : c'est justement pour cela que je l'écris. J'ai décidé de tout écrire, et je trouve que c'est fort bien ainsi. Quand on est battu, on crie. Crier aussi est irrationnel, cela ne sert à rien non plus et cela n'a pas de sens, mais c'est plus ou moins dans l'ordre des choses que l'on réponde aux coups reçus par des cris. C'est tout bonnement bien ainsi. C'est pourquoi, aussi, c'est bien pour moi que j'écrive mon histoire.

Je n'ai plus besoin de revenir ici sur mon histoire

familiale proprement dite ; je l'ai déjà racontée dans mes souvenirs. Mais le résultat de cette histoire familiale, ce qui, en tant que produit, est sorti de cette famille qui est la mienne, cette épave humaine à laquelle je dis Je, là-dessus il me faut revenir encore et toujours, car la connaissance de mon état de destruction me perfore sans arrêt comme une mitrailleuse. Le sentiment de l'échec me calcine l'âme et le corps. Plus je me connais moi-même, plus je me ressens comme je suis : détruit, castré, brisé, déshonoré, bafoué. Chaque rideau que j'ouvre sur ce qui m'était, jusqu'ici, inconscient, révèle une nouvelle perspective, plus profonde encore, de désespoir, c'est comme si la souffrance ne pouvait qu'être approfondie, éternellement, sans jamais prendre fin. Mon univers se fige de douleur. De cette situation qui est la mienne résulte toujours plus clairement pour moi l'obligation de mettre la chose par écrit, de ·la communiquer. Pour l'amour de qui devrais-je me taire ? Pour l'amour de qui devrais-je dissimuler l'histoire de ma vie ? Qui devrais-je épargner par mon silence ?

Si je me tais, j'épargne tous ceux qui n'aiment pas vivre dans un autre monde que le meilleur des mondes possible, tous ceux qui n'aiment pas parler de ce qui est désagréable et ne veulent reconnaître que ce qui est agréable, tous ceux qui refoulent et nient les problèmes de notre temps au lieu de les affronter, tous ceux qui condamnent les gens qui critiquent ce qui existe, même les plus intègres, et les traitent de vauriens parce qu'ils préfèrent vivre dans une porcherie non critiquée plutôt que dans une porcherie où l'on ose prononcer le mot « porc ». Mais ce sont justement ceux-là que je ne veux pas épargner et appuyer et dont je ne veux pas me déclarer solidaire, car ce sont eux qui ont fait de moi ce que je suis aujourd'hui. Mon indulgence ne peut pas aller à ceux-là, uniquement ma haine. Le lecteur sait bien qui j'entends par là : la société bourgeoise, le Moloch qui dévore ses propres enfants, qui justement s'apprête à me dévorer aussi et qui, d'ici peu, m'aura complètement dévoré.

De tous les vices, il y en a *un* qu'il ne faut pas avoir : la patience. Je pense ici à l'un des représentants les plus exemplaires de ce trait de caractère, le Job de l'Ancien Testament. Dans toute sa misère, il ne vient pas à l'idée de Job de prendre position, au contraire il se tient coi ou, comme il est dit dans la Bible : « Job ne pécha point et n'attribua rien d'injuste à Dieu[1]. » La femme de Job, qui a manifestement le caractère le plus fort des deux, lui conseille : « Maudis Dieu et meurs ! » Mais il lui répond : « Comment en viendrais-je à maudire Dieu ? Je suis convaincu que cela ne plairait pas à Dieu que je le maudisse. »

Et si cela ne lui plaisait pas ? Et s'il y trouvait à redire ? Qu'y aurait-il de vraiment si terrible si cela dérangeait Dieu que Job le maudisse ?

D'ailleurs Dieu met bientôt les choses au point et donne à entendre à Job qu'il ne lui serait nullement agréable d'apprendre qu'on le critique. Alors l'Éternel répondit à Job du milieu de la tempête et dit :

> *N'ai-je pas créé le crocodile ?*
> *Qui pénétrera entre ses mâchoires ?*
> *Qui ouvrira les portes de sa gueule ?*
> *Autour de ses dents habite la terreur.*

---

1. Traduction Louis Segond. *(N.d.T.)*

N'ai-je pas créé le crocodile, qui dépasse tout le reste
en abomination ? Le crocodile ne peut-il pas mordre,
égorger, estropier, mutiler, anéantir ? Comment en
viens-tu à douter de mon autorité, alors que je suis le
maître des abominations ?

Alors Job répondit à l'Éternel et dit :

Tu as raison. Je reconnais que tu es le type le plus
ignoble, le plus répugnant, le plus brutal, le plus
pervers, le plus sadique et le plus écœurant du monde.
Je reconnais que tu es un despote et un tyran et un
potentat qui écrase et tue tout. Ceci est une raison
suffisante pour que je te reconnaisse et t'honore et te
loue comme le Dieu unique qui apporte le salut. Tu es
le plus grand porc de l'univers. Ma réponse à cette
situation de fait, c'est que je me soumets volontiers à
toi, que tu es plein de sens pour moi et que j'essaie de
t'aimer. Tu as inventé la Gestapo, le camp de concentration et la torture ; je reconnais donc que tu es le plus
grand et le plus fort. Loué soit le nom du Seigneur.

Quelle est l'attitude moralement la plus valable,
celle de Job ou celle de la femme de Job, cela tombe
sous le sens. C'est justement *parce que* Dieu a inventé le
crocodile qu'existe l'obligation de se révolter contre
lui, car s'il ne l'avait pas inventé, on n'aurait plus
aucun besoin de se révolter contre lui. Non seulement
la réaction de Job est lâche, mais elle est bête.

Parmi un certain nombre de choses répréhensibles,
Job et ses pareils ont fait école : de nos jours, les Job de
ce genre pullulent. On les rencontre partout ; mon
père, notamment, en était un. Mais c'est justement
cela, le fait que les Job sont si nombreux, qui m'engage
à *ne pas* faire la même chose que ces Job, à imiter la

femme de Job et, en mourant, à maudire Dieu. On n'a pas le droit de se laisser consoler tant que la consolation n'est qu'une sale consolation.

Il y a *une* question dont il ne sera pas tenu compte ici, celle de savoir à quoi vraiment cela pourrait bien servir de maudire le Créateur du crocodile. Il n'est aucunement nécessaire que cela serve à quelque chose ; il suffit que ce soit bien. Et même la façon dont réagissent les autres vaincus n'a finalement aucune importance ; il suffit que j'aie jugé bien pour moi, pour employer une fois encore l'expression biblique, « de maudire Dieu ». Peu importe si je suis le seul à être démoli et cela n'a aucun intérêt de comparer entre eux les destins individuels. Chaque jour je vois d'innombrables ratés, des infirmes, des abîmés, à l'école, dans la rue, au restaurant ; qu'on les pousse dans un fauteuil à roulettes ou qu'on les transporte en ambulance après un accident de la circulation, que ce soit leur intelligence ou leur âme qui ait sombré, leur nombre s'allonge à l'infini. Lors d'une telle confrontation, cela ne sert à rien de se dire qu'on n'est pas le seul vaincu et que l'autre aussi a été frappé par un triste sort ; cela n'a aucune utilité ni pour moi ni pour l'autre. L'un a eu la jambe écrasée ; c'est son problème. Moi je suis névrosé ; c'est mon problème. Chacun doit régler son propre problème et non pas moi celui de la jambe que l'autre a perdue ou l'autre celui de ma névrose. C'est pourquoi je ne veux pas non plus raconter à leur place l'histoire des mille autres car chacun est seul avec sa souffrance et sa solitude ; chacun a sa propre histoire.

Beaucoup aussi sont encore plus mal lotis que moi. C'est vrai mais il ne faut tout de même pas comparer : quand j'ai mal aux dents, peu importe si mon voisin a

encore plus mal aux dents que moi. Je ne peux pas
lutter contre le mal aux dents de la terre entière ; je
peux seulement faire en sorte que le dentiste m'arrache
ma propre dent malade.

Et pourtant bien des gens sont plus disposés à prêter
attention au mal aux dents plus fort de leur voisin
qu'au mal aux dents peut-être moindre mais qui est, en
revanche, le leur. Ou, pour formuler la chose d'une
manière classique : on voit la paille dans l'œil du
voisin et non la poutre dans le sien. Lorsque j'étais
encore enfant, dans la société que j'étais alors obligé de
considérer comme la mienne, il était d'usage d'employer l'expression : celui-là, il devrait bien aller à
Moscou ! C'est ainsi qu'on désignait les dissidents et les
critiques de notre système helvétique. On voulait
exprimer par là que quiconque avait quelque chose à
redire à la Suisse n'avait qu'à se rendre dans ce
légendaire Moscou, lieu où, proverbialement, tout était
encore bien pire qu'en Suisse. « Aller à Moscou »
signifiait donc à peu près : de deux maux, il faut choisir
le moindre, au lieu de se demander si l'on ne pourrait
pas tout de même tenter quelque chose pour guérir le
mal à portée de la main.

On disait : Va donc à Moscou — et on entendait par
là : Nous ne sommes pas disposés à entendre une
critique quelconque à notre sujet. Cela nous est égal
qu'il faille nous corriger ou non, nous préférons invoquer « Moscou », où tout est encore pire, de manière à
retirer forcément l'avantage de cette comparaison.
Nous n'avons d'ailleurs pas besoin de nous corriger
puisque nous avons toujours une avance énorme sur
« Moscou ». Que les « Moscovites » commencent par
se corriger ! La poutre, dans notre œil, nous importe

peu tant que la paille dans l'œil du voisin peut nous servir d'excuse.

Mais en réalité, il n'existe pas, ce Moscou légendaire où tout est censé être encore plus noir qu'à l'endroit où justement l'on se trouve. Il n'existe pas plus d'endroit où tout est toujours plus noir que d'Eldorado où tout est toujours plus doré que chez nous. Le Moscou où jadis devaient se rendre les non-conformistes est un lieu imaginaire. Ce serait encore un lieu imaginaire même si, à Moscou, les choses étaient bien plus noires qu'à Zurich, comme l'espèrent beaucoup de Suisses ; et pas seulement parce qu'on peut être heureux même à Moscou et malheureux même à Zurich. Même si Moscou devait être le sombre endroit que décrit la légende — qu'est-ce que cela peut faire à un Moscovite heureux ? Et même si les choses étaient aussi merveilleuses à Zurich qu'on se plaît à l'affirmer dans ce pays — à quoi cela sert-il au Zurichois malheureux ?

Toutefois le Moscou décrit ci-dessus est un lieu imaginaire pour une raison beaucoup plus profonde encore. Lorsqu'il s'agit de juger si une chose est bonne ou mauvaise, peu importe qu'une autre chose soit meilleure ou pire, de deux choses misérables il faut bien que l'une soit tout de même meilleure et aussi, de deux choses excellentes l'une prend forcément la seconde place et est donc la plus mauvaise. Si l'on sait uniquement de « Moscou » que c'est « plus mauvais », on n'en connaît rien et alors Moscou cesse, en fait, d'exister. « Va à Moscou » ne signifie alors pas moins que « Va à l'endroit qui n'existe pas ». Il n'y a pas de chemin de Moscou. Je crois que, dans la vie, il n'y a vraiment jamais de chemin de Moscou. Chaque situation dans laquelle on se trouve est nécessairement la

seule possible et on ne peut jamais se dire : Dieu soit
loué, au moins je ne suis pas à Moscou, car là, ce serait
encore pire.

Chaque fois que je suis dépassé par un autre infirme
qu'on pousse dans son fauteuil à roulettes, c'est comme
si une voix me criait : Sois donc content puisque celui-
là est encore plus mal loti que toi — et alors c'est
comme si cette voix voulait dire par là : Va donc à
Moscou ! Mais même par rapport à ces autres infirmes
il n'y a pas non plus de chemin de Moscou. Je ne suis
pas à Moscou, je ne suis pas ailleurs, je suis ici ; je ne
suis pas quelqu'un d'autre, je suis moi et je me trouve
au cœur de ma propre tragédie, à savoir juste devant la
catastrophe finale. Le contenu de ce drame, j'en ai déjà
rendu compte dans mes souvenirs : je suis le fils
névrosé d'un père névrosé et d'une mère névrosée ; ma
famille est pour moi la quintessence de tout ce que
j'abomine, et pourtant, en tant que membre de cette
famille, je suis nécessairement aussi un névrosé ; je
m'efforce de m'arracher à mon passé, mais mon passé
m'aura dévoré sous la forme concrète du cancer avant
que je sois parvenu à m'en délivrer. Ce qu'il y a
d'affligeant dans toute cette situation, c'est que l'affaire n'est pas réglée du fait que je ne *veux* pas être
comme mes parents et dès lors que je *lutte* aussi afin de
n'être pas comme eux, mais que mes parents sont logés
en moi, pour moitié corps étranger et pour moitié moi-
même, et me dévorent, tout comme aussi le cancer qui
me dévore est pour moitié une partie malade de mon
propre organisme et pour moitié un corps étranger à
l'intérieur de mon organisme.

On m'a déjà posé cette question diabolique : si par
hasard j'aurais préféré être mon père plutôt que moi-

même. Non, naturellement pas. Mon père faisait partie, lui aussi, de cette masse de gens dont le sort était
encore pire que le mien ; mon père est lui aussi l'un de
ces personnages qu'à titre d'exemple on pousse devant
moi dans un fauteuil à roulettes, accompagnés de la
question : Aimerais-tu mieux, par hasard, être le type
dans le fauteuil à roulettes ? Mon père était un quelconque millionnaire de la Rive dorée de Zurich, avec
un infarctus et soixante ans de frustration. Vaut-il
mieux, soixante ans durant, mijoter à mort sur la
petite flamme de la frustration ou plutôt, par désespoir, déjà mourir à trente ans du cancer ? Le moulin
de la désespérance doit-il plutôt tourner un peu plus
lentement pendant soixante ans ou vaut-il mieux, sur
un rythme un peu plus rapide, être, au bout de trente
ans déjà, moulu à mort ? Naturellement je choisis le
second cas. Si déjà, en tant que descendant de ma
famille, il ne me reste pas d'autre solution que de me
laisser broyer par le désespoir, j'aime bien mieux déjà
mourir à trente ans de mon désespoir mué en cancer
plutôt que d'attendre soixante ans durant l'anévrisme
libérateur. S'il n'y a tout de même plus d'autre
solution pour moi que d'être détruit, je préfère un
franc suicide à un suicide déguisé.

Mais quelle est pour moi l'utilité de cette constatation ? Dois-je me rappeler la vie de mes parents et me
dire, pour me consoler, qu'au moins je n'ai pas été mon
père ? Que m'importe mon père ? Il me semble qu'on
m'invite de nouveau à aller à Moscou quand on me
propose de comparer ma propre vie à celle de mon père
et de tenir alors la sienne pour la pire des deux. Cela ne
m'aide pas non plus. Mon père est mort ; mourir, il l'a
déjà fait, et celui qui meurt à présent, c'est moi. Cela

n'a rien à voir avec ma propre mort si maintenant je me dis que mon père s'est délivré, en mourant, d'un état de l'âme encore beaucoup plus pénible que le mien.

Je crois que, dans de nombreux cas, même mourir peut signifier « aller à Moscou ». La mort réconcilie avec bien des choses, et surtout certaines choses avec lesquelles on ferait mieux de ne pas se réconcilier. On suggère : *De mortuis nihil nisi bene.* Et pourquoi cela ? Si justement ce qui concerne ces morts n'était pas *bene,* pourquoi faudrait-il oublier tout ce qu'ils avaient de mauvais uniquement parce qu'ils sont morts ? Je ne songe pas tellement ici à la coutume de prétendre, à propos de tous nos semblables défunts, qu'ils ont été de bonnes et chères et nobles créatures, mais bien plutôt à ma propre mort. Je crois que face à sa propre mort, aussi, on est tenté de se styliser en un être meilleur qu'on ne l'a été en réalité. Je crois que même au moment où l'on meurt, l'invite tentatrice, encore une fois, se fait entendre : Va donc à Moscou !

S'il me faut à présent résumer et juger ma vie, je ne puis qu'en venir à la conclusion qu'elle est manquée et ratée. Tant qu'on vit, on peut toujours se consoler en se disant que la vie n'est ratée que « jusqu'à présent » et que dans l'avenir, peut-être, elle s'améliorera encore. Mais devant la mort il n'y a plus cette porte de sortie et plus ce « jusqu'à présent » ; alors, on ne peut plus que dire : C'*est* raté. Dans cette situation extrême, il n'y a plus non plus d'échappée vers Moscou ; cela ne sert à rien et cela ne vaut rien, face à la mort, de mettre des lunettes roses et de prétendre que sa propre vie « en fait n'a pas été si terrible que cela et qu'en fait on meurt entièrement réconcilié avec soi et avec le

monde ». Si ce n'est pas vrai qu'on meurt réconcilié
avec soi et avec le monde, il ne faut pas le dire non
plus, même pas à l'article de la mort où toute chance
d'aide et d'amélioration possible et toute possibilité de
consolation sont exclues.

L'Effi Briest de Fontane, peu avant de mourir du
chagrin que lui ont causé, par leur incompréhension,
ses parents et son époux, déclare à sa mère qu'elle
meurt parfaitement tranquille, réconciliée et en paix.
Elle compare la vie à un banquet, tel qu'il est décrit
dans un livre : l'un des convives a dû quitter la table
avant l'heure, ce qui, toutefois, se révèle par la suite
comme n'étant pas une grande perte. Quand il
demande ce qui s'est encore passé après son départ
précipité, on lui répond : à vrai dire, vous n'avez rien
perdu. Effi est une toute jeune femme, presque une
jeune fille encore, lorsqu'elle meurt de chagrin, mais
elle s'y est résignée ; elle pense qu'elle n'a rien perdu.
Heureuse ou malheureuse Effi ? Chose significative,
mon père a toujours eu horreur d'*Effi Briest*. La seule
possibilité que quelqu'un s'inquiète, à la fin de sa vie,
de savoir si vivre en a vraiment valu la peine ou non, le
choquait. Je ne peux m'expliquer la chose autrement
que par la peur qu'il avait de seulement se poser la
question ; mais sans doute ne pouvait-il éprouver cette
crainte que parce qu'il devait se douter de ce que serait
la réponse. Heureux ou malheureux père, qui n'osait
pas se demander s'il n'avait pas tout de même manqué
quelque chose, bien qu'il y eût tout de même « encore
un tas d'autres choses » dans la vie ?

Quand on n'a fait qu'accomplir « un tas de choses »
dans la vie, on n'a pas atteint grand-chose et on n'a pas
réussi dans la vie. A la question de savoir ce que les

hommes veulent donc atteindre avant tout, je me dis
que le premier but des hommes est tout de même le
bonheur. Sous le nom de bonheur, je me figure un état
qui consiste en ce que le fait d'exister ne constitue en
aucune manière un tourment pour l'homme, qu'on
aime bien vivre et même que la vie vous apporte du
plaisir. Je ne connais pas cet état et je ne l'ai jamais
connu. La faculté d'être heureux est détruite en moi.
Sans doute est-ce là le signe authentique de la
névrose : névrosé est celui qui ne *peut* pas être heureux.
L'expression la plus nette de cette impuissance au
bonheur est assurément l'impuissance sexuelle. La
destruction de mes capacités sexuelles est certainement mon plus grand dommage. Mon âme est castrée,
je n'ai pas d'impulsions sexuelles, je ne puis éprouver
de sentiments sexuels ni pour les femmes ni pour les
hommes. Je n'ai jamais eu de rapports avec les femmes
car je ne peux pas les aimer et je ne peux pas les
désirer. C'est pourquoi, logiquement, je ne suis pas
capable non plus d'accomplir l'acte sexuel, même sans
sentiments ni excitation et d'une façon purement
mécanique ; je ne peux pas obtenir de force ce qui
n'existe pas, c'est pourquoi je demeure physiquement
impuissant.

Un autre signe typique de la névrose est que je ne
peux pas rire. Signe peut-être un peu moins dramatique que celui qui a trait au sexe, mais qui n'en est pas
moins accablant pour cela. S'il est tellement accablant, c'est parce qu'on ne peut pas, non plus, forcer le
rire. Je ne peux pas rire parce que *ça* ne rit pas en moi.
Cela aussi, c'est une incapacité et une impuissance
qu'on ne peut pas corriger par la volonté. Je ne peux

pas m'ordonner de rire : ça ne rit pas, tout simplement, ça reste mort.

On emploie aujourd'hui, pour désigner de telles
incapacités, le mot de frustration, la frustration
sexuelle étant, sans aucun doute, la plus funeste de
toutes. Cette frustration est en effet de nature éthique,
car elle touche à l'honneur de l'être humain. L'honneur
de l'être humain est fait de sexualité ; la sexualité est la
matière dont se compose l'honneur et il n'existe pas
d'autre honneur que sexuel. Je crois même que les
notions d' « honneur » et de « sexualité » sont identiques ; ce sont les synonymes d'une même notion. En
tout cas, moi je le ressens ainsi. Si je demandais de
quelle matière se compose donc la frustration sexuelle,
je ne pourrais répondre que « déshonneur, honte ». Or
c'est là l'élément le plus funeste de la frustration
sexuelle : la honte sexuelle dont je souffre. Ce sentiment, lui aussi, se manifeste souvent chez moi par une
sensation physique : je suis forcé de courber la tête
parce que je ne peux m'arroger le droit de garder la
tête haute.

Dire que je suis rongé par la frustration est aussi plus
qu'une simple façon de parler, cela se passe concrètement, au niveau du corps. Oui, je suis réellement
rongé, en l'occurrence par le cancer. En réalité, c'est
cela le cancer, sa cause, son origine, son désespoir, bien
au-delà de tout ce qui est purement médical.

Mais le deuxième objectif de la vie humaine me
parait être le *sens.* Si l'on ne peut tout de même pas
être heureux, l'on aimerait au moins que la vie, même
la vie malheureuse, ait un sens. Cependant, d'après
moi, la notion de sens est prétexte à toutes sortes de
sottises. J'entends surtout par là la tendance très en

vogue à trouver à tout prix que tout a un sens.
Coupable, au premier chef, de la perversion de la
notion de « sens » est la religion chrétienne, sans
aucun doute, qui nous enseigne qu'aucun moineau ne
tombe du toit sans la volonté du constructeur de cet
oiseau. Le dogme chrétien enseigne : si le moineau
reste sur le toit, c'est voulu par Dieu et cela a un sens ;
si le moineau tombe, c'est aussi voulu par Dieu et cela
a un sens, seulement ce sens, nous ne le comprenons
pas. Donc, si l'oiseau reste sur le toit, cela a un sens que
nous pouvons *comprendre* ; mais si l'oiseau ne reste pas
sur le toit, cela a un sens que nous ne pouvons. *pas*
comprendre. Ergo, *tout* a un sens. Il y a dans ce
raisonnement une contradiction qui me dégoûte au
point que je ne saurais la supporter sans rien faire. En
un pareil moment, il faudrait carrément inventer Dieu
qui a créé ce moineau (car, personnellement, je crois
qu'il n'existe pas) rien que pour lui casser la gueule.

Ma conviction, c'est que le sens existe. Ce qui a pour
conséquence nécessaire que le non-sens existe aussi. Il
ne se *peut* pas que tout ait un sens ; certaines choses
doivent être privées de sens. Même la vie d'un homme,
on ne peut pas prétendre à tout prix qu'elle a un sens.
L'absence de sens, eh bien elle existe, et même si l'on se
pose la question du sens de la vie à l'instant de la mort
où, comme il a été dit, il n'y a plus d'échappée vers
Moscou, cela ne change rien au fait qu'il faut alors
répondre par oui ou par non à la question du sens de la
vie. Quand la réponse est non, c'est douloureux pour
l'intéressé, mais ce n'en est pas moins vrai.

Or ce sens, je ne peux pas le découvrir dans ma vie.
Mes parents névrosés ont produit en ma personne un
être qui, s'il n'était pas assez faible de corps pour

mourir dès sa naissance, a été tellement démoli dans
son âme par le milieu névrotique où il a grandi qu'il
n'était plus apte à une existence qu'on puisse qualifier
d'humaine. Pendant trente ans j'ai donc bien existé
pour ce qui est du corps mais durant le même temps,
j'ai été mort pour ce qui est de l'âme. Aujourd'hui,
après trente ans de stérilité, le corps s'effondre donc
aussi et le produit inapte à la vie se détruit lui-même.
Cela a-t-il un sens qu'entre la mort de mon âme et celle
de mon corps trente ans de misère, de dépression et de
frustration se soient écoulés ? Cela a-t-il un sens que je
ne sois pas mort dès ma naissance ? Non, je ne puis pas
trouver que cela a un sens. Je ne puis pas trouver de
sens à ce que mes parents aient produit cette créature
souffrante que je suis et à qui, pour s'engager sur le
chemin de la vie, ils n'ont rien pu donner d'autre que
leur incapacité à vivre et leur propre névrose. Cela
aurait eu plus de sens qu'ils ne m'eussent pas produit,
qu'ils s'en fussent abstenus. Cela aurait eu plus de sens
que mon père se fût fait stériliser et que ma mère fût
demeurée inféconde. Mais il se trouve que cela n'a pas
eu lieu ; et que cela n'ait pas eu lieu, je dis que cela n'a
pas de sens.

Toutefois je distingue encore un troisième objectif
possible de la vie humaine, après le bonheur et après le
sens, à savoir la *clarté*. Si je ne peux pas être heureux et
si ma vie ne peut pas avoir de sens, je puis tout de
même m'expliquer ce que je suis et ce qu'est ma vie.
Dans ce sens je crois apercevoir clairement une certaine logique et cohérence de ma vie. J'ai déjà parlé du
tempérament névrotique de mes parents et de ce qu'il
me faut admettre qu'eux non plus n'étaient pas des
gens heureux. Si je considère le déroulement de ma vie,

il s'en dégage une logique catastrophique : la névrose
de mes parents est cause de ma propre névrose ; ma
névrose est cause du tourment de toute ma vie ; mon
tourment est cause que j'ai contracté le cancer et le
cancer est, finalement, la cause de ma mort. Ce n'est
pas une histoire réjouissante mais elle est claire.
L'histoire de ma vie m'accable mortellement, mais elle
est claire pour moi. J'y décèle une fatalité dont je ne
peux pas dire : « Une chose comme ça, mais cela
n'existe même pas », dont je ne puis, au contraire, que
prendre connaissance qu'elle existe. C'est sans doute ce
qu'on appelle communément « boire le calice jusqu'à
la lie », pour constater ensuite : c'est ainsi ; ainsi et pas
autrement.

Je reconnais aussi la nécessité de tirer le meilleur
parti de chaque situation, ce qui m'amène à la nécessité de l'honnêteté : une fois qu'on a reconnu qu'une
cause est perdue, il est malhonnête de refuser de le
constater. Mieux vaut une défaite avouée qu'inavouée.

Je n'ai pas été à la hauteur, il y a eu la défaite, la
guerre est perdue. Guerre contre qui, au fait ? Qui sont
donc mes ennemis ? C'est difficile à dire, bien que les
mots ne manquent pas : mes parents, ma famille, le
milieu où j'ai grandi, la société bourgeoise, la Suisse, le
système. Un peu de tout cela est contenu dans ce que
j'appellerais le principe qui m'est hostile, même si
aucun de ces mots ne dit toute la vérité. On pourrait
aussi tenter de le définir comme une force supérieure
anonyme, complètement amorphe, où les notions particulières telles que « mes parents » ou « la société »
brillent parfois comme des étincelles passagères. Dans
les conditions actuelles, je ne me soucie d'ailleurs pas
tellement de savoir qui peut bien participer de cette

force supérieure anonyme et dans quelle mesure, car je crois que chacun, du moins ici et maintenant, à Zurich, en Suisse, dans notre système politique, a été menacé et endommagé par ce principe hostile anonyme. J'ai déjà indiqué dans mes souvenirs que je me considère non pas comme un cas unique en son genre mais seulement comme un cas parmi bien d'autres, même si, peut-être, il est particulièrement grave. Tous ont subi le même dommage que moi. A l'un cela n'a peut-être pas fait grand-chose, d'autres l'ont peut-être surmonté, d'autres ont peut-être plus de mal à en suppor-ter le poids mais arrivent tout de même encore à se maintenir à flot, d'autres enfin ne l'ont pas surmonté et vont à la ruine.

D'après Sartre, dans cette situation qui est manifes-tement propre à l'humanité, l'essentiel ne serait pas « ce qu'on a fait de l'homme, mais ce qu'il fait de ce qu'on a fait de lui ». Une phrase que je peux signer. Assurément il peut y avoir une chance de faire encore quelque chose de ce qu'on a fait de vous ; peut-être même chacun a-t-il cette chance. Même moi j'aurais pu avoir cette chance. Peut-être, si le dommage que m'ont causé mes parents (et tout ce qui fait partie de la notion de « parents ») n'avait pas été tellement déme-suré, m'eût-il encore été possible, à temps, de devenir moi-même avant que le cancer m'ait dévoré. Peut-être, si le terme de ma maladie s'était éloigné, un certain délai m'eût-il encore été donné, au cours duquel j'aurais pu vaincre ma névrose. Peut-être. Mais ces hypothèses sont oiseuses car, en réalité, il n'en est tout bonnement pas ainsi ou, pour en revenir à Sartre : je n'ai pas réussi à faire autre chose que ce qu'on a fait de moi. On a fait quelque chose de moi, on m'a démoli ;

mais surmonter cette « démolition », comme l'exige
Sartre, je n'y suis pas arrivé.

Un dernier point encore fait partie de l'inventaire de
ma vie. Je définirai ma tragédie en disant que je n'ai
pas pu être et incarner dans ma vie tout ce qui
m'apparaissait comme seul digne d'être vécu, parce
que dans ma vie, manifestement, ce ne sont pas ma
volonté et mes sentiments et mon moi qui ont été
l'essentiel, mais seulement et toujours l'héritage des
autres en moi : ce n'est pas ce que je voulais qui est
arrivé mais ce que mes parents — ou, mieux, mes
« parents » entre guillemets — ont déposé en moi.
Ainsi, par exemple, mes parents ont déposé en moi
ceci, que la sexualité n'existe pas chez moi, bien que,
dans la partie de mon moi que je désignerais comme
« moi-même », la sexualité soit la plus haute de toutes
les valeurs. Je crois que c'est seulement la partie la
plus infime de mon moi qui est moi-même ; sa plus
grande partie est empoisonnée, violée et détruite par le
principe hostile décrit plus haut, dont les représentants
les plus typiques pour moi étaient mes parents. C'est
comme un gigantesque corps étranger en moi, qui est
beaucoup plus grand que la partie de mon moi désignée
comme « moi-même », qui me ronge et dont je souffre.

Cependant, la notion de « corps étranger » rend
visible la frontière entre ce qui est étranger et ce qui est
propre et *cela* est bien le point d'aboutissement de cet
objectif de ma vie que j'ai appelé la clarté : découvrir
quelle dernière petite part de mon moi n'a *pas* été empoisonnée par mon passé, quelle partie de mon moi je
puis reconnaître sans être obligé de m'en détourner avec
haine et dégoût. Je crois qu'à cet égard je peux, une fois
de plus, mettre en parallèle ma névrose et le cancer.

De même que mon corps est envahi par la prolifération du corps étranger cancer (ce corps étranger étant
d'ailleurs composé de cellules de mon corps qui
n'étaient pas malignes à l'origine), de même aussi mon
âme est envahie par la prolifération du corps étranger
« parents » qui, tout comme les tumeurs cancéreuses
du corps, ne connaît pas d'autre but que de détruire
tout l'organisme. Comme on sait, les tumeurs cancéreuses ne font pas mal par elles-mêmes ; ce qui fait
mal, ce sont les organes sains en eux-mêmes, qui sont
comprimés par les tumeurs cancéreuses. Je crois que la
même chose s'applique à la maladie de l'âme : partout
où ça fait mal, c'est moi. L'héritage de mes parents en
moi est comme une gigantesque tumeur cancéreuse ;
tout ce qui en souffre, ma misère et mon tourment et
mon désespoir, c'est moi. Je ne suis pas seulement
comme mes parents, je suis aussi *différent* de mes
parents : mon individualité consiste en la souffrance
que j'éprouve. Ma vie est plus tragique que celle de
mes parents, leur vie fut plus déprimante que la
mienne : mes parents se sont détruits sans qu'il leur
vînt jamais à l'idée que, pour eux aussi, il pourrait y
avoir une chance de sortir de leur résignation. Moi, j'ai
entrevu la possibilité que j'aurais pu avoir une
chance : le fait que cette chance ne se soit pas présen-
tée provoque mon désespoir qui, à cause de la mortelle
déception qui l'accompagne, est beaucoup plus furieux
et bruyant que l'état dépressif de mes parents. Le fait
que je suis à tel point désespéré me distingue aussi de
mes parents qui n'ont pas pris le risque d'être sans
espoir. La façon dont je meurs est également différente
de celle de mon père : en fait, on peut appliquer à mon
père la formule un peu conventionnelle que la montre

usée par l'âge s'est empoussiérée au point qu'elle a fini
par s'arrêter — pendant un certain temps elle a
péniblement continué à faire tic-tac et puis la voilà,
transformée en un tas de rouille. Ma propre mort, je la
décrirais plutôt comme une explosion de désespoir.
Pertes et fracas. Si l'on veut, pertes et fracas c'est
conventionnel aussi, mais ce n'est pas aussi terrible
que l'histoire de la montre.

Et puis la haine. Ce qui, malgré toute cette absence
d'espoir, cette privation de sens, ce manque d'issue,
griffe et mord encore et déteste comme un animal
piétiné : cela aussi c'est moi-même. Je suis démoli
mais je ne pactise pas avec ceux qui m'ont démoli.
Jusqu'à la dernière parcelle de mon moi esquinté par
la souffrance et le tourment, dévoré par le cancer, qui
meurt à présent — mais en protestant. Or la protestation est une notion qui dépasse celle du sens ou du non-
sens ; elle existe par elle-même, détachée de la notion
de sens. Y avait-il un sens à ce qu'Ulrike Meinhof ait
déclaré la guerre totale à toute une nation ? « Avoir un
sens » n'est sans doute pas le mot juste pour cela,
« n'avoir pas de sens » non plus. Peut-être même cela
n'avait-il pas de sens, moi je veux bien, mais c'était *conséquent*. Je ne sais pas quelles circonstances ont conduit
Ulrike Meinhof à devenir terroriste ; mais en aucun cas
cela ne pouvait être de bonnes circonstances car aucune
personne pour qui les choses vont bien ne devient terroriste. Sa vie était très probablement une vie malheureuse, peut-être était-ce aussi une vie dépourvue de
sens, mais il y avait *une* chose dans sa vie : l'esprit de
suite. Pour le moment, bien sûr, je ne lance pas de
bombes ; l'esprit de suite, je crois que je l'ai aussi. Même
si l'esprit de suite devait être la seule chose que j'aie.

Lorsque je me demande s'il n'y a vraiment pour moi
pas de bonheur, pas de consolation et pas de délivrance, je ne peux pas éluder la réponse à cette
question ; c'est : non. Ces choses, la vie ne me les a pas
données. Mais elle m'en a apporté deux autres : la
clarté, la faculté de voir clairement la catastrophe
qu'est ma vie, de la comprendre et de ne plus me
bercer d'illusions ; et en second lieu, la force de
supporter la vérité de ce que je sais. Ma vie c'est
l'enfer ; je le sais et j'envisage ce fait sans manœuvres
de camouflage.

Je suis maintenant dans le camp de concentration et
ma part d'héritage « parentale » est en train de me
gazer. Mais moi je suis *dans* le camp et ceux qui me
gazent sont *dehors*. A l'intérieur du camp, j'ai une
certaine liberté individuelle, même si elle est des plus
limitées. J'ai la liberté de choisir si je vais crier en
recevant les coups ou donner mon accord aux mauvais
traitements. Je peux choisir si, tandis qu'on me gaze, je
vais crier « Heil Hitler » ou « Assassins ». J'ai la
liberté de reconnaître la perversité de la société qui a
fait de moi ce que je suis et de souffrir de cette
connaissance. Je pourrais aussi me résigner et dire oui
et amen à mon assassinat. Cette volonté de prendre
une distance par rapport à mon passé familial dans la
mesure où j'en souffre, c'est cela ma liberté. On m'a
démoli et détruit, castré, violenté, empoisonné et tué,
mais c'est justement dans cette liberté individuelle qui
est la mienne que je me distingue d'une tête de bétail
qu'on abat tout simplement ; en cela, même moi
j'atteins à une certaine dignité humaine.

Je crois que c'est l'immensité de ma souffrance qui

finalement m'émancipe, malgré tout, de mon passé familial (dans les milieux qui étaient autrefois les miens on avait coutume de mourir plus convenablement). Je me suis chagriné à mort, je meurs de douleur. Peut-être dois-je payer de ma mort ma volonté d'être-autre-que-mes-parents. Peut-être le cancer est-il même une libre décision, le prix que je suis disposé à payer pour me libérer de mes parents. On pourrait objecter ici que cela revient à jeter le bébé avec l'eau du bain. Mais si de toute manière l'enfant est déjà perdu, si de toute manière l'enfant doit mourir, alors, vraiment, ne faut-il pas au moins jeter l'eau du bain, surtout si le bain est abhorré au point qu'il faille le jeter *à tout prix ?* L'émancipation par rapport à mon passé familial doit avoir lieu à tout prix, car l'oppression qu'il exerce sur moi constitue cette énormité qui a envahi ma vie ; il n'y a vraiment pas d'autre prix que la mort, alors même mourir n'est pas payer cela trop cher. Aucun prix n'est trop élevé si ce qu'on acquiert par là représente une nécessité. Je pourrais bien aussi me résigner et m'accommoder de ce que je suis tout bonnement tel que m'ont fait mes parents ; mais alors je serais traître à l'égard de cette petite partie de mon moi que j'ai appelée « moi-même ». Si je me résignais et souffrais moins de ce que je suis, peut-être aussi ne mourrais-je pas de chagrin et continuerais-je à vivre. Alors j'aurais acheté ma vie, et précisément la partie exécrable de ma vie, au prix de cette partie de moi qui est la seule à n'avoir pas encore été empoisonnée. Alors ma défaite serait encore aggravée par le fait qu'en plus je serais devenu traître à moi-même. Le fait que cela ne se soit pas produit représente malgré tout pour moi, à l'intérieur de l'immense défaite, une petite victoire.

Le chevalier,
la mort et le diable

Maintenant j'éprouve la nécessité d'écrire encore une troisième partie de mon histoire, bien que je ne croie ni que ma situation se soit essentiellement modifiée, ni que j'en sois venu à des vues essentiellement neuves. Tout reste pour moi comme avant, mais, tout de même, les choses ont changé. Je voudrais illustrer ceci par un exemple dont je pense, une fois de plus, qu'il a un caractère psychosomatique. En effet, depuis peu, mon diagnostic médical est légèrement différent de ce qu'il était. Après des examens répétés, les médecins ont découvert récemment que je ne suis pas atteint du cancer mais d'une autre maladie pernicieuse qu'on appelle le lymphome malin. Les caracté-ristiques de cette maladie sont pour la plupart les mêmes que celles du cancer, mais elle présente cepen-dant quelques différences avec celui-ci, qui suffisent pour qu'on lui donne un autre nom. On peut faire à ce propos les remarques suivantes : ces différences entre le lymphome malin et le cancer sont trop peu manifes-tes pour qu'un profane en matière de médecine puisse les reconnaître. Aux yeux d'un profane j'ai donc encore, maintenant, « une sorte de cancer » ; seul le médecin a le pouvoir de déterminer que ma maladie n'est pas un cancer. On peut aussi considérer la chose sous l'angle historique ; à une époque relativement récente, la médecine n'eût pas encore été capable de reconnaître ma maladie comme un non-cancer et l'eût encore qualifiée de cancer. Il faut donc bien certaines circonstances particulières pour rendre reconnaissable la différence entre le cancer et le non-cancer.

De plus, il faut encore tenir compte de ma situation individuelle et concrète. Le lymphome malin est, lui aussi, une maladie pernicieuse qui met, par conséquent, la vie en danger. Si je meurs à bref délai du lymphome malin, cela revient au même pour moi que si j'étais mort du cancer. Ou, ce qui signifie la même chose, même si j'avais en ce moment le cancer — comme on l'a pensé jusqu'à ces derniers temps — et que j'y survivais, eh bien, j'y aurais vraiment survécu, en dépit de toute sa malignité. Cette constatation rend également relatives les valeurs statistiques : bien sûr, les chances de survie sont un peu meilleures pour le lymphome malin que pour le cancer ; mais pour l'individu, peu importe à l'heure qu'il est s'il meurt de la maladie qui a statistiquement la plus forte chance de survie ou bien de l'autre. Pour le malade, une seule chose a de l'intérêt : retrouver la santé ; il n'a pas à se soucier des chiffres statistiques se rapportant à sa guérison.

C'est pourquoi je crois que la plus grande différence entre ma situation médicale actuelle et la précédente est la différence stylistique. Le mot « cancer » désigne tout ce qui est, par définition, malin. Le mot « lymphome » ne dit rien du point de vue stylistique ou, si l'on veut, poétique, il n'est pas fleuri, évocateur,

terrifiant, ce n'est qu'une expression technique ordinaire de médecine. Ce n'est pas un terme magique
mais un mot qu'on trouve en consultant le dictionnaire
médical. Ce qui signifie, dans le cadre du présent essai,
que le mot « cancer » représente le mal général et
indifférencié, alors que « lymphome malin » représente un mal tout à fait précis et différenciable. Tel est
justement le sens de cet essai, de distinguer le mal
imprécis du mal précis.

Il est vrai que, pour mon état émotionnel, cette
différence est de peu d'importance. Rien n'a changé de
mon malheur et la seule chose que je puisse faire
devant ce malheur, c'est l'écrire toujours et sans cesse.
Tant que je ne serai pas délivré de ma misère, il me
faudra la dire encore et encore et crier tout mon
malheur même s'il m'est impossible de jamais le vomir
en entier et si, tout au long de ma vie, il me faut ne tirer
de moi que ma souffrance. Ce n'est pas très joli, toute
sa vie durant, de ne faire que vomir son passé non
digéré ; mais ne pas pouvoir vomir ce passé est encore
pire. La sensation misérable qui précède le vomissement est toujours plus désagréable que le vomissement
lui-même.

On pourrait se demander si vraiment, à présent, ce
n'en est pas assez et si je ne me suis pas encore assez
occupé de mon passé ; mais la réalité de la vie oppose à
cela que tout bonnement ce n'en est pas encore assez et
que la souffrance de ma vie passée et présente n'est pas
encore surmontée. Jusqu'à ce jour, constamment et
sans cesse apparaissent de nouvelles atteintes du
cancer, soit au corps, soit à l'âme, et jusqu'à présent
aucune n'a encore été la dernière. La dernière peut être
la dernière en ce sens qu'après elle il n'y en aura plus et

qu'après la guérison de la dernière atteinte de la
maladie je serai guéri de la maladie ; mais la dernière
peut être aussi celle qui me tuera. L'alternative reste
ouverte. En attendant, une seule chose est certaine,
c'est qu'au sens le plus littéral du terme je suis atteint
jusqu'à l'os et, comme on le dit communément, que je
suis dévoré jusqu'à la moelle car c'est là justement,
dans la moelle des os, que ma maladie s'est le plus
violemment fait sentir, ces derniers temps. Dans chacun des innombrables os du squelette, la maladie
maligne s'est accrochée à moi et n'attend qu'une chose,
détruire ces os et, par suite, moi. Et il en va de même
de la maladie d'âme. La névrose aussi est encore logée
en moi, tout aussi maligne, tout aussi généralisée et
tout aussi mortelle. De même qu'on ne sait pas encore
si la masse empoisonnée du lymphome malin ne me
tuera pas, on ne sait pas encore non plus si la masse
empoisonnée de ma névrose ne sera pas trop lourde à
supporter pour que la vie puisse encore se poursuivre.

A cela s'ajoute la peur de ne plus pouvoir faire face.
Ma maladie d'âme n'est pas encore guérie ; si je devais
mourir de la maladie de mon corps avant que celle de
mon âme soit guérie, alors je n'aurai pas fait face, alors
viendra le jour où je devrai me dire que je n'ai pas
accompli la tâche de ma vie et que j'ai échoué. Le plus
oppressant, c'est la peur de ne plus avoir assez de
temps, de ne plus vivre aussi longtemps qu'il le
faudrait pour me délivrer de mon passé.

Car c'est cela ma tâche : me délivrer du tourment
écrasant de mon passé. Cette tâche est claire pour moi
dans toute sa nécessité et sa logique, que je puisse
l'accomplir ou non. Pour le problème qui m'est posé,
cela n'a aucune importance que je gagne ou que je

perde. La pensée qu'il y a une grande probabilité de perdre est très douloureuse pour moi ; mais elle ne change rien aux données du problème. Chaque instant de mon passé porte en lui la capacité de me tuer, de même que chaque cellule de mon corps porte en elle la possibilité de détruire mon organisme. La chose est claire : il faut partir. Il faut que je m'éloigne de tout ce que j'ai été, car tout ce que j'ai été représente pour moi un danger de mort immédiat.

On peut même formuler cela mathématiquement : plus je m'éloigne de tout ce qui me tue, mieux cela vaut. Même si je devais ne plus faire face, malgré tout chaque infime victoire partielle signifie quelque chose, même si je ne peux plus vaincre mon mal dans son entier. Mieux vaut peu que rien. Ou, inversement : *Tanto molesta lo poco como lo mucho*[1]. Même de petits soulagements sont des soulagements et même au fin fond du désespoir quelque chose peut encore arriver qui, au-delà de tout désespoir, vous torture encore.

Mikhaïl A. Boulgakov en a retenu un exemple très lumineux dans *Le Maître et Marguerite*. C'est dans ce livre que j'ai lu pour la première fois l'histoire du fléau des mouches qui ont tourmenté Jésus sur la Croix. La « tête couverte de sang et de plaies » a déjà été mille fois représentée en paroles et en peinture mais personne n'a songé aux mouches avant Boulgakov. Les mouches ne sont certainement pas ce qu'il y a de pire, ni pour un crucifié ni pour une personne ordinaire. Mais si déjà l'on est pendu à la croix dans le sang, la souffrance et l'ignominie et si, dans la brûlante chaleur méridionale, par-dessus le marché on est environné

---

1. Les petites choses font autant souffrir que les grandes.

d'un essaim de mouches, on ne peut que dire : et cela
encore, en plus de tout le reste. Peut-être même, à
partir d'un certain moment, les mouches deviennent-
elles ce qui compte le plus. J'imagine même que la
dernière chose que ressente ce crucifié, après que la
souffrance et l'épuisement depuis longtemps se sont
transformés en une torture globale et indifférenciée, ce
pourrait être, peu avant que s'éteigne sa conscience, la
sensation horripilante d'un noir essaim de mouches.

D'autre part, si quelqu'un a été condamné à la
pendaison et, déjà lié à l'arbre auquel on le pendra, il
attend l'exécution, il faut admettre que, pendant cette
attente, au cas où la journée serait chaude, il s'assoira
à l'ombre de l'arbre et non pas à côté. Bien sûr cela ne
change rien au fait de la pendaison mais mieux vaut,
assurément, l'attendre à l'ombre qu'en plein soleil.

J'entends par là que pour moi aussi, tout adoucisse-
ment de ma maladie d'âme est le bienvenu, même s'il
était trop tard pour une guérison. Toutefois ceci n'est
toujours pas prouvé. Bien sûr je ne suis pas encore
guéri, mais il n'est pas encore irrévocablement certain
que je suis incurable. Tant qu'il n'est pas encore
prouvé que la situation est désespérée, l'espoir
demeure, et quand je me demande ce que c'est qui me
maintient encore et fait que je puis encore supporter
ma vie, c'est justement cet espoir jusqu'à ce jour,
l'espoir d'une vie meilleure a été plus grand que le
désespoir concernant ma vie passée et présente, et le
désir d'être délivré de ma vie présente, plus fort que
celui de m'ôter la vie.

Cela non plus n'est pas un renseignement nouveau ;
mais ce renseignement, lui aussi, exige d'être toujours
à nouveau dit par moi. Même si je ne veux plus rien

dire de neuf, ce que j'ai déjà dit je veux sans cesse le
dire à nouveau. L'essentiel de mon histoire, je l'ai déjà
noté, mais les variations et ramifications de cette
histoire veulent, toujours à nouveau, être décrites dans
leur particularité. A présent, ce qui m'importe le plus,
c'est la clarté, le besoin de toujours mieux définir et
appeler par son nom chacun des aspects de ma misère
qui menace de m'étouffer.

J'ai déjà indiqué que la particularité de mon malheur et du fait que je suis livré à ce malheur est d'ordre
purement quantitatif. Tout le monde est névrosé mais
moi je le suis un peu plus. Tout le monde est malade et
sans doute toutes les maladies dépendent-elles du
psychisme (on va jusqu'à dire que même des catastro-
phes apparemment aussi mécaniques que des acci-
dents de la circulation ont une origine psychosomatique), mais la migraine passe, et le cancer tue. Cela n'a
aucun intérêt de faire remarquer que tout le monde est
névrosé et que dès lors ma névrose, elle aussi, reste
encore dans le domaine de la normale. Bien sûr je suis
également convaincu que je suis « normal » dans la
mesure où je souffre de la même névrose que tous les
autres, mais je crois que ce que mon cas a d'anormal,
c'est justement ce petit peu de plus, en raison duquel le
dommage causé à mon âme se distingue des dommages causés aux âmes des « normaux ». A cent degrés, il
se trouve que l'eau bout. A quatre-vingt-dix-neuf
degrés elle ne bout pas encore, mais à cent degrés il se
trouve qu'elle bout ; voilà la petite — ou grande —
différence.

C'est justement la différence entre le quatre-vingt-
dix-neuvième et le centième degré qui provoque l'ébul-
lition, petite différence sur l'échelle graduée, mais qui

a son importance. Je crois qu'il est nécessaire de
discerner clairement les choses. Dans la première
partie de mon histoire j'ai décrit à quel point tout était
« compliqué » dans la maison de mes parents. Maintenant je voudrais essayer de démontrer que rien n'est
« compliqué », qu'au contraire toutes les choses sont
simples en fin de compte, ou du moins qu'on peut les
dire simplement. J'entends par là que poser les problèmes est toujours simple, même si résoudre les problèmes doit se révéler compliqué. La vie n'est pas « compliquée », elle est toute simple ; il est seulement compliqué de la maîtriser. Les choses de la vie ne sont pas
« compliquées » non plus ; elles sont simples en soi
mais elles ont souvent des noms atroces. Ce n'est pas
parce qu'elle est si « compliquée » qu'on arrive à peine
à prononcer la phrase : « Il est mort », c'est parce
qu'elle est si terrible.

Au cours de ma maladie, mon univers personnel est
devenu de plus en plus simple et de plus en plus
accablant. Mes frayeurs, mes angoisses, mes désespoirs
ont augmenté de plus en plus mais toutes les choses
qui touchent au domaine de ces frayeurs et de ces
maux ont reçu leur nom exact. Les noms sont sûrement
quelque chose d'important. De même qu'au commencement du monde, Adam a éprouvé le besoin de
nommer tous les animaux et de dire : toi tu es le tigre
et toi tu es l'araignée et toi tu es le kangourou, de
même j'éprouve, devant ma destruction imminente, à
chaque coup qui me transperce le cœur, le besoin de
dire : toi tu t'appelles ainsi, et toi tu t'appelles ainsi, et
toi tu t'appelles ainsi. Personne n'a le droit d'être
anonyme ; personne non plus ne veut sans doute
mourir d'une chose anonyme.

Mais aussi je voudrais avant tout me donner un nom à moi-même et me dire à moi-même : Et moi je m'appelle ainsi. Ma vie est faite avant tout de malheur ; cela je l'ai déjà dit dans la première partie de mon histoire. D'après tout ce que je sais de moi, en fait il est évident et logique que je sois malheureux et c'est pourquoi, en fait, ce n'est pas très intéressant non plus. Mon malheur consiste en cela, que je ne peux pas être ce que je veux ; il consiste en ce que la majeure partie de mon moi n'est pas du tout moi-même mais quelque chose qui m'est étranger, qui se montre hostile à l'égard de mon « moi-même » et menace même de dévorer et d'anéantir ce « moi-même ». Pour la plus grande part je suis un résidu de frustrations et de préjugés bourgeois (notions sur lesquelles je reviendrai plus loin), mais pour une autre part je ne le suis *pas*. J'ai déjà essayé de définir mon individualité comme la souffrance que j'éprouve à être comme je suis. Je voudrais élargir encore cette définition et poser en fait que mon individualité n'est pas faite seulement de la souffrance que j'éprouve de ma situation, mais aussi du jugement que je porte sur cette situation. Si je dois me considérer comme un résidu de la société bourgeoise, je voudrais à présent cristalliser, à partir de ce résidu, cette partie de moi qui réfléchit sur le résidu, car cette partie, c'est moi. Cette partie est d'ailleurs ce qu'il y a, en fait, d'intéressant dans mon histoire. Mon malheur est uniquement une partie prise au hasard dans le malheur universel et ne représente que ce qu'il y a de général et d'inintéressant. Ce qui intéresse, c'est seulement ma révolte individuelle contre ce malheur. Seul *l'individuel* est mon histoire ; ou, mieux : seul l'individuel est *mon* histoire.

De ma personne presque tout a été programmé : mes parents névrosés, un milieu névrotique et manifestement une certaine réceptivité de ma part à l'égard de mon entourage générateur de névrose ont fait de moi le produit que je suis aujourd'hui. Mais il n'y a pas que cela. Je ne suis pas seulement le produit mathématiquement calculable de l'ordinateur infernal qui m'a fabriqué, produit que je trouve parfaitement haïssable, je suis encore quelque chose de plus, par l'addition précisément de ce quelque chose qui se soustrait à la zone d'action de cette machinerie diabolique, et justement ce quelque chose, je ne le hais pas ; ce quelque chose n'est pas programmé, pas assujetti, pas dégénéré, il est au contraire nouveau et important. Qu'on soit malheureux quand on est dégénéré, c'est l'évidence. Mais ce que tente cette partie de moi qui n'est pas dégénérée, c'est cela qui importe ; c'est cela qui est passionnant et particulier dans cette histoire d'un malheur inintéressant parce qu'ordinaire.

Ce n'est pas parce que j'ai des parents qui m'ont légué leurs propres problèmes mal digérés et leurs propres névroses que je serais quelque chose de particulier. Cela se passe bien toujours comme cela et tous les parents font de même. Les parents sont tout bonnement un mal nécessaire ; on en a besoin pour exister. Je me suis pourtant déjà demandé si, dans mon cas, le mal n'a pas été plus grand que la nécessité, mais je dois aujourd'hui répondre par la négative. S'il avait été vraiment meilleur pour moi de ne pas être né plutôt que d'être né, il y a déjà longtemps que je me serais supprimé. J'en conclus que jusqu'à présent la nécessité de vivre a été pour moi, malgré tout, plus forte que le mal de la vie.

Ce qu'il y a de particulier dans mon cas, c'est que le mal de la vie et le mal des parents ont été, d'un néfaste petit peu, plus grands que chez d'autres, normaux ou anormaux. Je voudrais illustrer ceci par un exemple de caractère géographique. L'individualité de l'enfant et l'influence, opposée à cette individualité, qu'il subit de la part de ses parents, cela peut se comparer à un espace vital biologique. Dans une forêt habitent, par exemple, des chevreuils et des loups. Les loups mangent les chevreuils, les chevreuils mangent le feuillage des arbres et la forêt constitue l'espace vital des uns et des autres. Si les loups l'emportent en nombre, ils mangent trop de chevreuils, c'est-à-dire que trop peu de feuillage est brouté : la forêt, trop luxuriante, devient semblable à une forêt vierge où ni les chevreuils ni les loups ne peuvent plus vivre. Mais si ce sont les chevreuils qui l'emportent en nombre, les loups ne peuvent plus manger assez de chevreuils, c'est-à-dire que les chevreuils broutent trop de feuillage aux arbres : la forêt est dévorée et, avec elle, une fois de plus, l'espace vital des loups et des chevreuils. Que, jusqu'à un certain point, les chevreuils soient mangés par les loups, c'est bien ; c'est même d'une nécessité vitale pour tous ; seulement il ne doit pas y en avoir *trop* de mangés, de même qu'il ne faut pas non plus qu'ils soient *trop peu* à l'être.

Ainsi j'assimilerais ma condition vitale à cette sorte de biotope dérangé : avoir été un peu dévoré n'aurait pas fait sauter le cadre de ce qui est ordinaire et sain ; mon problème, c'est que j'ai été *trop* dévoré. Que, dans la forêt dont j'ai parlé, on dévore, c'est parfaitement dans l'ordre des choses. La forêt fonctionne aussi longtemps qu'on y dévore dans la juste proportion ;

mais dès qu'on y dévore trop, la forêt ne fonctionne
plus et meurt. Peu importe, à cet égard, ce qui
correspond le mieux au goût de l'observateur ; que
l'observateur préfère les chevreuils ou les loups, cela
ne joue aucun rôle. Les chevreuils ne sont pas de
« pauvres » chevreuils et les loups ne sont pas de
« méchants » loups ; il suffit que les bêtes mangent et
soient mangées dans le juste rapport à la forêt — et elle
fonctionne.

Nous avons donc ainsi la définition de la vie : la forêt
vit aussi longtemps qu'elle fonctionne. Qui se trouve en
présence d'une telle forêt ne se demande pas si cela a
un sens, d'une part que les loups mangent les chevreuils et, d'autre part, que les chevreuils mangent les
feuilles ; il constate simplement que la forêt existe et
qu'elle est verte — et manifestement cela suffit. Je veux
là aussi marquer mon accord avec la façon de voir de
Wilhelm Reich, selon laquelle la vie n'a nul besoin
d'avoir un sens et il suffit que la vie fonctionne. Ou, en
d'autres termes : ce n'est pas en fonction de ce qu'on
désigne couramment par le mot « sens » que l'observateur de la forêt en question trouve bien que celle-ci
fonctionne. Je crois plutôt que si l'on trouve bien que la
forêt fonctionne, c'est parce que ce serait un « malheur » si elle ne fonctionnait plus. J'en conclus : ce qui
ne fonctionne pas est un malheur ; ce qui fonctionne est
un bonheur. Ou, inversement : le bonheur, c'est ce qui
fonctionne.

Je crois aussi que le bonheur est quelque chose de
très concret, de brutalement direct. La vie n'est d'ailleurs pas tendre : comment le bonheur serait-il quelque chose de délicat ? On est heureux tout comme on
est vivant ; pour le constater, nul besoin d'être particu-

lièrement cultivé. Si quelqu'un est malheureux ou s'il
est étendu mort dans la rue, on n'a pas non plus besoin
d'un professeur qui étudie le cas de plus près et
prononce ensuite, du haut de son expérience : Il est
mort.

Pour porter un jugement sur mon cas, on n'a pas
davantage besoin d'un professeur ; il y faut seulement
le courage d'appeler un chat un chat. Je suis malheureux parce que je ne fonctionne pas et que je n'ai
jamais fonctionné. En tant que jeune, je n'ai pas été
jeune, en tant qu'adulte, je n'ai été adulte, en tant
qu'homme, je n'ai pas été un homme ; à tout point de
vue je n'ai pas fonctionné. En plus de cela, pour que
ce non-fonctionnement soit visible aux yeux du monde entier, voilà que le corps, de manière à la fois symbolique et conséquente, ne fonctionne plus non plus,
il est malade, il est empoisonné, il est imprégné par la
mort. Ce non-fonctionnement, cette mort, la mort des
sentiments, la mort du corps, la mort de la vie, voilà
mon malheur. Ce n'est pas « compliqué », au contraire
c'est logique, c'est clair, c'est simple, c'est comme ça.

De même que reconnaître le malheur est quelque
chose de simple, je crois que le bonheur est aussi
quelque chose de simple même si, au cours des millé-
naires, la notion de bonheur a été expliquée de façon
plus ou moins *sophistiquée*. Je pense ici, par exemple, à
la différence entre le bonheur selon l'Ancien Testament
et le bonheur chrétien. Le Dieu de l'Ancien Testament
promet à Abraham de le bénir de façon visible, et il le
fait : « Abraham était très riche en troupeaux, en
argent et en or. » En revanche, Jésus dit dans son
Sermon sur la montagne : « Heureux vous qui êtes
pauvres, car le royaume de Dieu est à vous. Heureux

vous qui pleurez maintenant, car vous serez dans la
joie. Malheur à vous qui riez maintenant, car vous
serez dans le deuil et dans les larmes » (Luc, VI, 20). On
conviendra que la notion de bonheur du Nouveau
Testament est la plus raffinée — même si elle est
justement un peu trop raffinée pour qu'on soit vraiment bien content. Déjà « Heureux vous qui êtes
pauvres » vous laisse un certain malaise au creux de
l'estomac, mais « Malheur à vous qui riez » vous
soulève le cœur. Un défenseur de la nouvelle foi
pourrait objecter ici que le bonheur divin d'Abraham
est, malgré tout, une affaire bien banale puisqu'il ne
consiste qu'en or et en chameaux, alors que le bonheur
promis par Jésus est tout de même le plus choisi et le
plus élevé. Il pourrait objecter : Un chameau ? la belle
affaire ! A quoi je pourrais rétorquer : Les choses
élevées ? la belle affaire ! Chose caractéristique, la
sagesse des nations et la théologie chrétienne se contre-
disent d'ailleurs sur ce point. L'espérance, au sens
théologique, est l'une des sept vertus cardinales, tandis
que le dicton affirme : toujours attendre et espérer, tel
est le propre du benêt. Sans doute ai-je déjà reconnu
moi-même que l'espoir joue aussi un rôle prépondérant dans ma vie et je suis également d'avis que c'est
une bonne chose, mais ce n'est pas une *vertu*. Tout le
problème me paraît être une question de goût et,
comme on sait, cela ne se discute pas. Que quelqu'un
préfère le chameau d'Abraham ou le royaume de Dieu
de Jésus, c'est une question de tempérament. Moi je
suis pour le chameau, parce que cela me semble être
davantage le parti de la vie.

De même que je me représente le bonheur comme
une chose concrète, je souffre aussi mon malheur

comme une chose concrète. Mon malheur, c'est le cancer et, comme toujours, j'entends par ce terme quelque chose qui appartient à la fois au corps et à l'âme. J'ai aussi essayé de m'expliquer ce malheur et j'en suis arrivé à la formule : mes parents sont mon mal cancéreux. Je suis toujours d'avis que cette formule est juste mais je ne voudrais pas qu'elle soit un simple slogan, je voudrais essayer de la nuancer un peu plus. En ce sens, il me paraît important que la définition médicale de mon état actuel ne soit plus : cancer, mais — plus exactement et moins à la façon d'un slogan — lymphome malin. Dire que mes parents sont mon lymphome malin n'a plus l'allure d'un slogan mais exprime que mes parents représentent pour moi, non plus le mal en soi mais un mal précis et différencié.

A présent j'avancerai que non seulement le mot « cancer » est un slogan, mais aussi le mot « parents », bien que mes parents ne soient pas seulement une notion théorique mais qu'ils existent et qu'ils aient existé de façon tout à fait réelle. J'entends par là que je considère mes parents, tout comme moi-même, comme un mélange des éléments les plus divers. J'ai reconnu en moi un mélange de mon individualité la plus propre et de la masse, qui m'est essentiellement étrangère, de préjugés bourgeois, et de même je conçois mes parents comme un mélange équivalent de leur individualité et du fatras non individuel dont ils ont hérité.

J'ai déjà écrit que je ne peux pas voir simplement en mes parents les « mauvais » qui m'ont fait du mal. A ce propos, une précision encore : à vrai dire mes parents n'étaient pas à mes yeux seulement les mauvais, ce qui

ne veut d'ailleurs pas dire qu'ils n'ont pas du tout été
mauvais pour moi. En termes mathématiques : mes
parents n'ont pas été un peu mauvais pour moi ou
assez mauvais ou à moitié mauvais, au contraire, pour
une grande part ils n'ont pas été mauvais du tout ;
mais, sous un certain rapport, ils ont été très mauvais
pour moi, absolument mauvais. Pour ce qui est de leur
influence sur ma vie et sur mon destin, mes parents
avaient, entre autres choses, un aspect qui représentait
le mal absolu pour moi. Je ne vois pas de contradiction
dans la formule « le mal absolu pour moi ». Celui-ci
n'est relatif que comparé à d'autres, « absolu », il l'est
pour moi en ce sens qu'il me menace de mort et *ma*
mort est, pour moi, absolue.

Dans leur manifestation individuelle, mes parents
n'étaient pas mauvais, pas plus mon père que ma
mère. Mon père, cet homme calme, accablé, digne et
même noble qui, consciencieux et déprimé, se rendait
à son travail avec un sentiment morose au niveau du
plexus, qu'il eût sans doute qualifié lui-même, si on
l'avait interrogé là-dessus, de « courage » ; ma mère,
vieille dame solitaire qui, avec une politesse atone,
traîne ses journées dans une grande villa au bord du
lac de Zurich — ils n'étaient tout de même pas
méchants ; et pourtant ils m'ont fait tant de mal. Je ne
déteste pas l'homme « père » et la femme « mère » et
pourtant je déteste ceux qui m'ont fait du mal et, d'une
façon tout à fait générale, ils se nomment « parents ».
Je ne trouverais pas juste de haïr mon père ou ma
mère, mais je trouve juste de haïr mes « parents » au
sens général, car on doit haïr ses bourreaux. On doit
haïr ceux qui vous tuent ; ne pas le faire serait une
honte. On n'a pas le droit de dire à celui qui vous tue :

je suis tout à fait d'accord pour que tu m'assassines. On
ne fait pas une chose comme cela. Ça, c'est aussi une
morale.

J'ai beaucoup joué jadis avec l'idée de tuer ma mère
et j'ai aussi beaucoup rêvé que je tuais ma mère. Sous
l'aspect d'une vision, je me suis vu maintes et maintes
fois précipiter ma mère dans l'escalier de la cave et
ensuite cogner et cogner encore sa tête sanglante
contre le sol de pierre jusqu'à ce que sa masse informe
se dissolve dans une mare de sang. Vision horrifiante
— mais vraie. Sans cesse je repense à Goya qui, sous
ses plus terribles représentations de cauchemars et
d'atrocités des *Desastros de la guerra,* écrit simplement
ces mots : « Yo lo he visto » — Je l'ai vu. Je l'ai vu et
c'est aussi pourquoi c'est arrivé, et c'est aussi pourquoi
c'est la vérité vraie. Maintenant, si je reporte cette
vision sur la personne de ma mère et que je m'imagine
projetant ma véritable mère dans le véritable escalier
de la cave de sa maison — quel meurtre insensé et
absurde ce serait ! Un acte absurde, assurément —
mais pas seulement absurde. Absurde, cet acte san-
glant ne le serait que s'il avait lieu concrètement, mais
il y a une certaine dimension où il n'est pas absurde et
même où il *doit* avoir lieu. Dans la dimension où ma
mère incarne pour moi le mal, il est plein de sens et
nécessaire que je lui plonge la tête dans le sang et la
mort, même si c'est d'une manière telle que les mots de
« tête » et de « sang » ne doivent plus être entendus
dans un sens concret mais en tant que valeurs symboliques.

D'un côté c'était *absurde,* aussi, de décapiter Marie-
Antoinette car la misère du peuple français n'était pas
de sa faute mais, d'un autre côté, c'était tout de même

juste de la décapiter car, abstraction faite de sa
personnalité individuelle, elle était aussi une figure
symbolique de cette misère. Non seulement le bour-
reau montra à la populace de Paris la tête tranchée de
la femme Marie-Antoinette, il lui montra aussi la tête
de la *Reine* et la populace *devait* avoir cette tête, et il
était juste qu'elle l'eût. Il ne faut pas objecter ici que la
populace n'est pas bien belle et qu'on n'a pas besoin,
dès lors, de tenir compte de ses prétentions : la
populace existe et elle pose ses exigences ; c'est là la
réalité. Le cancer n'a rien de bien beau non plus, mais
il existe.

Ce n'est pas la tête de l'aimable vieille dame du lac
de Zurich qui doit tomber mais une autre tête, qu'il
faut considérer comme un symbole, *doit* tomber, c'est
ainsi que va le monde. Je suis menacé de mort, en ce
moment même on est en train de m'assassiner. On
m'assassine ou on m'a déjà assassiné, mais je ne sais
pas encore qui l'a fait. Mes parents m'ont tué et
pourtant ce ne sont pas *mes parents* qui m'ont tué. Ils
l'ont fait et cependant ils ne l'ont tout de même pas fait
et, avant tout, ils ne savaient pas qu'ils le faisaient. Ils
l'ont fait sans mauvaise intention, inconsciemment et,
finalement, contre leur gré. Mon père est mort, ma
mère vit encore. En un certain sens et entre autres
choses ma mère m'a tué, mais je ne veux ni ne peux la
haïr pour cela, car je sais qu'elle ne sait pas.

Une autre vision d'autrefois, apparemment fantasti-
que mais très éclairante sur le plan symbolique, c'était
que je faisais sauter le Crédit suisse, à Zurich. Pourquoi
justement le Crédit suisse ? Aujourd'hui cette vision est
très claire pour moi car tout l'argent que j'ai hérité de
mon père est déposé dans cette banque. C'est là que se

trouve mon héritage familial sous sa forme visible, et
seule une infime partie de cet héritage consiste en
milliers de francs, il consiste surtout en milliers d'angoisses et de détresses et de désespoirs. Que le Crédit
suisse soit un symbole plausible d'objet qu'il convient
de faire sauter, cela va de soi. La mise en pratique de ce
projet ne présente aucune difficulté car, de nos jours,
tout le monde a un ami qui connaît un Palestinien. Que
ce projet soit une sottise au point de vue financier, cela
se comprend aussi puisqu'en définitive j'ai besoin de
l'argent que j'ai hérité de mon père pour payer mes
nombreux médecins (l'assurance maladie ne me verse
plus un centime car le cancer coûte cher et, après tout,
il faut bien que l'assurance vive de quelque chose, si
bien que j'en suis réduit à mes propres ressources
financières). Je considère cet argent comme mes dom-
mages-intérêts : je l'ai touché pour mes nombreux
chagrins et souffrances ; je l'ai gagné plus amèrement
qu'à la seule sueur de mon front, je l'ai gagné avec les
larmes de mes yeux ; je considère qu'il est bien gagné
et qu'il est à moi. J'aperçois même, derrière ma
situation financière actuelle, une justice sociale : bien
sûr, j'ai hérité de mes parents plus d'argent que
d'autres, mais j'ai aussi besoin de plus d'argent que
d'autres car les nombreux dommages que j'ai *aussi*
hérités de mes parents, je dois les faire réparer contre
de grosses sommes d'argent.

Cet ancien projet de faire sauter le Crédit suisse,
aujourd'hui je le trouve des plus louables dans sa
signification d'acte symbolique : assurément l'endroit
où se trouve mon héritage mérite d'exploser — seulement il n'est pas nécessaire que ce soit justement et
concrètement le somptueux bâtiment situé sur la place

la plus imposante de Zurich, où mon argent attend ses
médecins, car tant que je suis malade, je ne peux pas
me permettre d'être fauché. Pour d'autres raisons,
aussi, que financières, il est évident que cela ne peut
pas être vraiment mon vœu que de transformer la plus
belle banque de Zurich en un amas de décombres, car
ce que ce lieu incarne pour moi — l'endroit où est
concentrée et thésaurisée la somme de mon mortel
héritage — je ne peux pas le faire sauter à la dynamite.
Le Crédit suisse est aussi la somme de ce qui est
zurichois, bourgeois et suisse sous sa pire forme, mais
cette malignité zurichoise, bourgeoise et suisse ne se
trouve pas dans un immeuble de pierre qu'on peut
faire exploser, cette substance maligne est logée dans
mes os et on ne guérit pas les os avec de la dynamite.

Cela dit, je ne pense pas que les banques soient
seulement exécrables. Bien sûr, je trouve que les
banques zurichoises ne font pas une jolie tache dans le
tableau citadin mais qu'elles exposent crûment le
caractère vil du Zurichois, car ce n'est pas à cause de
son lac et de ses tours que Zurich est détesté et méprisé
dans le monde entier ; mais je comprends aussi que les
banques, abstraction faite de leur valeur symbolique,
remplissent leur devoir nécessaire. Les égouts ne sont
pas agréables non plus mais il en faut, malgré tout.

Voilà pourquoi j'ai parlé, à propos de mes parents et
de mon argent hérité de mes parents et déposé au
Crédit suisse, de valeurs symboliques. C'est pour cette
raison que j'ai également pris au sérieux mes ancien-
nes visions de violence, car ces valeurs symboliques y
prenaient une forme concrète et que, même si leur
réalisation concrète eût été privée de sens, elles étaient
cependant justes dans leur sens symbolique.

Bien entendu, il me faut ajouter ici que ce que l'intellect réussit, le sentiment ne le réussit pas toujours aussi aisément. Je comprends que mes parents sont doubles : premièrement un monsieur et une dame dans une maison avec jardin au bord du lac de Zurich et deuxièmement l'incarnation de quelque chose de terrible et de mortel pour moi. Quand je suis assis à ma table, « froid jusqu'au fond du cœur », alors mes « parents » sont pour moi une notion intellectuelle qu'en homme cultivé je puis manipuler avec adresse et ingéniosité et grâce à laquelle, comme dans un jeu de perles de verre, je peux faire jouer les diverses facettes d'une virtuelle situation problématique. Parfois aussi, je ne suis pas assis à ma table mais, plein d'une rage désespérée, je me retourne dans mon lit parce que la douleur m'empêche de dormir la nuit, et alors je ne suis plus un intellectuel qui tapote sur sa machine à écrire des remarques spirituelles sur la souffrance, je suis uniquement et exclusivement livré à la douleur de mon corps et de mon âme, et alors je suis moi aussi la populace de Paris qui veut voir une tête sanglante dont peu lui importe qu'elle ait appartenu à une nommée Marie-Antoinette, car une seule chose compte encore pour elle, que ce soit bien la tête de la Reine.

L'ordonnance et le pronostic que je pourrais faire pour moi sont les suivants : dès que j'aurai eu raison de mes parents — mes « parents » —, dès qu'ils me seront devenus indifférents, je serai guéri et sauvé. Mais cela m'est encore très difficile, tant que la mesure des blessures qui me sont infligées n'est pas encore pleine mais, au contraire, ne fait que croître. Je pourrais oublier le dommage subi si je l'avais déjà entièrement derrière moi. Mais il n'est pas entièrement derrière moi, il continue à agir sur moi, maintenant, ici, sans cesse. Je ne verse pas une seule larme sur mon passé malheureux et je me sens en mesure, sinon d'oublier tout ce qui est passé, du moins de le surmonter. Mais que tout ce qui m'a tourmenté dans le passé ait encore lieu dans le présent, cela m'accable trop pour que je puisse le prendre à la légère ou même ne pas en tenir compte. Ce n'est pas ce que j'ai vécu de pénible qui me chagrine mais que cela continue encore à agir, encore et toujours, encore et toujours, encore et toujours. Ce n'est pas le poids du passé qui pèse mais qu'aucune fin, non plus, ne se laisse entrevoir, c'est cela qu'il est impossible de surmonter. Chaque jour peut apparaître un nouveau dommage du corps ou de l'âme, chaque jour apporte une nouvelle souffrance et chaque souffrance renferme la possibilité de s'épanouir en une nouvelle tumeur maligne. Chacune de ces tumeurs veut ma mort et chacune peut être la dernière ; mais la dernière tue. L'aspect symbolique de ces tumeurs se renforce et vire du purement symbolique au démoniaque. Chaque nouvelle tumeur qui se pousse vers l'extérieur de mon corps lisse en une bosse compacte semble représenter, du plus profond de son origine psychosomatique, la figure grotesque et grimaçante, diabolique, de mes « parents » démoniaques, cependant que la notion de « parents », prise dans le tourbillon d'un horrifiant brouillard cosmique, part en spirale et se dissout dans l'infini, dans la terreur venue du fond des âges, l'indicible.

C'est presque comme s'il s'agissait de prouver ici à quel point mes parents n'ont été que mes « parents », c'est-à-dire mes parents uniquement dans leur contenu symbolique, et comme s'il fallait faire de mes parents deux êtres irréels qui ne pourraient plus qu'être poussés de-ci de-là, comme les pièces intellectuelles d'un jeu, sur l'échiquier de ma construction cérébrale. Mes parents sont sûrement cela *aussi*, mais ils ne sont pas *seulement* des figures symboliques de ce qui est généralement parental, généralement bourgeois, généralement zurichois et généralement suisse, ce sont aussi des gens tout à fait réels, mon père, qui est mort il y a quelques années d'une rupture d'anévrisme, et ma mère qui, en tant que sa veuve, vit dans la maison dont elle a hérité, au bord du lac de Zurich. En cette qualité de parents concrets ils n'étaient pas seulement les représentants et les archétypes du genre « parents zurichois de milieux bourgeois », ils avaient aussi ce qui leur était propre et particulier. Cependant, si je me tourne à présent vers ce particulier qui m'est ensuite devenu néfaste, j'en arrive de nouveau à la conclusion que la différence entre mes parents et d'autres parents tout aussi normaux ou anormaux a été purement quantitative. J'entends par là que mes parents, pour ce qui est d'être blâmables, n'avaient en cela pas la moindre originalité.

Ils n'étaient pas blâmables de façon particulière ; ils étaient seulement un tout petit peu plus blâmables que d'autres parents blâmables des mêmes milieux bourgeois. Ils n'étaient même pas plus mauvais que d'autres parents (j'ai déjà indiqué plus haut que c'étaient même des gens positivement gentils), ils étaient seulement un peu plus dégénérés qu'on ne l'est *a priori* sur la Rive dorée de Zurich, déjà assez dégénérée comme ça. Ils étaient un peu plus bourgeois, un peu plus inhibés, un peu plus ennemis de la vie, un peu plus ennemis de la sexualité, un peu plus propres, un peu

plus *comme il faut*[1], un peu plus suisses que leurs
voisins qui l'étaient aussi — et ce sont justement ces
petit peu, en plus, qui me tuent maintenant. Je ne peux
qu'insister une fois encore sur le fait qu'en fin de
compte c'est toujours une seule goutte qui fait débor-
der le vase.

Et moi ? J'étais tout bonnement un peu plus sensible
que d'autres enfants ordinaires et c'est pourquoi j'ai
plus mal survécu à mon milieu que d'autres enfants.
Peut-on en conclure qu'au fond mon éducation n'a pas
été du tout si mauvaise, du fait que j'y aurais survécu
sans histoires si seulement je n'avais pas été si sensible ? Naturellement non, car justement une éducation
est mauvaise quand seuls y survivent les enfants qui ne
sont *pas* sensibles, et justement n'est bonne que quand
même les enfants sensibles y survivent. Je ne crois pas,
en effet, que la sensibilité soit une chose négative en
soi ; mais avant tout, si quelqu'un meurt, ce n'est pas
de sa faute. Quand je serai mort, on ne pourra pas dire
que je suis mort, « eh bien » parce que j'ai toujours été
tellement sensible, au contraire il sera bien établi que
je suis mort des suites de mon éducation manquée,
qu'il y ait eu sensibilité ou non. Je me révolte contre le
fait que, mort, « eh bien » je le serai, car quand je serai
mort je saurai pourquoi. Encore un mot à propos de la
sensibilité. Bien sûr je ne crois pas que la sensibilité
soit quelque chose d'inférieur, mais je suis cependant
le dernier à être ravi quand on dit de quelqu'un —
comme cela se passe couramment dans les milieux
bourgeois — que c'est un « type sensible ». Schiller a
déjà démontré, dans son essai sur le naïf et sur le

---

1. En français dans le texte.

sentimental, que si le sentimental peut être très désagréable pour l'individu, il représente pour la société
quelque chose d'extrêmement important. Je voudrais
aller encore plus loin et attirer l'attention sur le fait
que la sensibilité représente, souvent même, un grand
malheur pour la personne en cause et apporte à l'être
sensible beaucoup de souffrances et fort peu de joies.
Un malheur, elle l'est assurément pour celui qui en est
affligé mais, à mon sens, elle ne constitue pas une
raison de l'exterminer. Je la considère comme une
souffrance mais non comme une faiblesse au sens où,
pour les oiseaux migrateurs, la faiblesse de leurs petits
est une raison de les tuer à coups de bec, dans l'intérêt
d'une communauté saine. La faiblesse des jeunes
oiseaux migrateurs peut constituer une infériorité
dans le cadre de leur société, mais une faiblesse ou une
infériorité de cette sorte, la sensibilité ne l'est pas dans
la société humaine. Au contraire, elle est même une
nécessité car seul l'homme sensible ressent à quel
point sa société est mauvaise avec une netteté si
douloureuse qu'il parvient à l'exprimer en mots et, en
formulant sa critique, à susciter une amélioration
possible.

Faisant ici une petite digression par rapport à mon
propos, à savoir ma volonté de survivre en tant
qu'individu, je voudrais ajouter que, du point de vue
sociologique, aussi, je trouve ce qui m'arrive haute-
ment malsain. En effet, sous l'angle sociologique, je ne
me considère absolument pas comme un cas « compliqué » mais comme un cas nécessaire, et j'estime que de
ce point de vue non plus il n'est pas bon que je sois
anéanti. On sait aujourd'hui qu'on ne peut pas exterminer une espèce sans exterminer en même temps de

nombreuses espèces ou même toutes celles qui font partie de la même communauté. Ce qui m'est arrivé n'est pas seulement mon malheur personnel mais, par rapport au public, un scandale, qui a des conséquences. Si l'on tue tous les Federico [1], le monde va à sa perte, car exterminer l'espèce Federico est une sorte de pollution de l'environnement ; et la pollution de l'environnement a *toujours* de vilaines conséquences.

J'ai essayé de représenter ma situation comme le résultat d'un conflit entre mon individualité et l'esprit bourgeois, à quoi je voudrais ajouter maintenant cette remarque, qu'il faut avant tout comprendre l'esprit bourgeois — de même que mes parents ont été envisagés ici, le plus souvent, comme mes « parents » entre guillemets — dans le sens d' « esprit bourgeois » entre guillemets. L'esprit bourgeois, lui non plus, n'est pas seulement le mal et tout ce qui est mal n'est pas bourgeois, mais l'esprit bourgeois a *aussi* un aspect qui incarne le mal, le mal absolu. Si j'entends également ici l'esprit bourgeois au sens politique, ce n'est pas *seulement* au sens politique et surtout pas en allant jusqu'à dire qu'il faille absolument préférer tout ce qui est antibourgeois à ce qui est bourgeois. Ce n'est pas parce que la société bourgeoise est tellement noire que, pour autant, la société communiste *à tout prix* [2] est rose en tout lieu ; et ce n'est pas parce que l'Europe est dégénérée que, pour autant, l'allégresse et la joie sans mélange règnent chez les nègres primitifs. Certes l'Europe est une ruine qui s'émiette à force de culture ;

1. Prénom par lequel se faisait appeler Fritz Zorn, dans le cercle de ses amis. *(N.d.T.)*
2. En français dans le texte.

mais Idi Amin Dada — en dépit de toute sa primitivité intacte — n'est pas une alternative attrayante non plus. En Europe, presque tout le monde doit aller chez le psychiatre, mais que les sauvages de la forêt vierge, qui se baladent avec des ronds de la taille d'une assiette dans la lèvre inférieure ou avec des cous de girafe soient, avec leur parure extravagante, tellement naturels et exempts de névroses, je me permets d'en douter. Je ne suis donc pas hostile à l'esprit bourgeois au sens où j'estimerais qu'en dehors du monde zurichois, suisse et européen, par exemple dans les camps de concentration sibériens ou dans la brousse chez les Cafres zoulous, tout serait beaucoup mieux, mais au sens où je crois qu'il y a, dans la notion de « bourgeois », quelque chose qui est l'ennemi de tout le monde, et finalement aussi des bourgeois eux-mêmes.

C'est le même principe hostile, discerné chez mes parents, que je retrouve dans le complexe que j'appelle bourgeois (ce qui se confond sans doute en une seule notion si l'on songe que ce qui était contre nature chez mes parents, c'était justement le fait qu'ils voulaient ne se distinguer en rien de l'idéal bourgeois qu'ils avaient accepté). Il me faut exprimer ici encore un doute qui concerne l'identification apparemment aisée de mes parents avec l'idéal bourgeois. J'ai déjà indiqué précédemment que j'ai considéré le cancer comme une chance, aussi, comme la chance en tant qu'elle représente un signal d'alarme qui peut attirer l'attention sur des dangers menaçants. J'ai écrit à propos de mes parents qu'ils n'avaient tout bonnement *pas* eu cette chance et que c'était pour cela qu'il leur avait été plus difficile de voir dans quelle situation inextricable ils se trouvaient. Mais faut-il donc toujours que ce soit absolument le cancer ? *Chacun* ne doit-il pas s'apercevoir de l'état où il est pourvu qu'il *veuille* s'en apercevoir ? A cet égard je ne peux pas décharger mes parents de tout soupçon ; leur identification à ce qui est généralement bourgeois était un peu *trop* réussie pour qu'on puisse admettre qu'elle ait été l'œuvre d'une parfaite sincérité.

Il me faut donc reconnaître que ce n'est pas exactement la même chose que j'épingle, d'une part chez mes parents et d'autre part dans la notion de bourgeois, comme étant le mal, mais que chez les deux je suis sur la trace de la même méchante affaire : le mal en soi. J'ose affirmer que le mal est encore et toujours la même chose et qu'il n'y a, en fait, qu'*un seul* mal. Ce dont souffrent les hommes, c'est toujours le même mal, ou : ce qu'on leur fait, c'est toujours le même mal. En termes de cosmocriminologie : il n'y a qu'un seul crime, qui est perpétré continuellement et sur chacun ; ce qui est déterminant, c'est uniquement la quantité. Lorsque le crime atteint quelqu'un conformément à l'usage local, sans doute ne cause-t-il même pas tellement de dommage. Bien sûr, si l'on commet un crime à votre égard, vous le ressentez comme une chose désagréable mais vous y survivez — et même, le plus souvent, assez bien. Je me suis déjà défini ci-dessus comme normal dans le sens où, comme tout le monde, j'en ai aussi pris un coup. Ce qu'il y a d'anormal dans mon histoire, c'est seulement que j'en ai trop pris. Ou, en d'autres termes : le mal m'a été infligé à l'excès.

J'ai déjà noté auparavant que c'est bien quand quelque chose fonctionne et mal quand quelque chose ne fonctionne plus. Sans doute peut-on aller encore plus loin et dire que ce n'est pas seulement bien que quelque chose fonctionne mais que c'est le Bien en soi. Qu'il faut que cela ait un sens que quelque chose fonctionne, je l'ai déjà nié plus haut. La seule chose qui compte, c'est qu'une chose fonctionne. Les atomes fonctionnent dans la mesure où les électrons tournent autour du noyau. Cela n'a pas de sens, à vrai dire, mais les électrons s'en moquent et ils le font tout de même. La fourmilière fonctionne dans la mesure où elle grouille. Cela n'a aucun sens que les fourmis soient toujours si affairées, mais c'est bien. La forêt décrite plus haut fonctionne dans la mesure où le tigre mange le cerf. L'univers fonctionne dans la mesure où la Lune tourne autour de la Terre et la Terre autour du Soleil, ce qui nous ramène au fait de tourner en rond et aux atomes. Au cas où quelqu'un ne trouverait pas évident que c'est bien de tourner en rond, il n'a qu'à demander à un petit enfant sur un manège si tourner en rond, c'est bien, et il saura la vérité car, comme on sait, les petits enfants disent toujours la vérité. Tout ce qui grouille et fourmille et tourne en rond est bien. Mais tout le monde ne trouve pas ça bien, il y a beaucoup de gens qui sont contre.

Dans ma maison de la Krongasse, à Zurich, tandis que je prends des notes pour cet essai, on crie par les fenêtres des maisons voisines : Du calme ! La Krongasse est un séjour privilégié de Zurich car la rue est si étroite que c'est à peine si les autos peuvent l'emprunter et quand par hasard il en passe une, elle glisse sans un bruit jusqu'au bas de la rue. C'est aussi un quartier convenable où il n'y a ni bistrots ni bars et où on n'entend jamais, la nuit, les braillements des ivrognes. Mais ce n'est pas encore assez calme pour les gens. Parfois en effet, à midi, de petits enfants jouent dans la

rue, ce qui est commode pour eux justement parce
qu'il n'y a pas de circulation. Ces enfants crient parfois
en jouant et alors les vieilles femmes de la Krongasse
se sentent en droit de crier par les fenêtres : « Du
calme ! » Pourtant c'est déjà calme ici, mais il faut que
ce soit *encore* plus calme et c'est pourquoi on crie par
la fenêtre « Du calme ! ». Le soir, quand quelques
jeunes gens chantent des chansons sur la terrasse, on
appelle la police car chanter des chansons constitue
un tapage nocturne. A Zurich, quand quelqu'un joue de
la guitare après midi près d'une fontaine dans la vieille
ville, on appelle aussi la police car c'est une violation
de la sieste. Chaque heure du jour a son calme
particulier et quand ce calme n'est pas respecté et que
quelqu'un chante des chansons, alors la police arrive
car, pour le bourgeois, le calme n'est pas seulement son
premier devoir, c'est aussi son premier droit. Chacun
s'abrutit dans le calme de ses quatre murs et lorsqu'il
est dérangé dans son abrutissement par un bruit
étranger, il se sent lésé dans son droit à s'abrutir et
appelle la police. (Il va de soi que je ne parle pas en
faveur du chahut car je pars de l'hypothèse qu'il existe
une différence entre le bruit d'une autoroute et celui
d'une guitare ; je reconnais également qu'il y a une
différence entre la nécessité qu'à Zurich chacun aille
au travail dans sa propre auto et, ce faisant, occasionne
du bruit, et la nécessité que les petits enfants jouent et,
ce faisant, occasionnent du bruit.)

La notion de bourgeois à laquelle je me réfère me
paraît inclure quelque chose de mal lorsqu'elle menace
de s'identifier au « calme », ce « calme » ayant à son
tour un rapport avec le propre, le stérile, le correct et le

comme il faut[1] dont il a déjà été question. Indépendam-
ment du fait que chacun, parfois, aime bien être « au
calme », entendant par là quelque chose comme
détente, vacances, loisirs, le mot « calme » a aussi
pour moi un aspect inquiétant et sinistre. Le calme est
tellement tranquille (et je ne conçois pas cela comme
un mot d'esprit mais plutôt dans un sens lyrique,
comme une forme de tristesse). Qui dit calme dit
toujours presque le calme du tombeau et déjà la mort.
Quand quelqu'un est mort, on dit de lui qu'il est enfin
tranquille. En Suisse, tout doit toujours être calme et
l'on exprime toujours cette idée de calme sous une
forme impérative. On dit : Du calme ! Du calme !
comme si on disait impérativement : La mort ! La
mort !

Autrefois, dans la maison de mes parents, tout était
aussi toujours calme et cela comptait comme une
vertu, dans cette maison, d'être calme. Les gens sympathiques et qui avaient du caractère étaient calmes —
non, ils étaient plus que simplement calmes, ils étaient
« calmes ». Quand les filles à marier de ma famille de
jadis et de son entourage avaient trouvé leur futur
époux et qu'on demandait comment était donc l'heureux élu, chez mes parents on disait toujours : Oh, il
est très sympathique ; il est très calme. D'autre part,
les jeunes épouses de ces hommes calmes, après quelques années d'un mariage calme, divorçaient pour la
plupart, manifestement parce que le mari avait été
trop calme à leur goût. La plupart du temps ces
femmes s'étaient plaintes plus ou moins ouvertement
de ce que leur ménage calme était trop ennuyeux pour

1. En français dans le texte.

elles et qu'elles se sentaient frustrées. Seule ma mère
persévéra dans son calme conjugal et put se dire
pendant trente ans, comme Annette von Droste-Hül-
shoff [1]

> *Il me faut donc rester, si pure et délicate*
> *Assise comme un enfant sage.*

Beaucoup de choses dans la vie sont dues au hasard.
Mais il y a des hasards qui font mouche. Le père de ma
mère se prénommait Gottfried [2]. Et tous les Zorn
s'appelaient Gottfried : le père de mon père et aussi le
mari de ma mère. Ils s'appelaient tous Gottfried Zorn
et ne s'irritèrent jamais contre leur Dieu. Ils vivaient
en paix — en paix avec Dieu et avec le monde. Ils ne se
mettaient jamais en colère mais disaient : Du calme,
du calme. Je crois qu'une fois, une seule fois, ma mère
s'est plainte devant moi en disant qu'au fond elle aussi
aimerait bien être gaie mais que « tout simplement ce
n'était pas possible ». Chose caractéristique, elle repre-
nait ainsi une parole de sa propre mère, ma grand-
mère, qui m'avait avoué un jour que, lorsqu'elle était
une jeune femme, elle aussi aurait bien aimé aller
danser mais que « cela n'avait pas été possible », parce
que le grand-père (elle disait « petit père »), cela lui
donnait le vertige. Le petit père était assis toute la
journée à son bureau en face d'un tableau médiéval où
l'on voyait le Christ crucifié, presque grandeur nature.
A la deuxième porte de son bureau était accroché un
tableau plus petit qui représentait la crucifixion. Ma

---

1. Poétesse allemande, 1797-1848. *(N.d.T.)*
2. *Gott* : Dieu ; *Friede* : paix ; *Zorn* : colère. *(N.d.T.)*

grand-mère n'avait rien de distingué, sûrement non ;
peut-être même était-elle une truie — mais elle était
sûrement aussi une pauvre truie. Quand je pense
qu'elle aurait bien aimé danser, alors que « petit
père » Gottfried restait assis devant ses christs, l'envie
me passe de lui en vouloir.

Et ma mère — ma pauvre mère ! Tous les dimanches
soir ma mère téléphonait toujours à de quelconques
parents et leur faisait un compte rendu du dimanche
écoulé, et elle disait chaque fois : Nous sommes bien
tranquilles. Tranquille — quel mot abominable ! Le
dimanche, mon tranquille père faisait toujours des
réussites — j'ai déjà signalé à ce propos qu'il n'en
connaissait qu'une seule, à savoir la « harpe » qui est
d'ailleurs la plus ennuyeuse. Moi-même je fais de
temps en temps des réussites, mais tout de même pas
chaque dimanche et au moins j'en connais toute une
série, et surtout le « petit Napoléon », qui est très
intéressant ; bref, même les réussites peuvent être
amusantes, mais cette éternelle « harpe » du dimanche — cela a quelque chose de tellement triste et
accablant. En outre, mon père écoutait des disques, de
préférence de musique romantique et triste de Schu-
mann, Schubert ou Brahms, parfois aussi le *Voyage
d'hiver* de Schubert où, pour comble, il y a ces paroles
— comme si on avait encore besoin de cela :

> *Et toujours j'entends ce murmure :*
> *Là-bas tu trouverais la paix.*

Naturellement, le fait que mon père faisait toujours
des réussites avait aussi une raison : mon père était
tout bonnement « fatigué ». Mon père avait une vie

« difficile », c'est pourquoi il était « fatigué ». J'ai
appris à voir dans la fatigue quelque chose de très
complexe. Parfois je suis fatigué de travailler ; parfois
je suis fatigué de ne rien faire — toutefois, quand je n'ai
rien fait, je suis toujours beaucoup plus fatigué que
quand j'ai travaillé ; et parfois je suis fatigué de telle
manière que le mot « fatigué » est devenu synonyme
de « triste ». Mais c'est quand ma fatigue est identique
à la tristesse que je suis vraiment le plus fatigué. Ce
n'est pas pour rien qu'on parle d'une aspiration au
repos qu'on caractérise par l'expression « fatigué de la
vie ».

Autre chose encore m'attriste. Mon père, cet homme
intelligent, doué, talentueux, cultivé, délicat et noble,
— laissait toutes ses aptitudes en friche et faisait des
réussites. Son plus grand crime, mon père l'a commis
contre lui-même. Mon père, un homme né pour l'activité créatrice, était constamment fatigué et étalait ses
cartes pour la même sempiternelle « harpe », et ma
mère, en tant que fidèle épouse, ne le dérangeait pas et
ne protestait pas car l'époux était « fatigué ». Ma mère
était, pour sa part, une femme née pour s'amuser, mais
elle fut « bien tranquille » durant toute son existence.
Cette tranquillité dans la maison de mes parents —
quelle pitié !

Quand je réfléchis à l'histoire de ma famille, j'en
arrive à la conclusion qu'avec toutes mes peines et mes
souffrances, je vis ma vie beaucoup beaucoup plus
intensément que mes parents la leur dans leur tranquillité. Je suis malheureux, malheureux d'une façon
violente et passionnée, mes parents « étaient bien
tranquilles » — mais ceci est *encore* pire. Je suis
entouré de mille choses qui m'oppressent et je passe

par mille frayeurs — mais au moins je *vis* quelque chose et mes parents n'ont rien vécu du tout. Je suis en enfer mais au moins je *suis* en enfer et mes parents, ils étaient, eh bien ils étaient tout au plus dans les limbes et d'ailleurs, en fait, ils n'*étaient* pas du tout. A présent je suis plus ou moins en train de mourir, mais mes parents — ont-ils seulement vécu ? Mon père a trouvé maintenant son « repos éternel » ; ma mère est là, seule, dans une maison morte, et elle est triste.

Mais tout le monde ne qualifie pas de « triste » ce qui, selon moi, est triste. Mes parents ne se jugeaient pas tristes mais corrects, bien et *comme il faut*[1]. La paix de leur maison n'était pas pour eux une souffrance mais une vertu. (En cela, sans doute, ils ne se distinguaient même pas tellement des autres gens, car combien de souffrances ne passent-elles pas pour une vertu dans notre société !) La maison de mes parents ne fonctionnait pas, et mes parents en étaient fiers. Et du fait qu'elle ne fonctionnait pas, personne n'en était affecté et cela ne dérangeait personne. Il faisait toujours très très calme chez nous. Personne n'avait besoin de nous crier « Du calme ! » car nous l'avions déjà. Et justement parce que nous ne dérangions personne ni la tranquillité de personne, nous étions *comme il faut*[1]. Et c'était là notre vertu.

Je crois que pour définir cette qualité de « bourgeois » que je subodorais, je pourrais risquer la formule suivante : est « bourgeois » ce qui est tranquille à tout prix parce que, sinon, quelqu'un d'autre pourrait être dérangé dans sa propre tranquillité. Et c'est

1. En français dans le texte.

justement là ce qui est mal. C'est bourgeois et c'est mal, lorsqu'on est contre le fait que les électrons tournent autour du noyau de l'atome « parce que cela pourrait peut-être déranger quelqu'un ». Cela veut dire être contre le fait que la fourmi se balade dans la forêt « parce que le sentier sur lequel elle se balade est peut-être un chemin privé où il est interdit de passer sous peine d'amende ». Cela veut dire être contre le fait que le lion mange la gazelle « parce que, primo, le lion est un étranger et, secundo, que la gazelle n'est pas déclarée à la police et, tertio, que tous deux sont encore mineurs ». Cela veut dire être contre le fait que la Lune tourne autour de la Terre « parce que le clair de lune illuminant la nuit pourrait être ressenti comme une gêne ». Cela veut dire être contre le fait que le soleil se lève « parce que la banque a déjà acheté la majorité des actions du domaine Ciel et doit attendre l'amélioration de la situation économique pour que le soleil puisse se lever ». Cela veut dire qu'il y a toujours virtuellement quelqu'un qu'on pourrait éventuellement déranger ; et quand par hasard ce quelqu'un est absolument introuvable, on l'invente.

Je crois que ne-pas-vouloir-déranger est quelque chose de mauvais parce qu'il *faut* justement qu'on dérange. Il ne suffit pas d'exister ; il faut aussi attirer l'attention sur le fait qu'on existe. Il ne suffit pas simplement d'*être*, on doit également *agir*. Mais qui agit *dérange* — et cela, au sens le plus noble du terme.

Extrait de la cantate de Bach, *Montez, sons éclatants des joyeuses trompettes (nomen est omen)* :

> *Là fleurit mainte belle fleur,*
> *Ici, à la gloire de Flore*

Une plante se dresse, grandit
Et veut montrer sa croissance.

Il ne suffit pas que la plante se dresse, elle doit aussi
« montrer sa croissance ».

Dans la première partie de mon histoire j'ai déjà
dépeint, dans une série d'exemples, ce phénomène
bourgeois, tranquille et suisse au sens le plus néfaste et
je n'ai pas besoin d'en allonger la liste. Je ne voudrais
revenir que sur un exemple qui peut remplacer tous les
autres, à savoir la sexualité. Lorsque j'ai écrit que
l'esprit bourgeois interdit au soleil de se lever, il faut le
prendre au sens figuré qui désigne, sur le mode lyrique,
bien d'autres choses. Mais si l'on songe que tout ce qui
est sexuel « n'existe pas » dans le monde bourgeois,
c'est-à-dire n'existe pas parce que cela a été interdit
(comme si quelque chose devenait inexistant du seul
fait qu'on l'interdit), alors nous n'avons plus affaire au
lyrisme mais à une réalité, en l'occurrence perverse. La
sexualité existe mais elle « dérange » ou, qui pis est,
elle « pourrait peut-être déranger » et c'est pourquoi
on fait comme si elle n'existait pas. Le soleil brille mais
il est interdit de briller ici, c'est pourquoi nous faisons
comme s'il ne brillait pas. La lune se lève, mais son
lever pourrait peut-être déranger quelqu'un, c'est
pourquoi nous faisons comme si nous n'avions pas vu
qu'elle s'est levée et, par un lumineux clair de lune,
nous nous cognons *exprès* la tête contre un tronc
d'arbre, afin de prouver qu'il est entendu pour nous
que la lune ne brille pas et qu'il fait nuit.

Ce n'est pas bête, c'est méchant. Car ce qu'on fait de
bête, on le fait sans le vouloir et ce qu'on fait de
méchant, on le fait délibérément. Celui qui se heurte la

tête à un tronc d'arbre dans le noir est bête ; celui qui
se cogne la tête contre un tronc d'arbre au clair de lune
est méchant.

Vient à présent le point de ce récit qui me pèse le
plus sur le cœur. J'ai décrit dans la première partie de
mon histoire l'atmosphère de la maison de mes parents
et ce que je suis devenu en tant que produit de cette
maison de mes parents. J'ai également exposé pourquoi, malgré tous leurs manquements, je ne peux pas
haïr mes parents et finalement j'ai reconnu qu'ils
étaient non pas « méchants » mais « à plaindre ». J'ai
aussi essayé de dépeindre comment mes parents, « en
un certain sens » et même si ce fut d'une manière
complexe, se rendirent « complices » de mon malheur.
« En un certain sens » me déplaît aujourd'hui, parce
que cela donne à entendre qu'il serait « compliqué »
de répondre à cette question. Toutefois, maintenant la
question a été posée et la réponse ne peut être exprimée qu'en ces termes : oui oui ; ou : non non.

Je constate mon malheur ; c'est une réalité. Cette
réalité n'est pas surgie du néant, elle s'est faite. Je ne
suis pas « tout bonnement » malheureux, je n'ai pas
« eu de la déveine », ce n'est pas un hasard si je suis
malheureux. On m'a rendu malheureux. Le fait que je
suis malheureux n'est pas le résultat d'un hasard ou
d'un accident, mais d'un manquement. Ce n'est pas
« arrivé », mais cela a été produit ; il n'y a pas là
destin, il y a faute.

Je suis prêt à accorder à mes parents toutes, je dis
bien *toutes* les circonstances atténuantes ; mais quant à
la question de savoir s'ils sont coupables ou innocents
de mon malheur, mon verdict est : coupables. Je suis
prêt, aussi, à pardonner à mes parents, au fond je l'ai

déjà fait au cours de mes réflexions, mais le fait que quelqu'un a été gracié ne signifie tout de même pas qu'il était innocent. Au contraire : seul celui qui est *coupable* peut être gracié.

Après la Seconde Guerre mondiale, soudain tous les nazis ne furent plus que de « bons Allemands » qui n'avaient fait qu'exécuter les ordres du Führer et accomplir leur devoir. Tous ils n'avaient « absolument pas su, en fait » ce qui s'était réellement passé dans les camps d'extermination et n'avaient eu « que de bonnes intentions ». Je me crois capable d'aller jusqu'à les en croire. Mais les Juifs étaient morts. Mes parents aussi n'ont eu « que de bonnes intentions » à mon égard et n'ont fait que « m'élever *comme il faut* [1] ». J'en crois mes parents, j'en crois feu mon père et j'en crois ma pauvre mère. Mais ce *comme il faut* [1], je suis à présent sur le point d'en mourir. On reconnaît l'arbre à ses fruits.

Et maintenant, pas un mot de plus sur mes parents. J'ai vu ce qu'ils m'ont fait, je les ai condamnés, je leur ai pardonné et j'ai pitié d'eux. Je ne puis faire davantage pour eux. Maintenant ils ne m'intéressent plus. Ce qui reste, c'est moi. La souffrance m'a visité, c'est un fait et je le reconnais. Dans notre société bourgeoise, il n'est pas d'usage d'être souffrant ; ce n'est pas *comme il faut* [1]. A Zurich, on ne vit pas sa douleur jusqu'au bout, on la refoule, car le fait qu'on souffre « pourrait peut-être déranger quelqu'un ». On n'ose pas regarder en face le fait qu'on est triste car on « trouble la paix » quand on souffre ; et ce manque d'audace à déranger quelqu'un par sa tristesse, on appelle cela dans le

---

1. En français dans le texte.

jargon bourgeois de mon pays « être courageux ». Mais je ne suis justement pas de cet avis. Il ne faut pas dire seulement

> *Là fleurit mainte belle fleur*
> *Et veut montrer sa croissance,*

il est également nécessaire que soit montré l'amenuisement. Non seulement la joie veut s'extérioriser mais aussi la douleur. Quand il y a eu dommage, il faut aussi qu'il y ait plainte. Je trouve que c'est bien ainsi. Il n'est même pas nécessaire de toujours accuser, le simple fait de se plaindre suffit souvent. Or ce que je trouve, à ce point de vue, caractéristique de ma vie présente, c'est que les choses *ont lieu*. La douleur a lieu, mais l'affliction qu'elle inspire a lieu, elle aussi. Le deuil est aussi un devoir (ce n'est pas pour rien qu'A. Mitscherlich parle de « travail du deuil »). Je présume que cette conception du deuil est impopulaire. Dans la société bourgeoise, la plainte funèbre est réprimée. Dans la société actuelle, l'avant-dernier vers de la *Nänie*[1] de Schiller ne correspond plus à aucune réalité car personne n'est plus un chant funèbre dans la bouche de l'aimée — sans même parler de ce que cela peut avoir de « merveilleux » ; il n'en est pas de même du dernier vers car l'homme du commun disparaît toujours sans écho dans le royaume des ombres —

---

1. Chant funèbre (sur la mort d'Adonis) dont les deux derniers vers peuvent se traduire ainsi :
C'est encore merveilleux que d'être un chant funèbre dans la bouche de
[*l'aimée,*
Car l'homme du commun disparaît sans écho dans le royaume des
[*ombres. (N.d.T.)*

mais il y a longtemps que ce n'est plus seulement l'homme du commun. En Amérique, comme on sait, on ne parle pas de la mort, et dans l'*american way of dying*, ce qui est noble descend aussi depuis longtemps dans le royaume des morts. Mais quant à cela, chez nous c'est *partout* l'Amérique : d'abord on est estourbi par une société dégénérée sur le plan affectif, et ensuite on fait le silence sur vous. De nos jours, une fois que quelqu'un est mort, on ne dit même plus qu'il est mort, on dit seulement qu'il « n'est plus là ». Cela aussi c'est bourgeois, qu'on n'ose pas prononcer le mot « mort ». Chaque chose a son nom, la mort aussi a le sien. Mais chaque faute est suivie de son châtiment : c'est le destin du bourgeois, un beau jour, de n'être simplement « plus là ». Mais pas moi. Je ne serai jamais « plus là », je serai mort, et j'aurai su pourquoi.

J'ai déjà maintes fois exprimé ma critique de la société bourgeoise, notamment à l'égard de cet aspect de l'esprit bourgeois dont j'ai constaté la méchanceté. J'éprouve de l'aversion pour cette société bourgeoise aussi parce que je suis moi-même l'un de ses produits et que la chose me déplaît. Je reconnais que je suis un produit de cette société mais je sens aussi que je ne suis pas *uniquement* cette sorte de produit programmé. Tout comme je crois que le rôle que mes parents ont joué dans ma vie prendra fin un jour, je crois aussi que la mesure dans laquelle l'esprit bourgeois m'est devenu fatal, un jour sera comble.

Je crois que je suis divisé en trois parties. Premièrement je suis fait de mon individualité ; deuxièmement je suis le produit de mes parents, de mon éducation, de ma famille et de ma société ; troisièmement je suis un représentant du principe de vie en général, c'est-à-dire

de cette force, justement, qui fait que les électrons
tournent autour du noyau de l'atome, que les fourmis
fourmillent et que le soleil se lève. Une partie de moi
est aussi électron et fourmi et soleil et cela, l'éducation
la plus bourgeoise ne peut l'abîmer en rien.

Ma misère est aussi une partie de la misère universelle. Ma vie, ce ne sont pas uniquement les gémisse-
ments d'un individu issu de la bourgeoisie zurichoise,
éduqué à en mourir ; c'est aussi une partie des gémisse-
ments de tout l'univers où le soleil ne s'est plus levé.
Dans mon enfance, un certain passage du Nouveau
Testament m'a toujours fait une impression particulière, à savoir celui où il est dit qu'après la mort du
Christ le voile du temple s'est déchiré en deux. Aujour-
d'hui j'ai aussi cette impression lors des plus grandes
épreuves que m'inflige mon malheur : je ressens alors
que, dans ma vie, le voile du temple continuellement se
déchire en deux, que continuellement tous les voiles de
tous les temples se déchirent. Cette sensation est l'une
des images possibles que j'ai en tête quand j'écris ces
mots : « La misère a lieu. » Même cette image de la
misère ininterrompue est quelque chose d'universel.
Pour ne citer qu'un seul exemple : on pleure continuellement la mort de Tammouz, de Doumouzi, du véritable fils, de l'amant et fils de la déesse d'Asie Mineure
Astarté, soit en tant que divinité de la sécheresse et du
monde végétal grillé par le soleil, soit en tant qu'Adonis tué par le sanglier, soit en tant que Jésus crucifié.
La mort de chaque être humain est la mort de tous les
hommes et la mort de chaque homme est la fin du
monde.

Après l'influx d'énergie, la somme de toutes les
énergies reste la même. Je crois que la somme de toute

la souffrance reste aussi toujours la même ; et c'est
pourquoi rien ne s'en perd. C'est plus qu'une simple
façon de parler quand on dit que la souffrance crie à la
face du ciel. La souffrance ne crie pas seulement à la
face du ciel, elle y va aussi et elle y est thésaurisée.

Cependant, comme je l'ai déjà dit, de même que je ne
me confonds pas tout à fait avec ce qui est purement
bourgeois, et qui m'a été transmis, et ce qu'on a fait de
moi, de même je ne me confonds pas avec ce qui est
purement universel. Je souffre aussi, partiellement, la
mort symbolique et rituelle du Tammouz d'Asie
Mineure ; mais surtout je suis aussi un être humain
non symbolique et concret, qui est menacé par la mort
concrète et même, comme je l'ai déjà dit, par une mort
qui menace de survenir avant que j'aie accompli la
tâche de ma vie. Et ce danger suscite l'angoisse et la
haine. Pourtant cela n'a pas de sens qu'on éprouve de
l'angoisse et de la haine dans certaines situations ;
mais c'est ainsi et c'est le propre de ces situations
qu'on y éprouve de l'angoisse et de la haine.

Dans quel état je me trouve en réalité, je ne le sais
pas et aucun médecin ne peut me le dire, car aucun
médecin ne le sait. Peut-être la partie est-elle déjà
perdue, mais tant qu'elle n'est pas encore perdue, on
ne peut pas savoir qu'elle l'est et, de plus, le fait que la
partie soit perdue ou non, en fin de compte, n'influe en
rien sur la forme qu'on donne à sa vie car on fait tout
de même les mêmes choses dans les deux cas, même si
ces choses ne doivent plus servir à rien. D'ailleurs,
qu'est-ce que cela veut dire : « servir » ? Qu'une chose
serve à quelque chose, cela ne signifie pas grand-chose
sinon qu'elle a un sens — et qu'elle n'a aucun besoin
d'avoir un sens, je l'ai déjà écrit. Quand on marche sur

une abeille, même au moment où elle meurt, elle vous pique encore au pied. Bien sûr cela ne lui sert plus à rien de piquer puisqu'elle doit de toute façon mourir piétinée, mais tout de même elle a bien fait de piquer encore avant sa mort. C'est ainsi qu'elles font, les abeilles.

Moi aussi je me révolte contre ma mort imminente, moi aussi j'ai horreur d'être exterminé, moi aussi je pique encore avant de mourir. Ce ne sont pas seulement les abeilles qui font cela, les hommes en font tout autant. Dans ma situation, je peux me comporter plus ou moins bien ; je peux plus ou moins bien me débrouiller avec le phénomène de la mort, comme tout être humain se débrouille avec ce phénomène. Je peux reconstituer les pensées de toute l'humanité sur la mort avant la mienne propre ; mais mourir, je dois le faire seul, individuellement. L'explication et la signification de ma maladie d'âme et de corps sont générales, dans une certaine mesure. Les réflexions que j'ai faites là-dessus valent, en fin de compte, pour tout un chacun ; la cause de ma mort sera claire, je crois, pour tout le monde, mais mes propres angoisses et mes souffrances ne sont que pour moi car aucune explication ne peut me les ôter. En tant que mort, j'en serai un parmi bien d'autres, et la raison pour laquelle je serai mort sera, elle aussi, comprise d'un grand nombre mais en tant que je meurs, je suis seul.

Passons maintenant à une hypothèse sociologique. Même si je dois être détruit en tant qu'individu, je ne serai pas effacé d'une manière néfaste pour la société. Si je dois mourir maintenant, eh bien, ma mort n'aura pas été une mort fortuite mais une mort parfaitement typique, parce que je suis atteint du mal dont tout le monde souffre plus ou moins dans notre société actuelle. Toutefois les décès typiques ont tendance à s'accroître aux dimensions d'une épidémie nationale. Certes cela n'a jamais été un problème de démolir quoi que ce soit ; mais aujourd'hui cela commence à poser un problème de savoir ce qu'on doit faire de tous les déchets de la démolition. Je serai mort d'une manière trop symptomatique de notre société pour qu'il ne faille pas aussi me considérer, dans mon état posthume de démolition, comme un déchet radioactif tout aussi symptomatique, à savoir un déchet radioactif dont on ne peut plus se débarrasser nulle part et qui contamine son environnement. J'affirme que le fait qu'on m'aura exterminé continuera à couver sous la cendre et finira par provoquer la ruine du monde même qui m'a exterminé. Sous la contrainte du *comme il faut*[1], on m'a élevé tellement *comme il faut*[1] qu'à force de *comme il faut*[1] j'ai été démoli. Mais une société dont les enfants meurent d'incarner parfaitement cette société n'en a plus pour longtemps. En vérité, tant va la cruche à l'eau qu'à la fin elle se brise. Mais alors, je trouve que c'est *comme il faut*[1] qu'elle soit brisée : et même, *il le faut*[1]. Une fois de plus, je vois apparaître ici une forme de cet humour cosmique que j'ai déjà souvent rencontré au cours de mon histoire.

Toutes les sottises de la société se vengent tôt ou tard. Dans la Chine ancienne, toutes les femmes avaient les pieds atrophiés. Chacune d'elles a boité et enduré des souffrances (et, comme on peut le lire, il paraît même que cela puait) ; mais ces milliers de pieds impériaux atrophiés ont fait qu'il y a eu la

1. En français dans le texte.

révolution et qu'avec elle les pieds atrophiés ont disparu et l'empereur avec eux. Pauvre empereur ? Non, sot empereur — en sa qualité d'empereur il eût mieux fait de veiller lui-même sur les pieds de ses sujets ; peut-être même serait-il alors resté à la tête de tous ces pieds.

Je crois qu'à partir d'un certain nombre de pieds ou d'autres membres atrophiés, ou d'âmes atrophiées, arrive toujours la révolution. Il *faut* d'ailleurs qu'elle arrive car ce qui est nouveau est toujours mieux. Je prie le lecteur de prendre cette phrase *cum grano salis* et de renoncer aux astuces d'interprétation ; en effet elle est alors toujours juste (comme le prouve également son inversion car « retourner en arrière » est toujours mauvais). Comme autre exemple de révolution, j'ai déjà mentionné la Révolution française et constaté qu'en dépit de toutes ses atrocités — même inutiles — et de l'absurdité de couper la tête à Marie-Antoinette, personne cependant n'a versé une larme sur la Reine. Qui voudrait donc qu'elle ne se fût pas produite et qu'à Versailles les Bourbons régnassent encore sur la France ?

Ajoutons à cela une note proprement humoristique. Il ressort de la biographie du dernier empereur de Chine que personne n'a profité de la Révolution chinoise plus que lui-même qui, enfermé dans la cage dorée de son palais impérial, avait le plus souffert sous l'empire. Dans un pays où les privilèges sont inégalement répartis, les sous-privilégiés sont assurément mal lotis — mais combien mal lotis sont donc les sur-privilégiés ! Ce n'est pas seulement vrai pour la Chine, c'est aussi la quintessence de ma propre histoire.

Je voudrais insister encore une fois sur le fait que je

ne conçois pas cet essai comme un texte essentiellement politique, bien que la thèse ne me soit pas
inconnue, selon laquelle toute déclaration a un caractère politique. Même si je suis convaincu de la nécessité de la révolution, je ne crois pas que toute révolution
doive absolument avoir toujours un caractère politique.

De plus, je crois qu'on n'a pas tellement besoin d'être
pour la révolution ; il suffit qu'on ne soit *pas contre* elle
car, de toute façon, la révolution se produit d'elle-
même et elle se produit toujours, même si, le plus
souvent, il lui faut beaucoup de temps pour se produire. De même que tous ces millions de pieds chinois
ont représenté chacun un rouage dans le mécanisme de
la Révolution chinoise, de même mon histoire est aussi
un rouage dans le mécanisme du bouleversement de la
société bourgeoise. Moi-même je ne suis qu'un tout
petit rouage, mais justement un petit rouage typique ;
cependant, une quantité déterminée de rouages petits
et typiques pris ensemble n'est plus seulement un tas
de rouages, c'est une machine, en l'occurrence une
machine qui effectue quelque chose. Ou, en termes
médico-sociologiques : tout organisme est aussi fort
que le plus faible de ses membres. Chez moi, les
cellules lymphatiques malignement dégradées ont
attiré mon attention sur ce qui est malade dans
l'ensemble de mon organisme, corps et âme ; au sein de
ma société, je suis moi-même la cellule malignement
malade qui contamine l'organisme social. Le danger,
pour l'ensemble de l'organisme, de cette cellule
atteinte doit être reconnu et cette cellule malade doit
être guérie ; sinon l'organisme en mourra. Vu sous
l'angle sociologique, je suis la cellule cancéreuse de ma
société et, de même que la première cellule maligne en

moi a une origine psychosomatique, ce qu'on peut définir en un certain sens comme « arrivé par sa propre faute », de même, en tant que représentant de la maladie de ma société, je dois pour ce qui est de l'âme être inscrit au passif de cette société. C'est pourquoi cette formule qui semble quelque peu affectée passe du simple bon mot à l'expression de la réalité concrète : je suis le déclin de l'Occident. Je ne suis naturellement pas *tout* le déclin de l'Occident, et il n'y a pas que *moi* qui sois le déclin de l'Occident, mais je suis une molécule de la masse où le déclin de l'Occident se développe.

En ce sens, je me définirais comme un révolutionnaire : un révolutionnaire actif et un révolutionnaire passif. Actif, mais pas au sens où je soutiendrais l'opinion qu'en Suisse tout devrait à présent devenir subitement chinois, cubain ou nègre ; cela ne doit, à mon avis, strictement *pas* être. Tout comme j'ai trouvé insensé de faire sauter le Crédit suisse (même si, dans un sens symbolique, l'explosion de cet établissement est toujours un beau et nécessaire feu d'artifice), de même je jugerais insensé de chasser le Diable bourgeois grâce au Belzébuth d'un autre « isme » politique (même s'il ne faut pas oublier que le seul fait de n'avoir *pas* appelé Belzébuth à la rescousse ne rend pas le vieux Diable meilleur d'un iota). Il est vrai que je me suis violemment prononcé contre les choses bourgeoises ou zurichoises ou suisses, même si ce n'est pas avec l'intention de les liquider. Liquidées, elles ne doivent pas l'être, mais rester comme elles sont, elles ne le doivent pas non plus. Un patient qui souffre d'une jambe malade n'est pas guéri du fait qu'on lui coupe la jambe, mais du fait qu'on la soigne.

Je me conçois comme un révolutionnaire passif dans la mesure où, par mon histoire, ma souffrance et peut-être aussi ma mort, je représente l'un des nombreux éléments nécessaires pour que le mécanisme de la révolution soit mis en branle. C'est, dans un sens général, ce qu'il y a de nécessaire dans mon histoire et, pour moi personnellement, ce qu'il y a aussi de triste. Je ne suis qu'un numéro de la révolution, de même que toutes les Chinoises clopinantes n'ont été que des numéros de la révolution et qu'après la révolution plus personne ne s'est soucié du mal aux pieds dont chacune d'entre elles avait souffert. Dans le catalogue de la révolution je suis le numéro 5743, qui a été nécessaire pour qu'il puisse y avoir aussi un numéro 5742 et un numéro 5744 ; mais c'en est fait de mon bonheur personnel. Voilà ma souffrance : ma vie aussi a une fonction pour la collectivité, et c'est satisfaisant pour l'esprit, mais en même temps le cœur est affamé et crie.

Cela dit, laissons cette digression sociologique pour en revenir à ce qui m'importe : je me suis rendu compte qu'entre autres le monde fonctionne aussi en moi et par moi, et cela satisfait mon intellect, mais l'âme ne veut rien savoir de ce fonctionnement du monde et elle ne désire que son propre fonctionnement. Le cœur d'un Chinois bat peut-être plus fort à la pensée que son propriétaire travaille avec zèle et fait des heures supplémentaires pour Mao et pour le peuple chinois, mais mon cœur tout bonnement n'est pas un cœur chinois de ce genre, il est différent. La mante religieuse consomme par jour seize fois le poids de son corps, mais le boa constrictor ne mange qu'une seule fois par mois ; ils sont tout bonnement différents. Dans mon calcul sociologique, tout se divise exactement, je suis l'un des chiffres nécessaires pour qu'on obtienne le produit souhaité ; mais en même temps moi-même je suis triste et aucune mathématique ne sert à rien contre la tristesse.

Le même ensemble de thèmes, comme on ne peut pas vraiment l'élucider de façon rationnelle, je vais essayer de le transcrire sur le plan irrationnel — ou, disons : religieux. A ce propos, je voudrais que l'on comprenne la notion de religieux non pas dans le sens éthique mais dans le sens démonique. Un mot encore en ce qui concerne le vocabulaire chrétien que j'emploie de préférence. Je ne suis pas moi-même un ami de la religion chrétienne mais, quand je parle de problèmes religieux, j'emploie souvent des notions qui font partie de son vocabulaire parce que je crois que ces notions me sont plus familières ainsi qu'à mes semblables que des notions appartenant à n'importe quelle autre religion. Peu importe qu'on prenne parti, dans ce pays, pour ou contre la religion chrétienne, on a tout de même grandi dans sa zone d'influence et, dès lors, on peut saisir le mieux la façon dont se posent tous les problèmes religieux du monde dans le cadre du vocabulaire chrétien, le domaine affectif n'étant pas des moindres. Le mauvais caractère du noir aztèque Tezcotlipoca ne nous intéresse pas, nous autres Européens, et sans doute aussi, les Chinois ne se cassent-ils pas la tête au sujet du complexe paternel d'Abraham. De plus, l'emploi de la terminologie chrétienne a cet avantage qu'il répond le mieux à nos représentations inconscientes. Le nom de « Jean » est tout aussi judaïque et biblique sans qu'à son propos nous pensions consciemment à quelque chose de spécifiquement religieux. C'est ainsi que la réalité historique du rabbi Jeschua juif m'importe moins que la façon dont son image continue à agir dans nos représentations inconscientes, à savoir en chaque membre de notre société, même en moi qui n'ai pas eu une éducation chrétienne à la maison.

J'ai déjà indiqué dans la deuxième partie de mon histoire que, même si l'on part de l'hypothèse que Dieu n'existe pas, on devrait positivement l'inventer rien que pour lui casser la gueule. A présent je voudrais faire encore un pas de plus en affirmant que lorsqu'on ressent la nécessité d'inventer une notion, au moment même on a déjà inventé et créé cette notion. Je crois que l'âme tourmentée ressent la nécessité de l'existence de Dieu. Il est l'adresse à laquelle on peut envoyer son accusation et où cette accusation *doit* parvenir. Il est le vase dans lequel l'homme doit déverser sa haine. Il est la personne à laquelle, au Jugement dernier — comme il est dit dans la Bible, seulement avec le signe contraire — on doit dire qu'on a été affamé, nu et triste, et qu'on n'a pas été nourri et vêtu et consolé. Il est important aussi que ce soit *moi* qui n'aie pas connu tous ces bienfaits et que ce soit à *moi* qu'on ait infligé toutes ces offenses.

Dans la théologie chrétienne l'idée est exprimée que Jésus, constamment, à chaque instant de l'éternité, est cloué sur la Croix, et je peux comprendre cette idée, même marquée à nouveau du signe contraire. Je comprends que l'humanité tourmentée cloue constamment Dieu sur la Croix, et je sais aussi pourquoi ; de rage à cause de ce que Dieu a fait au monde, l'humanité le cloue constamment sur la Croix. Moi je suis aussi, je crois, l'un de ceux qui constamment crucifient

Dieu parce qu'ils le haïssent et veulent qu'il meure constamment.

J'en viens ainsi à un thème qui me paraît significatif dans le cadre de cet essai, le thème de la haine de Dieu et de la nécessité que Dieu meure. Sous la forme d'une vision, je me suis déjà vu entraîné dans une lutte avec Dieu, où nous nous combattions mutuellement avec la même arme, à savoir tous deux avec le cancer. Dieu me frappe d'une maladie maligne et mortelle mais, d'autre part, il est lui-même l'organisme dans lequel j'incarne la cellule cancéreuse. Du fait que je suis tombé si gravement malade, je prouve à quel point le monde de Dieu est mauvais et par là je représente le point le plus faible de l'organisme « Dieu » qui, en tant que cet organisme, ne peut tout simplement pas être plus fort que son point le plus faible, c'est-à-dire que moi. Je suis le carcinome de Dieu. Rien qu'un petit carcinome, naturellement, à l'intérieur de ce vaste cadre, mais c'en est un tout de même. La taille n'a d'ailleurs aucune importance car déjà le plus petit nerf, s'il fait vraiment bien mal, peut produire un tel effet que le corps entier est envahi par la sensation douloureuse. C'est ainsi que je me vois touchant le nerf dans le corps de Dieu de manière telle que, tout comme moi, lui aussi ne peut pas dormir la nuit et se retourne dans son lit en criant et en hurlant.

Au cours de cette vision j'ai également remarqué que les deux antagonistes, Dieu et moi, s'ils se combattaient avec la même arme, en l'occurrence le cancer qui empoisonne et désagrège le corps de l'adversaire, et si tous deux se battaient avec la même tactique, les mobiles étaient différents. Mon mobile, j'ai reconnu en lui une haine enflammée, mais dans le mobile de Dieu plutôt un ressentiment obtus et hargneux. En moi j'ai reconnu la nécessité absolue de toucher l'adversaire en plein cœur, mais en Dieu plutôt une sorte de méchanceté endormie et amorphe qui, dans le cadre d'un programme d'écrasement universel, m'écraserait encore tout juste, avec le reste. Dans cette dernière représentation Dieu m'apparaissait bien plutôt sous l'aspect d'un gigantesque animal méchant, une répugnante méduse qui cherche à m'étouffer et à m'empoisonner, ou une pieuvre aux mille tentacules qui m'enserrent de toutes parts.

Toutefois, si je pars à présent de cette image de la pieuvre, elle me semble présenter bien des aspects connus. Toujours et toujours à nouveau j'ai eu, dans ma vie, le sentiment d'avoir été enserré par une chose hostile pourvue d'innombrables tentacules, qui n'avait pas d'autre but que de m'empoisonner et de m'étouffer, et c'est à peine si je croyais pouvoir encore m'arracher à son étreinte. J'ai vu quelque chose de ce genre en mes parents, dans ce qui est bourgeois, ce qui est tranquille, ce qui est zurichois, ce qui est suisse et, le plus souvent, cela voulait dire davantage que ce qui n'est que concrètement familial et bourgeois et zurichois, cela voulait dire toutes ces notions mises entre guillemets, donc ce qui est « familial », ce qui es' « bourgeois », ce qui est « tranquille ». Toutes c notions ne signifiaient pas seulement elles-mên *elles* remontaient toujours à quelque chose de *profondément caché dessous* : le « familial » n'é qu'un aspect du « bourgeois » et le « bourged n'était qu'un aspect du « tranquille » et ce dernie tous les autres ensemble étaient, à leur tour, un as du « mauvais ». Et ce « mauvais » semble coïncider, dans la vision de la grande pieuvre, avec le « divin ».

Faut-il donc en conclure que Dieu est le mal absolu ? (Conclusion originale en soi, puisqu'elle est en contradiction avec la conception courante et un peu banale que Dieu incarne le bien absolu, le *summum bonum*.) Cette déduction semble en grande partie justifiée, même si elle ne me plaît pas tout à fait. C'est-à-dire qu'elle me déplaît non pas à cause du mot « mal », mais à cause du mot « absolu ». C'est pourquoi je poserais en hypothèse la phrase suivante : Dieu est le mal, mais pas le mal absolu. Ou, sous une forme plus concrète : le monde est mauvais (le mal), mais on peut encore l'améliorer (le mal non absolu).

Or le contraire de l'absolu, c'est le relatif ou, pour employer une expression un peu plus imagée, le régional. C'est pourquoi je modifierais comme suit l'énoncé de ma thèse : Dieu est le mal régional. J'entends par là qu'il faut concevoir Dieu comme quelque chose de foncièrement régional ; je crois même que le régional est justement ce qui fait le charme et l'efficacité de Dieu. L'homme moderne qui, dans ses cogitations philosophiques, se plaît à penser à Dieu comme à quelque chose d'absolu, va devoir s'habituer au fait que le Dieu absolu et universel est une construction purement intellectuelle et que Dieu, au sens où il incarne tout bonnement le « divin » et non le purement intellectuel, est, dans tous les coins de la terre, quelque chose de tout à fait différent.

Dieu n'est pas seulement, dans toutes les religions du monde, à chaque fois quelque chose de tout à fait différent, l'hypothétique Dieu chrétien est, lui aussi, dans tous les pays, à chaque fois tout à fait autre. Dieu n'est pas seulement autre en Irlande du Nord que le *Bon Dieu*[1] en France ; même dans la région méridionale de la catholicité, le Dieu de l'Espagne est tout à fait différent de celui de l'Italie. La Grande Déesse et Mère de ces deux pays méridionaux, la figure élevée jusqu'au mythe de la veuve d'un charpentier, Miriam de Nazareth, est, elle aussi, à chaque fois une autre : la Madone de la Pietà de Michel-Ange, qui, dans une affliction distinguée, se penche sur *l'anatomie* soignée de son fils mort, n'a plus rien à voir avec la *Macarena* sévillane qui toise le spectateur, dans toute la pompeuse monstruosité de ses fanfreluches africaines.

Cela ne vient à l'idée de personne d'attribuer à la *Macarena* espagnole une portée générale et européenne. Cette déesse peut bien faire l'affaire des Espagnols mais elle est inutilisable en dehors de l'Espagne. Ne doit-on pas assigner aussi à cette autre figure mythologique qu'on désigne quelque peu superficiellement, dans le langage européen, par la simple appellation de « Dieu » — sans même la faire précéder de l'article défini — la même place régionale que, depuis longtemps déjà, on a attribuée à sa mère ? Pourquoi, si la mère est purement nationale, le fils de cette mère devrait-il être international ? Je reconnais que cela constitue l'originalité du Dieu chrétien, qu'il cherche à être universel, mais j'estime que cette originalité est un peu trop prétentieuse. Non, vraiment, les dieux ne sont pas ainsi. Ils sont toujours issus d'un lieu géographiquement déterminable et ils font partie d'un espace géographiquement déterminable car ils sont, par nature, essentiellement locaux. En outre ils ne sont pas

1. En français dans le texte.

éternels mais transitoires ; les dieux sont ainsi faits et c'est ainsi qu'il doit en être pour eux. Kronos chasse Ouranos et Zeus chasse Kronos ; Seth tue Osiris et Horus tue Seth ; et les Germains ont leur crépuscule des dieux, qui fonctionne selon le même principe.

Seule la religion chrétienne conçoit son Dieu (ou ses dieux) comme universel et éternel et ne veut absolument pas laisser advenir d'autres dieux. Je qualifie une telle attitude d'antirévolutionnaire et réactionnaire. Je crois que c'est là ce qu'il y a de mauvais dans la religion chrétienne, qu'elle veuille absolument être la meilleure de toutes et qu'il faille se représenter les dieux créés par elle comme éternels et infinis. Les autres religions montrent que tous les dieux meurent toujours à un moment quelconque et sont remplacés par de nouveaux dieux ; seul le Dieu chrétien ne veut pas mourir et laisser advenir un dieu nouveau et meilleur.

Je crois savoir aussi, à présent, ce que j'ai voulu indiquer par ce que j'ai déjà défini comme « familial », « bourgeois », « chrétien » et « tranquille », et en fin de compte désigné par le mot « Dieu ». « Dieu » est le nom que j'ai donné à l'ensemble du monde qui paraissait si bon justement parce qu'il était si tranquille, si propre, si correct, si *comme il faut*[1], si bourgeois et si brave ; et qui était pourtant si mauvais, qui était surtout si mauvais pour *moi* qu'à présent il se dispose à m'anéantir. Tout ce bien apparent qu'on m'a inculqué dans mon enfance, c'est ce monde qui est le mien et qui m'est à présent hostile et mortel — un monde mortel qui est si totalement acharné à me détruire, une

1. En français dans le texte.

situation mortelle dans laquelle chaque cellule de mon corps est empoisonnée et où chaque seconde de mon passé familier est empoisonnée, une complexion de moi-même qui est tellement *contre* moi que je n'ai pas pu m'empêcher de ressentir la somme de tout ce qui est dirigé contre moi comme quelque chose de total et de nommer ce total avec le mot le plus total que connaisse la langue allemande : Gott. A tort. En effet, de même que j'ai reconnu que je ne suis pas *seulement* le produit de mes parents, le produit de la société bourgeoise et le produit de la névrose chrétienne universelle, mais aussi — même si ce n'est qu'en un petit réduit — moi-même, à présent il est clair pour moi que cela, que j'ai appelé « Dieu », n'est pas infini. Dieu n'est *pas* partout. Il y a des domaines où il n'est pas, où il est fini, où il a cessé d'être. Il a sa place quelque part et c'est là qu'il doit être ; mais il y a aussi des endroits où il ne doit pas ou plus être, et là, il est fini, comme il y a des domaines où mes parents sont finis et où la société bourgeoise est finie et où absolument tout ce qui me tourmente est fini. Après tout ce que j'ai écrit sur la nature du divin, on peut vraiment dire : Dieu existe. Je considère même cette phrase comme la possibilité d'un fait. Mais même si cette phrase devait être juste, elle n'est juste que si on la précise de la manière suivante : Dieu n'existe qu'en partie, pour le reste il est liquidé.

La croyance que les choses sont finies ou infinies ne peut sans doute pas se discuter, en fin de compte ; c'est une question qui peut s'assimiler aux questions de goût ou, si l'on préfère : c'est une affaire de tempérament que de croire au fini ou à l'infini. Dans *A Portrait of the Artist as a Young Man*, James Joyce fait une description effrayante de l'infini et même le définit comme une chose terrible : « Eternity ! O dread and dire word ![1] » En revanche, dans *La doctrina de los ciclos*, Jorge Luis Borges démontre, avec toute la concision de l'esprit latin, pourquoi le monde a une fin et doit cesser d'être : « Entonces habrá muerto[2]. »

Je penche — sans doute est-ce tout bonnement mon tempérament — pour la seconde façon de voir. Et notamment pour cette raison, que je crois que tout doit toujours avoir son contraire ou, du moins, être en contradiction avec quelque chose d'autre. Je ne veux pas seulement dire ici, dans le sens généralement admis, qu'il ne peut y avoir de noir que là où il y a aussi du blanc, je voudrais étendre cette croyance dans le domaine de l'irrationnel jusqu'à dire qu'il doit y avoir aussi, face à l'universel, au total et à l'absolu, quelque chose qui n'est pas compris dans cet universel, ce total et cet absolu. Or si l'on crée la notion de l' « absolu plus justement cette exception » qui n'est pas comprise dans l'absolu, j'affirme à nouveau qu'il doit y avoir quelque chose qui se soustrait à l'absolu-plus-justement-cette-exception-qui-n'est-pas-encore-comprise-dans-l'absolu, de sorte que justement la totalité ne peut jamais devenir tout à fait totale et l'absolu tout à fait absolu. Il y a toujours quelque chose qui dérange. Heureusement ! (J'ai déjà dit précédemment combien l'idée du déranger m'est chère et précieuse.)

On ne peut pas bien exprimer dans le vocabulaire philosophique cet a-absolu ou anti-absolu, mais dans le vocabulaire religieux c'est d'une simplicité enfan-

---

1. « Éternité ! O mot terrible et redoutable ! »
2. « Alors il sera mort. »

tine. Il y a un mot tout simple pour cela. Ce mot c'est,
en allemand : der Teufel [1]. Comment on en est jamais
venu à l'idée que le Diable était quelque chose de mal,
cela restera toujours une énigme pour moi. Je crois,
bien plutôt, que le Diable est notre dernier et peut-être
même notre seul recours.

Curieusement, on sait très peu de chose sur le Diable.
Peut-être aussi n'est-ce pas curieux. Qu'il apparaisse
peu dans la Bible, cela va de soi car, dans le cadre du
texte biblique, le Diable est un élément beaucoup trop
explosif pour qu'il eût été possible d'impunément
l'incorporer à haute dose. Ce n'est pas bon, quand trop
d'étincelles fusent dans la poudrière. Le Diable ou
Satan est désigné dans le texte uniquement comme
l'adversaire et il est dit de lui, une fois, qu'il a été
précipité « dans les abîmes de ténèbres » (II Pet. II. 4).
On n'en sait guère plus sur lui mais ce peu que l'on sait
donne déjà quelques renseignements importants. On
sait seulement que Satan a été « précipité » et que,
pour cette raison, il n'est évidemment plus là. C'est
sans doute exact qu'à présent il n'est plus *là ;* mais
c'est justement parce que maintenant il n'est plus là,
qu'il est *là-bas,* c'est-à-dire dans les « abîmes de
ténèbres » déjà cités. Tout cela me rappelle la maison
de mes parents où l'on disait que, bien sûr, les
communistes étaient très méchants, mais qu'en Suisse,
en fait, il n'y en avait pas. En psychologie on désigne le
processus qui fait qu'on espère que quelque chose qui
n'est plus *là* ne soit pas non plus *là-bas* sous le nom de
refoulement. Qu'on en sache si peu sur le Diable
signifie sans doute tout bonnement qu'il est seulement

---

1. Le Diable. *(N.d.T.)*

très fortement refoulé. Moi, ces « abîmes de ténèbres »
m'intéressent. En effet, ils me semblent incarner le lieu
qui me tient tellement au cœur, c'est-à-dire l' « ailleurs ». Le Diable est ailleurs, il se trouve là où Dieu
n'est *pas*. Bien sûr le Diable se trouve en enfer, et
l'enfer, comme on sait, est un lieu éminemment désagréable, mais cela vaut la peine d'être en enfer, car
l'enfer, c'est là où Dieu n'est pas.

Les Romantiques ont même dépeint Satan comme
un héros et un rebelle au noble cœur, plus ou moins le
prototype du révolutionnaire. Satan est le rebelle qui
va jusqu'à préférer être en enfer de son plein gré plutôt
que de devoir supporter plus longtemps la vue du
monstre Dieu. A cet égard je puis même m'identifier à
Satan car, comme je l'ai écrit dans la première partie
de mon histoire, j'ai *voulu* ma maladie et mon cancer
(en effet, il y a deux ans ma maladie s'appelait encore
cancer) ; j'ai voulu « être précipité dans les abîmes de
ténèbres » pour être *ailleurs* que dans le monde dépressif où j'ai demeuré les trente premières années de ma
vie. Sous ce rapport je vois dans le satanique aussi ce
qui délivre. J'ai vécu pendant trente ans dans un
monde qui n'était pas l'enfer à vrai dire, mais, pour ne
prendre qu'un seul des innombrables adjectifs qui
s'offrent à présent à mon choix, qui était « tranquille »
— et cela, c'était encore bien pire. Maintenant je suis
en enfer mais au moins je n'y ai pas « ma tranquillité ». Bien sûr, l'enfer est effroyable mais cela vaut la
peine d'y être. Camus fait même un pas de plus dans *Le
Mythe de Sisyphe,* en affirmant, à propos de Sisyphe en
enfer : « Il est heureux [1]. » Bien entendu, je donne la

1. En français dans le texte.

préférence à une autre solution — ne serait-ce que
parce que je ne pars pas, comme Camus, de l'hypothèse
que l'enfer est infini — et je pense alors à la possibilité,
puisque, comme je l'ai découvert, tout a un jour une
fin, que l'enfer aussi doive un jour avoir une fin. Ou,
comme disent les frères Grimm : « Puisque tu es
dedans, il faut bien que tu sortes », ce qui signifie tout
simplement que lorsqu'on est parvenu à entrer quelque part, on doit aussi pouvoir en sortir. En effet je
trouverais banal et superflu de séjourner éternellement en enfer et de me fixer sur la pensée que Dieu est
tout bonnement le mal et le Diable tout bonnement le
bien ; cela reviendrait à répéter les mêmes erreurs en
inversant les signes. Pour moi l'enfer n'est qu'un lieu
intermédiaire — même s'il est nécessaire que ce lieu
existe — où l'on ne devrait pas rester éternellement,
car à séjourner trop longtemps dans sa chaleur brûlante, il se montre *par trop* brûlant. De plus, un séjour
par trop long chez Satan serait contraire à sa nature
profonde, car il est l' « adversaire » par excellence, le
contradicteur qui sera toujours *contre* une chose. Mais
si cette chose devait être réglée un jour, la nécessité du
contradicteur disparaîtrait et le Diable, s'il survivait à
la mise à mort de Dieu, aurait alors la puissance de
Belzébuth.

Mais pour moi la chose n'est pas réglée et, tant
qu'elle ne l'est pas, le Diable est lâché, et j'approuve
que Satan soit lâché. Je n'ai pas encore vaincu ce que je
combats ; mais je ne suis pas encore vaincu non plus et,
ce qui est le plus important, je n'ai pas encore capitulé.
Je me déclare en état de guerre totale.

Comano, 17. VII. 1976.

Impression Bussière à Saint-Amand (Cher),
le 4 février 1983.
Dépôt légal : février 1983.
1ᵉʳ dépôt légal dans la collection : avril 1982.
Numéro d'imprimeur : 272.

ISBN 2-07-037368-1./Imprimé en France.